Louis-Ferdinand Despreez est citoyen sud-africain d'expression anglaise, mais écrit en français, la langue de ses ancêtres huguenots. Louis-Ferdinand Despreez a beaucoup voyagé. *La Mémoire courte* est son premier roman.

Louis-Ferdinand Despreez

LA MÉMOIRE COURTE

ROMAN

Phébus

TEXTE INTÉGRAL

ISBN 978-2-7578-0466-7
(ISBN 2-7529-0160-7, 1re publication)

VENDREDI 4 JUIN 2004

Avant d'être flic au SAPS*[1], le *South African Police Service*, le jeune Francis « Bronx » Zondi lisait des histoires de flics. Et, dans les histoires de flics, la bagnole de patrouille est presque toujours pourrie… Surtout dans les livres qu'il empruntait à la bibliothèque du *Pretoria Police College*, parce que l'intrigue se passait toujours à Lagos, à Nairobi ou à Yaoundé comme dans les romans de Mongo Beti, où il n'y avait d'ailleurs pas que la voiture de patrouille qui était pourrie…

Dix ans après l'école de police, rien n'a vraiment changé dans le petit monde du capitaine Zondi et son tour est venu ; il est en carafe en plein milieu d'une enquête… Sa Citi Golf de service banalisée vient de rendre, dans un sifflement exténué, son dernier soupir de culasse fendue sur le Ben Schoeman Highway, l'autoroute la plus fréquentée du continent africain. Avant d'ouvrir la portière et de se résoudre à soulever le capot comme tout le monde, même s'il n'y connaît rien, Zondi jette un œil désabusé au compteur : deux

1. Les mots étrangers ainsi que certains noms propres et sigles sont recensés et expliqués dans les éclaircissements en fin de volume. L'appel se fait à la première occurrence par étoile [*], après italique pour les mots étrangers. *(Toutes les notes sont de l'éditeur.)*

cent soixante-dix mille kilomètres… Le superintendant Ferreira, le responsable du matériel, va certainement lui dire en soupirant d'un air affligé que, s'il en avait pris un peu soin, cette très bonne voiture aurait pu rouler encore au moins soixante-quinze mille kilomètres… Ce vieil emmerdeur de Portugais roule dans une Volvo de 1975 qu'il a rapportée de Maputo et qui affiche trois cent trente mille bornes, mais il n'a jamais eu à prendre un taxi ou des gangsters en chasse dans les rues défoncées d'un township… Il passe sa vie à compter des clefs de contact et à engueuler tout le monde à cause d'une éraflure ou d'un carnet de bord mal tenu.

Une fumée blanche aussi épaisse que celle d'un gros joint de *dagga** sort par tous les trous de la carrosserie et Francis Zondi attend au ras du bitume qu'une bonne âme s'arrête. Mais personne ne s'arrêtera. Il le sait. On ne s'arrête jamais sur le bord d'une autoroute en Afrique du Sud. Sauf lorsqu'on est un malade mental, une bonne sœur étrangère, un bandit ou un touriste intello qui lit des revues de politique étrangère calées mais pas les journaux locaux. Qui plus est, il n'y a pas de touristes, même avec de l'éducation, sur le Ben Schoeman à 16 h 30 un vendredi… On y trouve seulement des employés et des plus petits employés encore, tous pressés de rentrer à Joburg* ou à Pretoria. Quant aux poulets, les seuls qui stoppent sur le bas-côté sont les « uniformes » de la *Gauteng Freeway Patrol* qui sont mal payés pour ça mais qui flairent les voyous ou les *hi-jackers** en déboulant matraque à la main de leur Toyota bardée d'antennes. Pas de quartier, c'est la règle… Des deux côtés d'ailleurs. Souvent les gars du *Freeway* aiment bien faire halte exprès dans les points chauds et se planter sur la bande d'arrêt d'urgence, face à la circulation, en tapotant calmement la paume de leur main avec leur gourdin de caoutchouc. Ça calme.

Le capitaine Zondi est un flic lui aussi, planté au bord du Ben Schoeman tout comme ses collègues en tenue du *Freeway*, mais il est là par hasard et il s'en passerait bien... Depuis qu'il a suivi un cours de *profiler* * à Quantico avec le FBI, il ne porte plus d'uniforme, il ne patrouille plus sur les autoroutes et il ne chasse plus qu'au gros... Il s'habille en civil dans des costumes de confection à trois cents rands * décrochés dans un bazar indien de Marabastadt, un luxe indécent pour ainsi dire vu son salaire, mais Zondi est un coquet ; il aime tout autant d'ailleurs porter des pantalons en cuir noir moulants avec des débardeurs un peu vulgaires sur son corps râblé, histoire de mettre en valeur ses muscles lisses et rebondis. À quarante ans, il en paraît vingt-cinq et sa bizarre incisive en or clinquant accentue toujours son air de tombeur carnassier lorsque, sur la scène d'un crime, il s'adresse aux victimes ou aux témoins d'un air rassurant : « Calmez-vous, je suis là, une fois pour toutes... » C'est sa formule. Personne ne sait vraiment pourquoi il dit ça, parce que ça ne veut rien dire, mais l'effet sédatif est instantané. Tout le monde la ferme, même les Blancs qui auraient finalement préféré voir débarquer un officier blanc.

Pour le moment, il faut bien admettre qu'il est un peu hors jeu, avec son Z88 de service posé sur le plancher d'une épave que plus personne ne risque de lui braquer, mais le capitaine Zondi n'en est pas moins un des meilleurs flics du SAPS, son heure reviendra... En attendant, il est là pour un bon moment, parce que le *Commissioner* * de la Pretoria

*Serious & Violent Crime Unit** n'est pas près de rembourser aux enquêteurs une carte de membre de *l'Automobile Club*. Le capitaine Zondi n'est donc pas près de voir une dépanneuse s'avancer gracieusement vers lui pour le sortir de la panade. Alors il attend, pendu à son cellulaire que Double H, son collègue des jeux à la *Fraud Unit*, vienne le ramasser pour lui faire son rapport, mais le rendez-vous de ce soir est sérieusement plombé.

Tant pis… Demain sera un autre jour sous le ciel éternellement bleu de l'Afrique du Sud. Et pendant que le capitaine fait le poireau sur le bitume en regardant passer les BMW neuves et les minibus délabrés et bondés des Nouveaux Sud-Africains presque tous égaux, à trente ou quarante minutes de route on se prépare à tuer un Noir, peut-être deux si la soirée est bien réussie. Et les témoins applaudiront presque certainement en jubilant avant de s'enfiler une bière dans le sifflet. C'est pour ainsi dire légal, tellement c'est bien fait ou plutôt tellement tout le monde s'en fout… Mais personne n'ira là-bas ce soir à la place du capitaine Zondi si cette voiture ne redémarre pas ; il est hors de question d'envoyer des collègues de l'unité à sa place… Il est seul à patauger dans ce merdier. Après le quatrième cadavre, le dossier a été classé secret par le National Commissioner. Son chef direct, le superintendant Padayachee, a lourdement martelé dans le crâne rasé de ce Zoulou têtu de Zondi que cette affaire pue tellement qu'elle n'ira sûrement jamais au tribunal. S'il n'est pas question donc d'enterrer le dossier, il n'est pas non plus au programme d'en faire un pataquès : « *Alles klaar boet ?* [1] » Padayachee

1. « Tout est clair, frangin ? » (afrikaans).

n'aime pas que ses subordonnés lui marchent sur les pieds. Il a été formé à l'ancienne, à une époque où être indien dans la police, ou plutôt ne pas être blanc, était un sacré problème... Il s'est tellement fait engueuler en afrikaans que ça lui revient tout seul lorsqu'il sort de ses gonds. Et Zondi lui fait toujours remarquer vicieusement que lorsqu'il joue au chef il est comme les autres, les Blancs, il a besoin de brailler en afrikaans. Padayachee ne se démonte jamais, c'est comme un jeu entre eux... « Vous avez parfaitement raison, Zondi, l'afrikaans c'est fait pour gueuler et pour donner des ordres... L'anglais, c'est bon pour revendiquer ou pour se justifier et vos justifications, vous savez où je me les mets. Et si ça ne vous plaît pas vous pouvez toujours aller chialer en zoulou... »

La réalité têtue pourtant, c'est qu'une tripotée de cadavres de grands Noirs à moitié désossés et sans visage, nus comme au premier jour, est en train de s'empiler dans les tiroirs en inox de la morgue de Soutpansberg Road et qu'il va bien falloir trouver un jour ou l'autre qui les a tués. Et ce n'est peut-être pas ce soir que le capitaine Zondi, après deux mois d'enquête, aura la preuve de ce qu'il flaire... Tout ça à cause d'une saleté de bagnole pourrie de flic du tiers-monde. À quoi tient un peu de justice aux alentours des tropiques... Un joint de culasse foireux, et un Noir meurt... Encore une équation à la con...

DEUX MOIS PLUS TÔT

Tout avait commencé huit semaines auparavant, à la fin de l'été, alors que les trottoirs de Pretoria jonchés de fleurs de jacarandas pourries et piétinées répandaient une odeur de pissotière dans les rues des quartiers chics et que les quartiers pauvres ne sentaient pas plus la pisse que d'habitude.

Le premier corps désarticulé et sans visage, mais soigneusement lavé, avait été découvert un samedi matin, encore au cœur de l'obscurité, dans l'arrière-cour encombrée d'épaves de voitures et de vieux bidons en plastique d'un *shebeen* * clandestin de Mamelodi, une immense cité-dortoir au nord-est de Pretoria, à quelques kilomètres des banlieues chics de Waterkloof et Fairie Glenn où crèchent les ministres et les yuppies multicolores et friqués de la *Rainbow Nation* *.

Vers 4 h 00, en glissant un cadenas dans les crochets de la porte en fer de son débit de boissons, après le départ de ses derniers pochetrons de clients imbibés de bière de maïs, Sipho Molephe avait fait le tour du shebeen pour s'assurer qu'un de ces salopards d'habitués venus de l'Extension Six n'avait pas laissé exprès la fenêtre des chiottes déverrouillée. Le mois dernier, ces vauriens, après la fermeture, avaient faufilé un gniard à peine plus haut qu'un *vervet-monkey* * dans le bouclard pour piquer des bouteilles. Et Dieu sait si la fenêtre était petite mais le marmot était sûrement sous-alimenté, comme tous les gosses du township… C'était peut-être un nain d'ailleurs, il fallait bien qu'eux aussi trouvent du boulot ; c'est l'égalité des chances… Question de quota. Ces salopards de nains voleurs et malnutris avaient dérobé des dizaines de bouteilles de gin et de whisky, il faudrait à Sipho des semaines de business acharné pour s'en remettre et se refaire un stock. Mieux valait quand même, il s'était dit, jeter un œil derrière avant de partir plutôt que de se laisser encore bouffer le fond par des *tootsis* * sans respect qui n'avaient rien de mieux à faire que de se dépouiller entre Noirs alors qu'il y avait des milliers de baraques de Blancs bourrés d'oseille à portée de pied-de-biche et gardées par des vigiles de pacotille affamés qui ne demandent qu'à ouvrir la porte en échange d'un biffeton…

Et justement. Une grande carcasse nue était allongée le long du mur de briques. Sous la fenêtre des gogues, précisément. Immobile. Et pour cause, il lui manquait le visage. La chose avachie était couverte de plaies horribles sur tout le corps, mais elle ne saignait pas. Le mort était propre comme un bestiau écorché, prêt à être découpé, les membres disposés selon des angles inhumains, comme un pantin. C'était à la fois très propre, un peu comme un morceau de barbaque à l'étalage, mais aussi absolument repoussant dans la lumière crue dispensée par un de ces gigantesques réverbères que les Blancs avaient installés dans les townships au milieu des années quatre-vingt. Ce n'était évidemment pas par altruisme qu'on avait mis de la lumière à l'époque, mais plutôt histoire de dire que les Nègres avaient le courant gratuit payé par les Blancs et de pouvoir montrer à la presse étrangère que la première chose qu'ils faisaient, dès qu'on leur donnait l'électricité, était de poser des bretelles illégales sur les câbles d'alimentation au risque de se faire cramer comme des tranches de foie… Les gars du township qui faisaient de la politique disaient aussi à l'époque que c'était une ruse, pour mieux tenir les townships en les plongeant brutalement dans l'obscurité avant de débarquer avec des torches à la recherche des clandestins du *Congress* * ou du Parti communiste. Quoi de plus gratifiant pour un colon ou un dictateur que d'être le maître de la lumière et des ténèbres… Et quoi de plus moche que de vivre dans le noir dans sa cahute et de faire ses devoirs à la bougie alors que l'autoroute d'à côté était illuminée comme un sapin de Noël. C'était la vie de tous les jours à l'époque. On n'y pouvait rien.

À la vue du corps, réflexe de sale gamin élevé dans la rue, Sipho s'était senti obligé de courir comme un coupable, avant de se raviser entre deux foulées et de prendre la sage décision d'aller voir les flics. La virginité de son casier laissait sérieusement à désirer, évidemment ; déjà rien que son shebeen était une embrouille à lui tout seul… Et un cadavre dépecé dans son arrière-cour ne pourrait que lui attirer des ennuis supplémentaires s'il ne prenait pas les devants. À 4 h 55, deux *constables* * et l'inspecteur Ian Swanepoel du commissariat de Silverton étaient au chevet du mort en vrac sans visage. Sipho qui les avait conduits sur les lieux s'agitait comme un diable en jurant qu'il avait un alibi puisqu'il avait servi les clients toute la nuit de l'autre côté du mur dans son bouiboui… « Dans un débit de boissons illégal… », avait souligné Swanepoel d'un air rigolard en lui passant les bracelets dans le dos…

– Tu parles d'un alibi… Tu diras ça au chef… Ça devrait plutôt t'enfoncer à mon avis. Allez, grimpe dans le fourgon, *boykkie* *, et garde ta salive pour répondre aux questions !

Ian ne disait plus jamais *kaffir* * en parlant des Noirs… Au début il avait eu du mal, mais maintenant ça venait tout seul, il disait *boykkie* à la place de kaffir. Plus personne ne disait kaffir, même si beaucoup de gens le pensaient tellement fort en disant monsieur ou madame que le mot grinçait dans leur bouche. Quelquefois Ian disait les Africains, mais lui aussi était africain finalement et ça l'ennuyait un peu de tout mélanger comme ça… Il avait aussi essayé des locutions embrouillées comme « ces gens-là » mais il sentait que ça avait un petit fond raciste. Il n'était quand même pas con au point de ne pas savoir tirer un trait entre le bien et le mal. C'est juste que depuis dix ans il avait été forcé de changer un peu la place du trait…

À 7 h 30, la scène du crime et le cadavre défiguré avaient été photographiés dans tous les sens par un jeune flic tout juste diplômé et tout tourneboulé qui faisait sa première sortie de terrain avec le FSL *, le *Forensic Sciences Laboratory* ; il venait juste de dégueuler sur les poulets du voisin en train de vadrouiller en liberté dans la cour. Quelques ordures supposées être des indices potentiels avaient été ramassées dans un rayon de quinze pieds autour du mort et avaient été soigneusement récoltées dans de petites pochettes transparentes numérotées, mais les enquêteurs avaient vite renoncé vu le nombre de cochonneries sans intérêt qui jonchaient la terre battue depuis des siècles. Et enfin, vers 8 h 00, le corps désarticulé du Noir défiguré était emballé dans un sac en plastique et jeté avec la dignité due à son rang au fond d'un vieux *bakkie** jaune grillagé malodorant qui servait aussi pour les chiens policiers. La police avait l'habitude depuis bien longtemps de trimballer ses cadavres toute seule et de les garder au frais dans ses caves le temps de les envoyer à l'autopsie ou de les rendre à la famille, lorsque celle-ci les demandait…

À 8 h 55, le pauvre Sipho, devenu tout naturellement le suspect numéro un, était au trou au commissariat de Silverton et gueulait comme un veau dans toutes les langues officielles possibles qu'il n'avait jamais vu le mort et qu'il voulait un avocat tout de suite, mais seulement un gratuit parce qu'il n'avait pas un rond… Routine, pensa l'inspecteur Swanepoel : un Noir au ballon qui braille et un Noir silencieux à la morgue du commissariat entre quatre et neuf du mat'. Pas mieux que la veille. Pas pire que demain. Dans cinq minutes, il allait enfin s'enfiler une Castle ou une Windhoek glacée bien méritée au *Mug & Bean* du coin avec les autres constables du poste qui avaient fini la nuit et qui traînaient au pub pour ne pas rentrer chez eux. À 9 h 30 il serait de retour à la maison ; il aurait comme d'habitude raté depuis longtemps le départ des gosses pour l'école. Et la *missus* braillerait qu'il ne fichait rien à la maison, ce qui n'était pas faux mais franchement qu'est ce qu'il avait comme bonne raison de rentrer ? Demain serait un autre jour…

Vers 16 h 00, dans son bureau spartiate de Visagie Street à Pretoria, le superintendant Ray Padayachee se grattait la tête d'un air exaspéré en déchiffrant les premières conclusions du légiste que le commissariat de Silverton avait transmises au quartier général. Un festival… Rarement vu dans les annales. Deux bras cassés au niveau de l'humérus ; les tibias et péronés déchiquetés comme du petit bois ; la rate éclatée ; le sternum enfoncé ; six dents cassées et des contusions partout. À propos des dizaines de plaies sur le dos, la poitrine, la peau du crâne et les membres supérieurs, le rapport du Dr Gerd Van Zyl précisait : « Les blessures, plus ou moins profondes selon les endroits du corps, font penser à des abrasions violentes et répétées, et certaines autres à des coups de masse ayant causé des enfoncements profonds de tissus et de cartilages. » Le pauvre mec a dû tomber dans une bétonnière bourrée de papier de verre et de boules de bowling, se dit Padayachee en ricanant sombrement… Pourquoi pas, il en avait tellement vu en vingt-cinq ans. Heure du décès : aux alentours de minuit, la nuit même de la découverte du cadavre à en juger par l'état de digestion du *mealie-pap* * retrouvé dans l'estomac. Cause de la mort : l'épuisement et le stress, conséquences des multiples blessures, des fractures et de la perte de sang. Sûr que le malheureux avait vu la mort venir. Selon le légiste, la victime s'était défendue courageusement, pendant plusieurs heures peut-être, et avait dû vivre un vrai calvaire. Enfin, pour simplifier l'identification, le mort n'avait plus de visage et ses dernières phalanges avaient été coupées net, apparemment avec un gros sécateur de jardin usagé, d'après les marques déchiquetées légèrement décalées sur les os ! Selon le légiste, le corps avait aussi été soigneusement lavé après la mort : impossible de retrouver la moindre fibre de vêtement ou la moindre parcelle de terre sur les pieds. Ni rien sous les ongles, pour la bonne raison qu'ils avaient été arrachés… Pas de viol ni de traces de sperme. Mystère, un mort sans histoire, sans passé, sans visage ; tout propre et séropositif de surcroît à en croire le labo... Si ce pauvre type avait un jour été quelqu'un, ce ne serait pas facile de savoir qui... Le superintendant tournait et retournait les photos de la scène du crime en fixant le plafond d'un air absent.

– Ça me rappelle rien... Rien de connu en tout cas. Jamais vu ça... Et vous, capitaine ?

– Il a été tabassé méthodiquement avec intention de donner la mort, d'après le Dr Van Zyl... Mais une partie des violences a eu lieu après la mort, entre autres les fractures des membres et les mutilations, comme si le meurtrier s'était acharné sur sa victime... Le visage a été découpé avec un scalpel plus de deux heures après le décès. Soit on veut nous empêcher de l'identifier, soit le visage va servir à un *muti* *...

– Ils prennent les testicules pour les mutis, Zondi, pas le visage...

– En général oui, *chief*... Mais je vais quand même chercher dans les archives du CRC, on sait jamais...

Le *Criminal Record Center* chargé de conserver tous les dossiers criminels des décennies précédentes avait fini par créer une base de données spécifique pour les crimes rituels, ou liés à des activités occultes. Zondi ne s'étonna pas d'y trouver une trentaine de cas récents non résolus et d'y découvrir que trois cents victimes officiellement recensées avaient succombé en dix ans sous les couteaux ou les lames de rasoir d'une bande de sorciers arriérés. Selon le documentaliste de service aux archives, il faudrait plutôt parler de milliers de cas, mais c'était un sujet que personne n'aimait aborder, surtout depuis la « Libération »... L'Afrique du Sud avait sa part d'ombre et, pour le moment en tout cas, il n'était pas « politiquement correct » de braquer les projecteurs sur des comportements archaïques qui présentaient les Noirs sous un jour peu flatteur. Tout le monde marchait sur des œufs, surtout depuis que les propos imbéciles de quelques officiels incultes du ministère de la Santé avaient laissé entendre qu'on pouvait soigner le sida avec du jus de betterave ou de la confiture d'oignons ! La plupart des affaires de muti concernaient des enfants de moins de quatorze ans dont les bras, le sexe ou le cœur avaient été arrachés ou découpés. Les rapports précisaient que les *sangomas* * les plus sauvages prélevaient ces organes à vif pour ne pas altérer leurs prétendues vertus curatives ou magiques…

Un dossier exhumé du fichier racontait qu'à Soweto, en janvier 2001, un malade du cancer des poumons en phase terminale avait sacrifié son petit-fils de cinq ans avec l'accord de ses parents. La famille l'avait conduit vers minuit à Orange Farm, un bidonville misérable et crade au sud de Soweto, dans une hutte repoussante de saleté où brûlaient des dizaines de bougies sur lesquelles le sorcier avait inscrit le nom de l'enfant avec du sang qu'il lui avait ponctionné la semaine précédente. L'odeur de la cahute était pestilentielle, entre la pisse et la charogne. Le bourreau avait commencé par déshabiller le gamin terrorisé pour palper ses parties génitales avant de l'attacher sur une planche couverte de sang séché et de le faire bâillonner par ses aides. Le sangoma lui avait finalement coupé les testicules à vif sous les yeux de son grand-père. Après la mort de l'enfant, saigné comme un poulet, le reste du corps avait été réduit en un broyat répugnant mélangé à différents ingrédients pour des mixtures magiques destinées à d'autres « patients ». L'enquête dans le milieu des sorciers et des tradi-praticiens avait mis en évidence que la partie du corps la plus prisée, en dehors des couilles, était la vertèbre Atlas qui pouvait se vendre plus de cinq mille rands sur le marché noir des pièces détachées humaines. Avec les mutis, les clients et les sorciers pensaient qu'il fallait ainsi forcer le cours des choses parce que les puissances surnaturelles n'avaient offert qu'une quantité limitée de chances à l'humanité et que le seul moyen d'en récupérer un peu était d'aller les chercher là où elles se terraient : dans les entrailles des humains... Consternant, pensa Zondi ; honte à l'Afrique... Où les gens allaient-ils chercher des conneries pareilles... Le plus triste c'est qu'il y avait toujours un intello, un journaliste ou un trouduc d'ONGiste européen ou américain pour hocher gravement la tête d'un air entendu lorsqu'on racontait ce genre d'histoires débiles en affirmant qu'il était important de respecter la tradition avec un grand T. Zondi se disait souvent qu'il aimerait bien les voir, les intellectuels tiers-mondistes, se faire soigner leur cancer du poumon avec les burnes de leurs gosses pilées dans de la bave de buffle...

En réalité, les archives du CRC regorgeaient de dossiers macabres du même tonneau. En octobre 2001, une jeune femme de Grahamstown avait été la victime d'une bande de voyous qui avaient eu un besoin pressant d'ingrédients humains pour préparer du *ukutwalela ubutyebi*, un brouet magique permettant de s'enrichir rapidement. L'autopsie avait révélé que le visage de la victime avait été découpé au rasoir alors que la pauvre femme vivait encore. Les tortionnaires lui avaient ensuite tranché les pieds, les seins et le sexe, vraisemblablement après qu'elle fut morte de douleur ou de peur. Coup de bol, le sangoma et ses complices avaient été dénoncés à la police par leurs clients parce que la potion n'avait jamais permis aux commanditaires de gagner à la loterie… Et encore, pour la petite histoire, un des constables noirs avait refusé de participer à l'arrestation du sorcier de peur de représailles magiques contre lui ou sa famille.

Dans les derniers mois, la *Serious & Violent Crime Unit* de Pretoria avait démantelé deux réseaux de fournisseurs qui alimentaient les échoppes des guérisseurs et des rebouteux de Marabastadt, l'ancien quartier indien de la capitale. Un de ces gangs de bouchers rituels était allé se planquer dans une ferme abandonnée de Hammanskraal, pas très loin de Pretoria sur la route de Warmbath. Les enfants étaient enlevés à la sortie des écoles dans les quartiers les plus pauvres de Mamelodi ou d'Alexandra où les parents se soucient rarement d'aller les chercher à l'école parce qu'ils sont déjà bourrés ou parce qu'ils sont encore au boulot, lorsqu'ils ont la chance d'en avoir un. Les gamins étaient saignés le soir même comme des volailles dans une baignoire et leurs parties génitales découpées à vif avec des lames de rasoir – « sales et non stérilisées » avait cru utile de souligner une perspicace journaliste de la SABC qui avait bien compris où résidait le vrai drame… –, avant d'être vendues plus de quinze mille rands pour une paire de testicules et vingt mille pour une vulve de vierge ; le sang était en plus… La police n'avait jamais retrouvé les corps ou les ossements des victimes autour de la ferme d'Hammanskraal, mais les analyses de l'ADN du sang caillé retrouvé sur les parois émaillées de la baignoire avaient laissé supposer que douze enfants avaient été égorgés dans cette salle de bain crasseuse. Le maire de Pretoria avait supplié la police de suivre l'affaire avec la plus grande discrétion ; l'ANC * fêtait son dixième anniversaire au pouvoir, et le très conservateur *Citizen* et le *Pretoria News* toujours friands de ce genre de faits divers allaient se repaître comme des hyènes de la nullité des autorités ou de la sauvagerie des Noirs... Les vieux démons de l'apartheid n'étaient jamais bien loin sous le vernis glamour de la Rainbow Nation et le dérapage non politiquement correct était toujours possible. Si Zondi, qui avait fini par sauter les assassins après plusieurs mois d'enquête, l'avait effectivement bouclé à la demande du maire, d'autres sources bien intentionnées avaient veillé à alimenter les journalistes en informations croustillantes. Les baveux de la rubrique chiens écrasés des canards nationaux s'étaient finalement régalés au-delà de leurs espérances... Les rabatteurs d'enfants, arrêtés un soir de beuverie dans leur repaire de Hammanskraal, étaient apparus sous le jour le plus désastreux et le plus pénalisant pour la « Nation Arc en Ciel » en pleine réconciliation et en pleine campagne électorale... Solly Mahamba, Sam Lerutla et Lovey Lesaoana étaient trois crétins finis au front bas, incapables, même à jeun, de lire toutes les lettres dans l'ordre sur une bouteille de bière, cent pour cent sud-africains, ni Zimbabwéens ni Mozambicains, ce qui aurait quand même été bien pratique. Les trois monstres ne voyaient en réalité rien de mal à fournir des testicules de gamins à des sorciers pouilleux et abrutis tout comme d'autres auraient fourni des plantes médicinales à des herboristes ou des cornes de rhinocéros à des trafiquants chinois. Le réseau était « fièrement sud-africain », comme disait la pub du ministère du Commerce pour les produits nationaux. Le gang, en dépit de la sombre bêtise préhistorique de ses membres, était bien organisé, d'autant plus efficace que les enfants disparus ou présumés volés n'étaient déclarés à la police qu'une fois sur deux. Dans certaines maisons où il y avait quelquefois douze personnes, en comptant les lointains cousins venus de la brousse ou les neveux orphelins pour partager un maigre repas, il fallait souvent plusieurs jours à la famille pour s'apercevoir qu'un enfant manquait autour de la table ou sous la couverture…

Impossible donc pour les enquêteurs chargés du mort sans visage d'éliminer définitivement la piste du muti, une pratique traditionnelle tellement courante dans les townships ou en brousse que même les malades du sida qui avaient la chance d'être soignés à l'œil finissaient par renoncer à leur coûteux traitement de Névirapine pour se soigner avec des décoctions de légumes ou de queue de vache pilée encore plus chères vendues par des charlatans… Zondi n'ignorait pas que les quelque quatre-vingt mille sangomas d'Afrique du Sud se partagent depuis la nuit des temps un juteux marché de gogos auxquels ils promettent de doubler la taille de leur sexe ou de gagner au loto. Plusieurs enquêtes officielles avaient révélé qu'il existait bien quelques vrais herboristes qualifiés usant d'une vraie pharmacopée traditionnelle, mais malheureusement plus nombreux encore étaient les escrocs qui ne savaient plus quoi inventer pour fidéliser leur clientèle de patients incultes et désespérés. Habituellement – c'est ce que Zondi avait appris en enquêtant auprès des sangomas répertoriés de Marabastadt – les testicules de petits garçons servaient à préparer des élixirs de jouvence pour ranimer les vieilles bites fatiguées… Le muti était évidemment très prisé à partir d'un certain âge, surtout pour retrouver la force de déflorer une vierge, mineure évidemment ; tant qu'à faire…

En repensant à la salle de bains de la ferme d'Hammanskraal, Zondi avait la nausée et il se disait que, vu sous cet angle primaire et irrationnel, logiquement un visage fraîchement découpé pouvait peut-être servir à changer de personnalité ou à retrouver son honneur après avoir perdu la face… Allez savoir… Dans ce pays où les gamins de douze ans des maisons bourgeoises surfaient à haut débit sur l'Internet alors que les domestiques, à quelques mètres de la maison principale, surélevaient leur lit sur des briques pour ne pas se faire violer la nuit par des *tokoloshs* – des petits génies domestiques hauts de cinquante centimètres seulement, mais obsédés sexuels et montés comme des ânes en rut –, tout était possible… Le cas de l'infortunée Nombovumo au visage découpé était un des rares qui se soient terminés par une arrestation et même un procès, mais combien de meurtres rituels restaient impunis et surtout inconnus…

Cette Afrique du Sud, qu'elle soit affligée de la réductrice épithète de nouvelle ou d'ancienne, le capitaine Zondi l'aimait de toute son âme et de ses tripes, mais il la détestait de toute sa tête… Un pays devenu une vraie nation depuis la fin de l'apartheid en 1994, mais une nation devenue un paradoxe permanent, excessivement fatigant quand, comme lui, on avait autre chose à faire que de pisser à longueur d'année du jus de crâne sociologique comme les chercheurs de Wits, de *Pretoria University* ou les journalistes étrangers, grands consommateurs de clichés noir et blanc et qui ne comprenaient de toute façon rien à rien. Bien sûr que le racisme avait cessé d'être institutionnel et légal… Bien sûr qu'on ne traitait plus son jardinier de kaffir en s'esclaffant grassement devant les copains et qu'on s'asseyait tous dans le même bus ou le même pub sans même penser à la bêtise insondable d'un demi-siècle de ségrégation, mais il restait qu'on n'était pas tous pareils… Et que ça n'avait pas grand-chose à voir avec la couleur de la peau, en tout cas pas seulement.

L'idée cachée derrière tout ça, se disait le capitaine Zondi, c'est qu'on est tous différents en Afrique du Sud ; mais pas comme en Amérique ou en Europe… Pour être plus précis encore dans ses réflexions pas très politiquement correctes, il se disait qu'ici, au sud du Limpopo, on est encore plus différents que partout ailleurs ; le dénominateur commun est devenu un caractère récessif en dépit du nouveau drapeau que tout le monde respecte et du *Sikelele i Afrika* * que tout le monde chante, même les grands *Springboks* * blancs avec la main sur le cœur dans les stades… Tout ça était excessivement fragile même si c'était prometteur. Mais c'était souvent usant d'essuyer les plâtres…

La preuve c'est que lui, Francis « Bronx » Zondi, il était né à Soweto, dans une pauvre petite maison moche du quartier de White City en 1965 et qu'il avait toute sa vie vécu à Soweto jusqu'à son entrée à l'école de police de Pretoria sans voir un lavabo avec un robinet d'eau chaude ni un Blanc habillé autrement qu'en policier ou en militaire… Pourtant, jamais chez lui personne n'avait été assez naïf pour aller se faire soigner chez un sangoma et personne n'avait été assez bête pour se faire enrôler dans une de ces Églises de primaires qui vous pompent tous les sous de votre paye le vendredi. Sa mère Anna, en revanche, avait toute sa vie durant travaillé chez des Blancs de Linden, un quartier afrikaner de Johannesburg plutôt conservateur, ou le *baas* * méprisait les antibiotiques et priait ardemment le dimanche pour soigner la vérole qu'il avait attrapée en enfilant dans l'arrière-cour des bonniches à peine débarquées de leur brousse, et où la *madam* donnait charitablement une bonne partie de l'argent du ménage au pasteur syphilitique et analphabète qui régnait sur la basse-cour de la paroisse à coups de certitudes évangéliques... Finalement, auraient dû se demander les grands penseurs du monde international qui pondaient de la copie à propos du continent noir, qui était le plus arriéré des deux ? Le baas blanc de Linden ou la vieille Négresse Lebohang de Soweto qui cirait les pompes du Blanc ? Bien sûr, se disait aussi le capitaine Zondi, au plus profond de ses réflexions contradictoires, mais nullement confuses, le père de son meilleur pote à White City était un Zoulou d'Empangeni venu faire le mineur dans le Rand et qui avait fini, parce qu'il était feignant comme une couleuvre et pour gagner sa vie, par « lancer les os » dans sa cabane en carton en racontant leur avenir à ses anciens collègues mineurs en train de perdre leur vie à la gagner au fond. Il faut reconnaître que le devin improvisé, qui embrouillait ses clients avec un certain talent, n'avait pas à se donner trop de mal pour déchiffrer les augures des osselets ; ses clients allaient tous crever de silicose ou d'un coup de couteau un samedi soir dans un shebeen d'Orlando ou de Kliptown à moins qu'ils ne tombent par hasard d'une fenêtre du septième étage de la prison de John Vorster Square, un soir de rafle anticommuniste et de garde à vue... Même Willie Hiemstra, son prof de procédure criminelle au *Pretoria Police College*, un bon Boer de Lydenburg, qui avait un cou de buffle et des cuisses d'hippopotame, ou peut-être l'inverse, était un autre vivant contre-exemple... Il pénalisait systématiquement tous les élèves qui allaient à l'église parce qu'il pensait que la religion rendait sombrement idiot, et pourtant le seul livre qu'il ait jamais vu à la ferme, chez ses vieux pendant trente ans, était une énorme Bible d'au moins quinze kilos reliée de cuir avec un gros fermoir en ferraille rouillé remontant au moins à la révocation de l'édit de Nantes ou au Grand Trek *…

L'un dans l'autre, tout ça était bien compliqué et, les années passant, il devenait de plus en plus difficile de tirer le portrait de la plus jeune démocratie de la planète… Toutes ces contradictions faisaient vraiment mal à la tête au jeune capitaine, mais pas au point de le pousser à s'en aller pour toujours ; pour aller où d'ailleurs… Faire le Nègre de service à Londres ou en Nouvelle-Zélande ? Au moins ici il était chez lui, il n'avait pas à s'excuser d'être ce qu'il était ou à demander pardon d'exister ; et en plus il était flic et donc du bon coté du bâton, même si le manche était encore souvent un peu trop merdeux et glissant à son goût…

II

Le deuxième corps avait été retrouvé dans une poubelle de la résidence Drakensberg, dans le quartier de Sunnyside à Pretoria. Sous l'ancien régime, le quartier avait eu son heure de gloire, avec un semblant de vie nocturne, genre Quartier latin ou Soho du pauvre du côté des antipodes. Quelques bons restaurants français comme La Madeleine avaient émigré depuis longtemps vers les nouveaux beaux quartiers et les dealers avaient pris le contrôle du trottoir alors que des gamins orphelins du sida campaient sous les porches.

Dix ans auparavant, les moins riches des fonctionnaires de l'apartheid pouvaient louer à Sunnyside d'immenses appartements de plus de trois cents mètres carrés pour une fraction de leur salaire alors que leurs chefs vivaient dans des résidences encore plus luxueuses à Waterkloof ou à Groenkloof, à un jet de balle du *Pretoria Country Club* et de son golf huppé. La vie était douce et facile à Sunnyside et même les petites gens pouvaient être servies par une bonne grosse mama docile et sous-payée. En Europe, la plupart de ces pauvres gratte-papier sans ambition et sans cervelle auraient été des lumpen-prolétaires parqués dans des banlieues ouvrières sinistres à des heures de train de leur lieu de travail. Ici, sous les jacarandas et le ciel bleu, ils étaient, au nom de Dieu et de M. Verwoerd *, les seigneurs post coloniaux de l'empire du développement séparé... Ils avaient presque des excuses puisqu'ils ne savaient même pas qu'il y avait ailleurs des endroits où les miteux comme eux pouvaient aussi être heureux, mais sans avoir la conscience forcément baignée dans la merde du racisme institutionnel... En décembre, pendant les chaudes soirées d'été, on pouvait flâner le soir dans Esselen Street pour aller acheter des cigarettes au café portugais du coin ou juste traîner sur le trottoir pour faire pisser son *boerebull* *. On voyait même des enfants blancs à pied... C'est dire. En tout cas, il n'y avait pas de chômeurs noirs qui tenaient les murs à chaque coin de rue.

La roue avait tourné... Il n'y avait presque plus de petits Blancs dans le quartier depuis 1994, sinon une poignée de retraités nécessiteux. Les propriétaires se donnaient un peu moins de mal qu'« au bon vieux temps » – comme ils disaient entre eux avec un clin d'œil plein de sous-entendus – pour l'entretien des jardins ou des parties communes de leurs immeubles. Mais la résidence Drakensberg avait encore de beaux restes avec ses six étages de grands appartements ouverts sur une galerie surplombant un agréable jardin planté de palmiers et d'acacias entourant une grande piscine carrelée de mosaïque à l'ancienne. Sous les appartements, ouvert sur une rue perpendiculaire en impasse, un immense parking grillagé soutenu par des pilotis de béton armé occupait tout le rez-de-chaussée de l'immeuble. C'est là, au fond, dans le local à poubelles, qu'un samedi matin Célestin Mba avait trouvé un grand Noir nu désarticulé et sans visage. Bien qu'il n'ait pas grand-chose à se reprocher sinon d'être un foutu branleur d'immigré clandestin venu de Libreville avec un visa de touriste périmé depuis fatigué, et un fieffé fainéant qui passait ses journées à glander en regardant des clips de rap à la télé ou des soap-opéras, Célestin était parti en courant après avoir laissé retomber le couvercle de la grande poubelle verte, en se disant cependant qu'il y avait laissé ses empreintes…

Deux heures plus tard, convaincu que la toute-puissante SAPS viendrait tôt ou tard l'arrêter pour meurtre, Célestin, qui avait fait du droit au Gabon et qui pensait avec sa tête, même à retardement, se présenta spontanément au commissariat d'Esselen Street… Mieux valait être renvoyé au Gabon pour violation des lois sur l'immigration que de finir ses jours au quartier C-Max de la prison centrale de Pretoria, pour un crime qu'il n'avait pas commis. Sans compter que des potes du trottoir lui avaient dit qu'on sodomisait sec à C-Max et qu'il en avait mal au cul rien que d'y penser… À 10 h 15, flanqué du capitaine Zondi – qui se trouvait là par hasard parce qu'il venait de serrer une bande de trafiquants de came nigérians dans un squat du coin – et de deux constables blancs taillés comme des hippopotames, Célestin était reconduit *manu militari* sur les lieux. Une vingtaine de locataires ou de propriétaires palabraient bruyamment dans toutes les langues imaginables autour de la poubelle ouverte, mais personne n'avait jugé utile d'appeler la police… À quoi bon ? Un vieux Noir tout ridé et à l'air borné, mais que tout le monde semblait écouter respectueusement, expliquait sentencieusement qu'il valait mieux laisser le mort là où il était, que les gars des poubelles se débrouilleraient avec lui lundi au moment du ramassage. Avec un peu de chance, insistait le vieux, il était même possible, « si on le recouvrait tout de suite de quelques sacs d'ordures, qu'il finisse dans un incinérateur sans déranger personne ni attirer l'attention ».

Hélas pour les palabreurs, avec l'arrivée de la police, en quelques secondes la scène du crime était ceinturée d'un ruban de plastique jaune et rouge et les habitants de la résidence Drakensberg, peu désireux de rendre des comptes aux flics, s'étaient égaillés comme une volée d'ibis. Seul témoin contraint et forcé, le malheureux Célestin regardait les techniciens du service scientifique déballer leur matériel, répétant dans un anglais très approximatif qu'il n'y était pour rien et qu'il n'avait jamais vu le mort. C'est curieux, se disait Zondi, mais la première chose que braillent toujours les suspects ou les coupables c'est qu'ils n'ont jamais vu la victime... Qu'est-ce que ça change de n'avoir jamais vu le mort avant ; avant quoi ? Après avoir examiné la position bizarre du corps tassé en désordre dans la cuve de plastique, Zondi demanda au jeune Gabonais dans quelle position il avait trouvé le cadavre en ouvrant la poubelle.

– Comme il est là, chief...

– Exactement comme ça ?

– Pareil comme ça, chief...

– Rien dessus, pas de détritus ?

– Rien du tout, chief...

– Tu faisais quelque chose de spécial la nuit dernière ?

– Oui, chief, je connais pas le mort.

Zondi soupira. Le gars avait un alibi en béton... Ça allait sûrement bouleverser le juge... Il savait que tout le reste du témoignage du Gabonais se trouvait dans la déposition enregistrée au commissariat d'Esselen

Street. Le pauvre Célestin ne pourrait pas lui être plus utile, il pissait de trouille dans son froc.

– Fous-moi le camp avant que je change d'avis et que l'immigration te flanque dans un avion… Et tu ne quittes pas cette adresse au cas où je voudrais te revoir. Compris ?

– Oui, patron.

Sipho avait eu moins de chance que le Gabonais. Depuis une semaine, il était en préventive à Mamelodi… Mais il était peu probable que ce pauvre couillon de Célestin, qui n'avait même pas été assez futé en huit mois pour s'acheter un faux livret d'identité à cinq cents rands et qui n'aurait même pas su demander son chemin pour aller à la poste, soit le meurtrier. Zondi pensa qu'il était peut-être un peu tôt pour être formel, mais cette affaire commençait sérieusement à sentir le *serial killer*…

Restait donc, pour être bien sûr, à attendre un hypothétique troisième corps pendant que les experts du FSL à Silverton dépiautaient les cadavres sur leurs paillasses à grands coups de scie Stryker et que les adjoints de Zondi passaient au tamis le fichier des personnes disparues dans la province du Gauteng et dans l'ensemble du pays… Pendant le reste de la semaine, le capitaine vaqua à ses occupations routinières, un *hijacking* * toutes les six heures, un meurtre violent toutes les douze heures et quelques viols ou violences conjugales entre les deux. Heureusement il ne s'occupait plus de vols de voitures ou de cambriolages, sinon il aurait dû faire les trois-huit à lui tout seul et se faire ravitailler en vol !

Numéro Trois apparut le samedi suivant vers 7 h 00, soigneusement allongé sur un banc de la gare de chemin de fer de Pretoria. Gampu Mamoepa traînait sa pauvre carcasse fatiguée et sa serpillière sur le quai où, plus tard dans la journée, les passagers du *Blue Train* viendraient commencer un voyage de rêve en direction du Cap à travers les interminables plaines du Karoo dans des voitures tapissées de bois précieux aussi luxueuses que celles de *L'Orient-Express*. La vieille Gampu se disait qu'elle devait bien nettoyer son quai parce que, dans quelques heures, il serait couvert de valises plus chères que sa maison et de riches mâles assortis à des femelles un peu vieilles peut-être, mais bien habillées et encore très jolies avec des chaussures faites pour se coucher et pas pour marcher. À l'instant magique de l'embarquement, au moment où les haut-parleurs crépitaient et où tout le monde s'affolait un peu, Gampu aimait bien regarder les passagers inquiets et désorientés se préoccuper nerveusement de leurs bagages dès qu'ils voyaient des mains noires se poser sur la poignée. La pauvre femme de ménage, exploitée et pauvre depuis la nuit des temps, connaissait pourtant bien les riches à force de les voir passer sur son quai… Elle n'était plus étonnée par l'attitude de ces voyageurs dorés sur tranche venus d'un autre monde : la plupart étaient américains, anglais ou hollandais et, même s'ils avaient fini par se retrouver à la *Pretoria Central Station* au fil de leur périple équatorial ou tropical, ils avaient tous peur de l'Afrique, des moustiques, de l'eau sale, du piment, des Noirs, qu'on leur refile la malaria ou le choléra rien qu'en les regardant, et aussi qu'on leur vole leurs luxueux équipages à roulettes en toile monogrammée. Mais elle se disait aussi, la bonne Gampu, que c'était une vraie bénédiction du Ciel d'avoir des étrangers aussi riches qui avaient les moyens de prendre le *Blue Train* parce qu'elle ne connaissait vraiment personne en Afrique du Sud qui pourrait payer le prix du billet… Et si un jour par malheur il ne devait plus y avoir de passagers prêts à dépenser l'équivalent de quatorze mois de son salaire pour aller au Cap en deux jours au lieu d'y aller en deux heures par avion pour le dixième du prix, elle n'aurait plus son quai à briquer et elle finirait pas mourir de faim, elle et ses six mômes. Finalement, les riches avaient du bon, d'autant que la plupart de ceux qui arpentaient son quai n'avaient pas l'air méchants, ni même arrogants… Ils avaient plutôt l'air apeurés comme un troupeau d'impalas qui ont flairé un lion en goguette. Et elle était même compréhensive, Gampu ; s'ils ne lui donnaient jamais de pourboire pour le quai bien propre qu'elle leur faisait, c'est seulement parce qu'ils ne la voyaient pas ou qu'ils n'avaient que de gros billets dans les poches.

Le corps du grand Noir était donc sur le dos, sur le banc, sur le quai. Sa tête sans visage regardait les poutrelles métalliques du plafond. Il était nu et son gros sexe bien aligné remontait tout droit vers son nombril. Gampu n'aurait pas su dire si c'était à cause du grand trou rouge et blanchâtre du visage ou à cause du gros sexe noir mais elle s'évanouit et tomba sans bruit sur le ciment, parallèle au banc, en perdant le ridicule et énorme béret bleu ciel qui emballait ses cheveux.

À son réveil, un jeune officier de police très noir, très beau et très poli, lui montra sa plaque et lui demanda de bien vouloir lui raconter ce qu'elle avait vu. Elle n'avait vu qu'un grand Noir nu allongé sur le banc et elle avait tout de suite compris que c'était un fantôme parce qu'on ne voyait pas son visage.

– Merci *gogo* *, lui dit le capitaine Zondi en soupirant. Tu peux rentrer chez toi. Tout va bien maintenant.

Ce n'était pas un fantôme, il était saoul. Il va bien maintenant, on s'occupe de lui, mais ne raconte rien à personne pour que son âme repose en paix.

Il savait bien que le fantôme noir de la gare allait alimenter les conversations de la vieille pendant quelques jours. Il ne doutait pas une minute que Gampu allait expliquer à ses amies comment il s'était même levé en la montrant du doigt et lui avait dit de craindre Dieu et de Le respecter avant de se recoucher et de retomber dans un profond sommeil. Toutes les autres femmes la regarderaient d'un air terrifié et excité à la fois avant d'entonner un cantique…

Le corps était maintenant abrité sous une couverture de survie en plastique doré scintillant. Le photographe et les techniciens du *Forensic Sciences Laboratory* s'agitaient dans une ronde méthodique et organisée. Zondi savait déjà que l'autopsie révélerait dans quelques heures que la victime avait vendu chèrement sa peau ; qu'elle s'était battue courageusement pendant plusieurs heures et qu'il n'y avait pas eu de viol et enfin que plusieurs os étaient brisés avec des plaies multiples ressemblant à des abrasions profondes… Bla, bla, bla… Par trois fois déjà, il avait lu le même rapport, les ongles, les dents, la rate…

De retour à leur bureau, tout comme dans les films de tueurs en série américains qu'ils avaient si souvent vus sur MNET *, le superintendant Padayachee et Zondi avaient punaisé les photos sur un mur de la salle des opérations. Ils espéraient trouver des liens, un dénominateur commun, ou provoquer un déclic visuel quelconque. Pourtant, rien ne leur avait sauté aux yeux. Ça ne devait marcher que dans les films ; cette histoire d'étincelle magique en lorgnant les photos jusqu'à y voir double et à se donner la nausée... Dans la vraie vie, il n'y a jamais la contrainte du scénario.

L'assassin se foutait d'eux, visiblement. Cette façon de laver le cadavre, de lui écorcher le visage, de lui couper les doigts et de le déposer dans un lieu public où il devait obligatoirement être découvert par hasard par un quidam de passage était une provocation insupportable. Le labo avait identifié le détergent utilisé pour laver les corps : du Detol, un antiseptique de ménage dont toutes les écoles ou toutes les maisonnées ont au moins un flacon. Le bilan était minable : pas le début d'une piste, trois cadavres tout propres et désinfectés et sans identité, et un assassin qui prenait un plaisir facétieux à exposer son mort au lieu de le balancer au fond d'un trou dans un coin désert ou encore au fond d'un marigot à la manière de n'importe quel malfrat ou surineur.

Restait à attendre le quatrième corps qui ne tarderait pas à faire son apparition, Zondi en était convaincu tout en grattant dans les fichiers de personnes disparues et les milliers de plaintes enregistrées dans les commissariats du Gauteng et des autres provinces...

Cette cadence hebdomadaire de meurtres en série était impossible à suivre pour le superintendant Padayachee et son équipe. Une ville comme Pretoria et ses banlieues, avec presque deux millions et demi d'habitants, enregistre plusieurs milliers d'appels de détresse par jour. Les opérateurs du 10111 saturent en permanence et les dossiers s'empilent sur les bureaux des enquêteurs qui traitent les urgences en fonction des événements, mais aucun meurtre n'est jamais programmé avec cette monstrueuse régularité ; rien n'est attendu à l'exception du pire qui est presque toujours sûr. Chaque jour amène évidemment sa part de problèmes, de viols, de hi-jackings, d'assassinats, d'enlèvements ou de vols, mais chaque jour la police est prise au dépourvu et elle improvise comme elle peut. Mais rien n'arrive jamais qu'elle aurait vraiment pu prévoir et éviter. Piètre excuse évidemment… Avec ce cadavre nu et sans visage qui prenait quasiment rendez-vous avec la police chaque samedi matin vers 7 h 00, les bienfaisantes et rassurantes règles du chaos universel ou de la théorie des emmerdements maximum ne s'appliquaient plus.

Zondi commençait, comme son chef qui subissait depuis quelques jours les foudres du National Commissioner, à attendre la fin de la semaine avec angoisse en se disant qu'il y aurait inévitablement un autre meurtre et qu'il ne pourrait pas l'empêcher. Le sommeil lui venait difficilement. Le soir et la nuit, dans le tout petit salon de sa maison d'Atteridgeville, il tournait en rond comme un fauve ou un chasseur. Sa compagne Lina avait déjà vécu cette ambiance de veillée d'armes lorsque il traquait Sibeko, le tueur aux quatre cents victimes… Un tueur en série que Zondi n'avait pu faire inculper et juger « que » pour trente-huit meurtres prémédités et quarante viols… Quarante malheureuses filles séduites au retour de leur travail, près d'un arrêt de bus ou dans une gare, puis violentées et étranglées, toujours de la même manière, avec leur soutien-gorge noué autour du cou. Sibeko, que les journalistes avaient surnommé le « Taxi » au moment de son procès, abordait ses victimes au volant de sa voiture et leur proposait de les déposer chez elles en les baratinant. Pour ces femmes épuisées qui passaient plus de trois heures par jour dans des transports en commun sans confort, tassées sur les sièges étroits de minibus bondés à se faire peloter par des mâles bourrés et sales après avoir fait la queue dans des files de près de cent personnes dans la chaleur ou le froid, l'occasion était trop belle de se faire offrir la course par un beau jeune homme si gentil et bien propre sur lui qui leur faisait tant de compliments sur leur élégance ou leur jolie frimousse. Le numéro du Taxi était bien rodé ; il les violait en général dix minutes à peine après les avoir installées près de lui dans sa vieille Corolla et les corps des malheureuses étaient jetés le soir même dans un terrain vague à la lisière des townships, quelquefois à quelques centaines de mètres à peine de leur domicile. Le bourreau en avait pris pour deux mille quatre cent dix ans de prison… La peine de mort était abolie depuis la Libération, mais plusieurs magistrats et quelques élus avaient proposé de la restaurer pour le Taxi… En vain, on ne joue pas avec les grands principes dans la Rainbow Nation. Zondi s'était souvent dit après l'arrestation que, sous d'autres cieux ou à d'autres époques, il aurait pu se contenter d'éliminer Sibeko comme un cafard en l'écrasant avec sa voiture pendant son transfert au commissariat. Souvent il avait regretté de ne pas l'avoir fait mais à chaque fois Padayachee lui avait expliqué que la force de la démocratie c'est de respecter le droit, et rien que le droit. Et pourtant, en trente ans de carrière, son chef n'avait pas observé que la victoire du droit, loin de là… Et il en avait justement été meurtri au point de devenir rigoureux et même tatillon. Il n'y avait pas d'autre gardefou à ses yeux que le droit et la procédure, le fameux « Code de conduite »… Zondi lui devait d'être un bon policier ; Padayachee était une de ses « consciences », et leur relation aigre-douce reposait sur cette emprise du vieil Indien.

Trente-huit meurtres « seulement » avaient pu être prouvés mais Sibeko avait avoué à Zondi lors de leurs tête-à-tête en avoir commis au moins quatre cents, peut-être plus ; il n'était plus très sûr, parce que sa mémoire le trahissait. Le tueur avait même coopéré activement et complaisamment avec le bureau du DPP*, le *Director of Public Prosecution,* et sur la base de ses indications détaillées plusieurs corps avaient été retrouvés dans des états de décomposition plus ou moins avancés. À chaque fois, le tueur se souvenait de sa victime avec précision, de ses vêtements, de la couleur de sa culotte, de son nom et de la date approximative du meurtre. Cela avait semblé époustouflant aux enquêteurs, mais le cerveau du tueur était ainsi fait, bien rangé et dénué de tout sens moral ou critique… Sibeko avait traîné les enquêteurs, jour après jour, dans des dizaines d'endroits isolés et sinistres, des décharges publiques ou des terrils, où il leur avait assuré avoir jeté un corps un an, deux ans ou trois ans auparavant. Zondi et les spécialistes du labo avaient fouillé des dizaines de carrières ou de terrains vagues dans la banlieue de Johannesburg, ou encore des chantiers de construction et des mares boueuses dans des fermes abandonnées du *veld**. Le plus souvent en vain, les corps avaient été dévorés par des animaux ou s'étaient simplement désintégrés au soleil. Zondi était convaincu que Sibeko ne se vantait pas. Une fois sur dix, les policiers trouvaient vraiment un cadavre en suivant ses indications et une enquête de proximité permettait à chaque fois de découvrir l'identité de la victime. Faute de preuves tangibles et de cadavres, le DPP n'avait cependant pu retenir que trente-huit meurtres… Ce n'était pourtant pas l'envie qui lui manquait de requérir cinq ou dix mille ans de réclusion contre le Taxi qui le dévisageait avec un air angélique lors des interrogatoires.

On disait à la prison de *C-Maximum Facility* que Sibeko était reconnaissant au capitaine Zondi d'avoir mis un terme à sa folie meurtrière. Le tueur en série vénérait son tombeur, vivant exemple du syndrome de Stockholm, et il lui répétait lors des rares visites que le policier lui rendait au parloir : « C'est mieux comme ça, si je sors, je recommence… »

III

Le capitaine Zondi se souvenait confusément de ses cours du FBI à Quantico. Il avait la certitude d'avoir appris là-bas plein de trucs très intelligents, mais il avait beau se remuer les méninges, il ne voyait pas comment les appliquer à son histoire de Noirs nus et sans visage. Ça le désolait d'autant plus que le SAPS l'avait envoyé en Amérique aux frais du contribuable et que son chef l'avait obligé à rédiger un rapport dithyrambique pour remercier l'Oncle Sam de ses largesses… Francis Zondi avait gagné de haute lutte le droit d'être sélectionné. À y regarder de près, rien n'avait jamais été facile depuis le jour de sa naissance, mais ce n'est qu'à l'âge adulte, après avoir quitté son ghetto de White City, qu'il en avait eu conscience. Jusqu'à seize ans, vivre à onze dans une maison de trente mètres carrés avec deux chambres lui avait toujours semblé normal… Tout comme de n'avoir qu'un robinet d'eau froide dans la cour ou de partager une seule et même couverture à trois dans le même petit lit branlant. Tout le monde autour de lui vivait de la même façon dans une bicoque de ciment, glaciale en hiver et chaude comme une étuve en été. Les pauvres avaient des bougies et les moins pauvres des lampes à pétrole. Tout ça, c'était la vie de tous les jours… Même aller à l'école pieds nus et vêtu d'un vieil uniforme que six paires de fesses au moins avaient déjà râpé jusqu'à la trame lui apparaissait être la vraie vie, la seule possible. Aussi loin que son regard pouvait porter par la fenêtre de la cuisine, il ne voyait que des familles semblables à la sienne ; une mère épuisée par son travail chez les *madams* blanches de Joburg et les transports interminables, et un père triste et humilié de ne pas pouvoir offrir à sa famille mieux qu'un salaire mensuel qui n'aurait même pas permis à un Blanc d'acheter la bouffe du chien pour la semaine… Mais eux, les Noirs, devaient tout faire avec cette petite enveloppe brune et bien mince du vendredi ; payer le loyer, la paraffine de la lampe ou de la cuisinière, la nourriture, les uniformes de l'école et un médicament de temps à autre. Tout ça était bien loin ; le capitaine Zondi avait presque oublié que, pendant toute son enfance, le ghetto avait été son monde et qu'il n'avait pas même été tenté de voir plus loin que Johannesburg ; une sorte d'Eldorado pour lui, et l'enfer selon sa vieille Lebohang…

Des années plus tard, il avait appris qu'il y avait un monde au-delà des terrils d'E'Goli, la cité de l'or, et même au-delà du fleuve Limpopo, au bout du Transvaal. Un jour il s'était posé à Dulles Airport, près de Washington, et il avait traversé les belles forêts du district de Columbia. En huit semaines de formation aux États-Unis, il avait enduré des heures et des heures de présentations sur transparents toutes plus soporifiques et pédantes les unes que les autres. Il avait studieusement écouté des dizaines de conférenciers du FBI et au moins autant de chercheurs, universitaires, docteurs en psychologie et autres grosses têtes de la science du comportement leur dresser, à lui et à toute sa promo de bons sous-développés nègres, arabes ou asiatiques, des portraits types de violeurs assassins à répétition. Aujourd'hui, avec le recul, même s'il ne regrettait pas d'avoir vu l'Amérique, il avait beau chercher des recoupements ou des similitudes, rien ne collait jamais, rien n'était exportable de tous ces gimmicks de police scientifique dont on lui avait bourré le crâne…

Tous leurs serial killers *made in USA* sévissaient tout au long des étapes d'un sempiternel road movie de la côte Est à la côte Ouest et vice versa, et invariablement les victimes étaient refroidies dans un motel miteux à la Hitchcock. Quand le tueur n'était pas un psychotique mal aimé errant sur les autoroutes, il restait toujours l'option du couple de gouines, anciennement hétéros avec maris et enfants en rupture de ban, dont une des deux pétait un fusible en dessoudant à la chaîne des pompistes machos dont le seul tort était d'avoir un pénis et de les avoir regardées en souriant… Plus récemment, était apparue la variante « retour du front » avec le fusilier marin démobilisé, ancien combattant de la guerre du Golfe, et qui n'arrivait pas à se réinsérer dans ce monde cruel de civils lâches et fainéants nourris au cheeseburger et au Coca light… Combien de conférences avait-il subi aussi à propos de pédés refoulés qui vivaient seuls avec leur mère et qui se déguisaient en danseuses nues la nuit pour tourner des *snuff movies* * avec leur Caméscope en égorgeant des jeunes filles blondes à peine nubiles… Et patati et patata…

En huit semaines, le capitaine Zondi de la *Serious & Violent Crime Unit* de Pretoria avait bouffé à Quantico du lieu commun psychiatrique et du cliché criminel à longueur de journée… Les Américains lui semblaient méticuleux et professionnels en tout, ça ne se discutait même pas, mais conventionnels et prévisibles à un point qu'il n'aurait jamais imaginé ; même dans le crime. Ça ne se discutait pas non plus. Il ne lui restait de son glorieux épisode américain qu'une paire de santiags en cuir de cordoba achetée avec les économies grattées sur ses frais de mission et un beau diplôme encadré qui suscitait l'admiration inconditionnelle de ses collègues et des deux gosses de sa compagne… C'était toujours ça de pris, un peu de gloire pour le fils de la vieille Lebohang de White City qui s'était usée à la tâche en récurant des fourchettes en argent qui valaient plus cher que ses chaussures…

S'il décidait de se la jouer « à l'américaine », style *profiler* de téléfilm, pour découvrir qui lui avait buté ses grands Noirs sans visage, Zondi savait qu'il n'était pas près d'avoir des résultats ! La hantise du capitaine, c'était que le superintendant Padayachee finisse par ramener sournoisement le sujet sur la table… Une petite phrase convenue comme « vous ne croyez pas qu'on devrait voir un *profiler*, vous voyez qui je veux dire capitaine Zondi, ce docteur en psychiatrie de l'université de Wits qui nous avait déjà aidés dans l'affaire Sibeko… »

À cette seule idée, Zondi perdait son sang-froid. « Non, chief, elle ne nous avait pas aidés. Elle nous avait emmerdés, du matin au soir. On fait pas la police avec des psy mais avec des flics, chief, et avec des indics pourris, et avec des mandats de perquisition, et même quelquefois avec un gnon ou deux dans le pif d'un suspect. » Voilà ce qu'il lui dirait, avec sa brutalité intransigeante. Il lui dirait en se calmant que la police, ça se passe dans la rue, avec des filatures et des planques, pas avec les élucubrations de cette excitée de Dr Lana Woerner sous perfusion de café ou de

Prozac. Le capitaine Zondi préparait mentalement sa riposte. Il ne voulait surtout pas se retrouver avec cette casse-burnes dans les pattes. Qu'est-ce qu'elle va nous dire, chief ? Je le sais déjà : « Le tueur est un homme, très organisé et narcissique. L'exaspération des policiers impuissants est pour lui une source de contentement qui le conduit à ressentir une profonde autosatisfaction. Il n'est pas certain que son *modus operandi* lui donne du plaisir sexuel parce qu'il est probablement impuissant. Il cherche autre chose… » Et voilà, chief, j'arrête là tellement ça me gonfle ! Après cette répétition *in petto*, Zondi se sentait prêt à affronter Padayachee, si le sujet était abordé. Mais il n'était pas certain de pouvoir gagner la bataille. Padayachee était le chef, il était même un vieux chef, et il aimait bien le Dr Lana Woerner, une profileuse attitrée de la SAPS.

Le pressentiment de Zondi était fondé… Le chef n'en fit qu'à sa tête et la profileuse fit son apparition le mardi suivant la mort de Numéro Trois en dépit des protestations du capitaine. De fait, le bon Dr Lana Woerner avait tout pour agacer. D'abord c'était une Pretoria *poppie* *… Une de ces blondes poupées dodues et grassement maquillées, lourdes et sans grâce, dont se moquent les habitants de Johannesburg à cause de leur allure de paysannes endimanchées et qui parlent anglais avec la bouche en cul-de-poule et un accent afrikaner chantant et grotesque. Miss Woerner était toujours habillée de tailleurs aux gracieux coloris fraise écrasée ou jaune canari avec des sacs à main assortis. Elle se dandinait presque toujours, ses gros pieds boudinés dans des escarpins de la même couleur que le reste au point que l'ensemble avait l'allure d'un gros marshmallow instable, mou et pastel. Ensuite – et c'était ça le plus agaçant, parce qu'au fond elle n'y pouvait rien si elle était moche et disgracieuse, se disait Zondi – elle prenait toujours un air entendu et ponctuait toutes les phrases de ses interlocuteurs par un exaspérant « c'est exactement ce que j'allais dire… ». Le capitaine n'était pas dupe ; elle avait cette longue expérience des psys qui consiste à vous répéter, avec leurs mots à eux, ce que vous venez de leur dire avec vos mots à vous, avant, bien sûr, de vous réclamer leurs honoraires avec leur chiffre à eux…

Du point de vue de la SAPS, Miss Woerner était la profileuse par excellence ; elle avait suivi un cycle d'enseignement poussé à l'Institut des sciences du comportement avec Robert Ressler, le fondateur du VICAP, le *Violent Criminal Apprehension Program* du FBI et probablement le plus grand expert au monde en matière de serial killer. Du point de vue de Zondi, le seul atout qu'elle possédait était d'avoir des enfants à récupérer tous les jours à l'école à 13 h 30 pétantes, ce qui lui assurait, à lui et à son équipe, des après-midi tranquilles pendant qu'elle faisait des coloriages avec ses gniards ou qu'elle les conduisait chez l'orthodontiste ou au judo. Les lettres de créances nord-américaines de Miss Woerner allaient cependant, une fois de plus, lui donner le droit d'assener ses tautologies prospectives sur une pauvre bande de flics désemparés.

Quand le superintendant, qui avait le sentiment justifié que son unité pédalait dans le mealie, avait, comme prévu, appelé Miss Woerner à la rescousse, le bon docteur ne s'était pas fait prier pour débarquer illico à la *Serious & Violent Crime Unit* avec sa petite Audi cabriolet achetée avec les droits d'auteur du livre qu'elle avait consacré à Sibeko, livre dans lequel le capitaine Zondi, qui avait en réalité appréhendé le meurtrier tout seul, s'était retrouvé ravalé au rang d'auxiliaire psychiatrique du grand Dr Woerner. Lui qui avait laissé une phalange dans une bataille au corps à corps, le jour où il avait passé les bracelets au serial killer qui se défendait à coups de cognée… Dur à avaler.

Et Padayachee avait déroulé son tapis rouge ; les Indiens ont toujours aimé les grosses blondes, pour la distraction évidemment ou pour les fantasmes, pas pour les épouser… En moins d'une heure, Lana Woerner avait lu les comptes-rendus du FSL et des enquêteurs. Elle savait désormais, comme tout le monde, que trois corps nus et congelés attendaient que justice soit rendue dans un tiroir de la morgue de Soutpansberg Road. Elle avait demandé à voir les victimes. Zondi détestait déranger ces pauvres âmes retirées du monde qui avaient commencé leur dernier sommeil et que des dizaines de visiteurs venaient réveiller en permanence sans même prendre la peine de les saluer respectueusement, de baisser le ton ou de se déplacer à pas feutrés. Il détestait cette indifférence blasée avec laquelle le préposé au frigo, un vieux constable usé et déprimant, baissait les fermetures Éclair des sacs en polyéthylène allongés sur les tables d'autopsie en inox. Il détestait la façon dont les malheureuses dépouilles étaient tournées et retournées, jaugées, étudiées comme des faits-divers ou pesées comme des pièces à conviction par des gens qui n'en avaient aucune.

En fin de journée, Lana Woerner en savait donc autant que le superintendant et le capitaine Zondi. À savoir rien ou presque, mais ce n'était pas de nature à ébranler ses certitudes académiques. Zondi savait qu'elle saurait leur rédiger un rapport inédit pour le lendemain. Elle avait fait de longues études pour ça et la SAPS la payait généreusement.

IV

Calé dans un fauteuil, alors que le superintendant Padayachee et deux autres détectives de la *Serious & Violent Crime Unit* écoutaient religieusement le Dr Woerner leur dire la messe de sa voix de crécelle, le capitaine Zondi s'amusait mentalement à finir les phrases de la profileuse. Depuis dix minutes que durait l'exposé, il était en terrain connu… Sa Pretoria poppie préférée était au moins aussi prévisible et conventionnelle que les cadors de Quantico qui l'avaient formée.

« Messieurs, de toute évidence, nous avons affaire à un tueur en série, méthodique et prudent. Il ne laisse pour ainsi dire pas d'indices. Cette façon qu'il a de laver ses victimes et de les débarrasser de toute forme de relation avec le lieu où le meurtre a été commis laisse penser qu'il a une connaissance approfondie de nos méthodes d'investigation. Les victimes ont un point commun, elles sont toutes de grande taille et musclées. Je ne sais pas encore si c'est un point important ou non mais cela nous donne cependant une indication ; il est en effet peu probable qu'une femme soit capable de manipuler des corps de cette taille pour les déshabiller et les laver aussi soigneusement. À moins que le meurtrier ne soit un groupe de meurtriers ou de meurtrières, mais il existe peu d'exemples de meurtres en série commis par des bandes organisées, surtout de femmes, ou avec l'aide d'assistants… Le meurtrier devrait donc être un homme jeune ou dans la force de l'âge ; ce qui n'est pas très étonnant, la plupart des tueurs en série étant des hommes dont l'univers fantasmatique est en général visuel alors que celui des femmes est plus émotionnel et tactile. L'absence de marque de viol pourrait nous laisser penser que le meurtrier est évidemment impuissant mais je serais tentée de pencher pour une autre analyse ; je crois qu'il n'est pas mû par des pulsions sexuelles primaires mais par un désir plus élaboré de faire valoir son droit de vie et de mort sur ses victimes. Le tueur est sans doute un aigri, un raté sur le plan social, qui ne parvient pas à contrôler sa propre vie mais qui devient omnipotent dès qu'il prend le contrôle de la vie d'un autre. Mais, hélas pour lui, l'effet est de courte durée, au point qu'à intervalles réguliers il doit répéter l'expérience, comme un drogué qui ne peut supporter le manque. Compte tenu de ces premières conclusions, je ne crois pas que la piste du muti soit réaliste. Les pourvoyeurs des sangomas ne prennent jamais de précautions pour nettoyer la scène du crime ou rendre l'identification impossible. Ils ont la conviction qu'ils sont protégés par l'essence surnaturelle de leur mission et ils savent d'expérience que la plupart des victimes ne sont de toute façon jamais déclarées à la police. Je dirais que le meurtrier est peut-être un ancien policier ou un policier en activité frustré, peut-être même un militaire ; et qu'il joue avec nous en découpant les visages de ses victimes pour nous égarer dans une fausse direction – et d'une certaine façon aussi par raffinement sadique. Enfin, le fait que les trois victimes soient infectées par le virus du sida ne me semble pas être un élément déterminant à ce stade, un tiers de la population sexuellement active étant séropositive en Afrique du Sud. C'est triste mais c'est la réalité... »

Zondi devait admettre que, pour une psy, elle avait quand même réussi à dire deux ou trois choses qui n'étaient pas complètement idiotes, mais quel besoin avait eu le superintendant d'aller la chercher dans sa maudite fac pour se faire bombarder d'évidences qui sauteraient aux yeux du premier constable débutant à Krugersdorp ou à Orighstadt... Comme si lui-même et les autres détectives de la *Serious & Violent Crime Unit* n'avaient pas déjà éliminé le meurtre rituel – elle n'avait d'ailleurs même pas relevé que le visage avait été découpé après la mort, et pas avant... –, et comme s'ils n'avaient pas conclu, eux aussi, simples flics, que le tueur était peut-être un policier ou un militaire qui ne manquait ni de méthode ni de sang-froid...

Un élément nouveau, en revanche, devait reconnaître Zondi, avait été mis en évidence par Lana Woerner : les trois Noirs sans visage étaient tous des athlètes, de taille supérieure à la moyenne et bâtis comme des lutteurs grecs. Si cela avait un sens, le capitaine Zondi ne voyait pas où cela pouvait le conduire. Le Dr Woerner non plus, sinon elle aurait bondi sur l'occasion...

Le samedi suivant à 6 h 00, le capitaine Zondi était assis au volant de sa voiture, dans la cour de sa maison d'Atteridgeville. Il s'était disputé avec Lina qui ne comprenait pas pourquoi il passait sa vie en croisade au lieu de prendre de temps à autre ses distances avec la police et ses cadavres. Elle lui en voulait de négliger sa famille et d'être un justicier alors que lui-même tirait précisément une immense fierté de ce qu'elle lui reprochait... Zondi n'avait pas dormi de la nuit et il avait préféré camper seul dans sa vieille Golf, enroulé dans une grosse couverture *ndebele* *, en écoutant Radio Jacaranda. Le ciel était bas et les fumerolles des poêles à charbon commençaient à monter au-dessus des toits en tôle. De sa cour, accrochées à la colline en face de chez lui, Zondi voyait au loin les premières masures du bidonville de Brazzaville qui se réveillait dans les brumes matinales. Il n'y avait pas d'eau dans cette extension sauvage du township et, depuis son poste d'observation, le policier suivait des yeux la noria des pauvres gamins en haillons qui faisaient la queue, portant des jerrycans plus gros qu'eux, au seul et unique robinet communautaire du lotissement, un simple tuyau surmonté d'un gros réservoir d'eau Jojo en plastique vert. Zondi attendait que son téléphone cellulaire le tire de sa torpeur. Radio Jacaranda avait annoncé trois fois déjà que ce samedi serait une belle journée d'hiver et que la température ne descendrait pas au-dessous de vingt degrés. Il était prêt à démarrer, il ne lui manquait que l'adresse du quatrième cadavre…

Le superintendant lui envoya un SMS vers 7 h 30. Son chef n'avait même pas le courage de lui annoncer la nouvelle de vive voix. Il savait que Zondi était comme un lion en chasse ; il n'entendait plus rien ni personne. Il voulait le tueur et plus rien n'avait d'importance. Il reviendrait dans le monde réel lorsqu'il tiendrait sa proie entre ses dents. Deux mots s'affichaient sur le petit écran du téléphone : *Pretoria Zoo*. Excité comme un pisteur, sans même prévenir sa femme qui était sans doute déjà en train de préparer du mealie et du bacon grillé, Zondi démarra doucement et quitta la petite cour de sa concession. Le township revenait mollement à la vie après une froide nuit d'hiver.

Quelques charbonniers juchés sur leurs carrioles ou leurs vieilles mules arpentaient les rues pour vendre leurs sacs de combustible. Dans les jolis quartiers d'Atteridgeville où vivait depuis le milieu des années quatre-vingt-dix la jeune bourgeoisie noire, les maisons étaient encore silencieuses. Les riches dorment toujours plus tard que les déshérités. Qu'ils soient chômeurs, infirmes ou retraités, les damnés de la terre doivent commencer tôt à réfléchir à la façon dont ils vont bouffer à midi. L'oisiveté besogneuse et frénétique chez les pauvres est un job à plein temps…

Zondi traversa le township aussi vite que ses scrupules de flic l'y autorisaient. Par chance, aussi tôt un samedi matin, il y avait peu de circulation et une fois sorti d'Atteridgeville c'était tout droit jusqu'au jardin zoologique, guère plus de vingt minutes de route. Le Zoo de Pretoria était en plein centre de la capitale, à demi accroché au flanc d'une *koppie* * couverte de végétation tropicale ; la petite colline de l'immense parc zoologique jouxtait celle de Meintjiskoop où était installé le palais présidentiel. Des fourgons de police étaient déjà garés devant l'entrée et les curieux s'agglutinaient déjà sur le trottoir.

À 6 h 30, Ishmael Ngube, le préposé au téléphérique miniature qui dessert les cages des lions en haut de la colline, avait eu la surprise de sa vie en ouvrant la porte de la gare inférieure. Un grand Noir tout nu était assis dans la première nacelle en attente de passagers. Son visage était un grand trou sanguinolent et le malheureux mécanicien n'avait pas eu le courage d'examiner plus avant ce qui ressemblait bien à un mort… Il avait filé en courant jusqu'à la salle de repos des gardiens qui prenaient leur thé du matin.

Pour les techniciens du FSL, la scène du crime n'était pas plus bavarde que les trois précédentes, pas d'empreintes digitales sur les poignées de portes ou les parois de la nacelle, ni de traces de pas, ni même un cheveu ou un fil de tissu. Aucun accès n'avait été fracturé, le tueur avait fait son affaire au milieu de la nuit en crochetant une grille de service à l'arrière des entrées du public. Il n'avait réveillé personne, même pas les dragons de Komodo qui flemmardaient au fond de leur fosse. Le cadavre était aussi grand et athlétique que les autres, et semblait avoir le même âge que ses frères d'infortune déjà locataires d'un tiroir à l'institut médico-légal, une trentaine d'années au plus. Il était, lui aussi, couvert sur tout le corps de plaies sanguinolentes qui avaient été lavées et son visage avait été proprement prélevé au scalpel. « R.I.P. [1], Numéro Quatre », murmura Zondi en fermant les yeux et en pensant à la famille du pauvre type qui ne pourrait peut-être jamais faire son deuil.

1. *Requiescat in pace* (latin), ou *Rest In Peace* (anglais) : « Repose en paix. »

V

Après un dimanche abominable passé à houspiller les gosses de Lina et à renâcler pour faire sa part de tâches ménagères, Zondi avait vu arriver le lundi comme un soulagement. Jamais encore au cours d'une enquête il ne s'était senti aussi désemparé.

Zondi avait appris, en dix ans de service, que les criminels ne sont jamais des gens intelligents ; comme tous les gens qui succombent à leurs humeurs ou à leurs passions destructrices, ils sont faibles et toujours limités intellectuellement. Il n'y a pas de meurtrier digne d'intérêt ou d'admiration, ni même digne de mansuétude... C'est sa vie de flic, et pas son passage à Quantico, qui lui avait montré les assassins tels qu'ils sont : des minables qui n'ont aucun contrôle sur eux-mêmes et sont presque toujours des pantins colériques, hystériques ou frustrés, assoiffés de reconnaissance parce que justement ils ne sont rien d'autre que la lie de l'humanité. Zondi avait coincé le tueur en série Sibeko précisément parce que le garçon avait éprouvé – dès que ses derniers meurtres avaient été rendus publics – le besoin impérieux de faire parler de lui ; il avait envoyé au *Star* des petits articles où il s'amusait, d'un ton badin et sarcastique, à commenter le travail des enquêteurs... En manipulant le tueur par l'intermédiaire d'un journaliste et en remontant cette piste, Zondi avait finalement repéré sa planque dans un entrepôt de l'ouest de Pretoria avant de l'arrêter. Sibeko n'était au fond qu'un ignare et un imbécile qui avait fonctionné à l'instinct pour commettre ses crimes ou échapper à la police mais qui n'avait pas été capable de mobiliser son cerveau lorsque l'étau s'était resserré sur lui et lorsqu'on avait commencé à le piéger.

Le capitaine, pourtant diplômé du FBI et fervent chrétien, n'avait pas une vision holistique du crime, ni une vision compassionnelle des criminels dans la société post-apartheid. Pour Zondi, un criminel était par définition une pourriture sociale, une brebis galeuse pas assez saine pour vivre en harmonie dans le troupeau. Zondi n'avait jamais été tenté de trouver des circonstances atténuantes aux délinquants, ni des excuses. Il savait qu'il existait dans le monde d'autres capitales, en Asie ou en Afrique, où la pauvreté n'engendrait pas systématiquement la violence mais ce n'était pas le cas en Afrique du Sud, en tout cas pas en ce moment. Il ne voyait donc pas pourquoi la police devrait avoir des scrupules à faire son boulot. Son job, c'était de capturer ces moutons noirs puisqu'il n'avait pas le droit de les saigner lui-même…

Son expérience lui avait appris que, tôt ou tard, les criminels tombent dans le panneau. Le découpeur de visage tomberait aussi fatalement mais, pour le moment, Zondi devait admettre que le tueur avait pris un peu d'avance… Il aurait fallu pour le rattraper au moins un fait nouveau, un embryon de piste. Le National Commissioner avait convoqué Padayachee et son équipe dans son bureau de Pretorius Street pour 10 h 00. Ça sentait le savon… Le *Pretoria News* commençait à tirer à boulets rouges sur la police et le maire, et le grand patron n'avait rien à annoncer aux politiques, ce qu'il détestait par-dessus tout... Ils allaient se trouver tous les deux empotés et au garde-à-vous devant le grand bureau de chêne du Vieux, et personne dans la maison n'aimait se faire remonter les bretelles par ce type qui ne prononçait jamais un mot plus haut que l'autre de sa voix un peu éraillée qui rappelait par moments celle de Mandela.

Ce déclic tant attendu depuis trois semaines par les enquêteurs de la *Serious & Violent Crime Unit* se matérialisa le lundi vers midi sous la forme d'un appel téléphonique anodin de la morgue ; le Dr Van Zyl avait fait une découverte peut-être insignifiante, peut-être essentielle : un petit tatouage sur la victime du téléphérique du zoo. Quasiment invisibles au premier coup d'œil, incrustées dans le derme broyé et râpé du bras droit, le légiste avait découvert des traces profondes de pigment bleu qui dessinaient une forme rappelant vaguement le chiffre 13.

Depuis trois semaines, plus de cent cinquante personnes avaient été déclarées disparues dans le Gauteng ; pour l'ensemble du territoire sud-africain le chiffre montait à six cents. Zondi et ses équipiers avaient passé toutes les déclarations au crible. Les disparus étaient en général des femmes ou des hommes beaucoup plus jeunes que les quatre victimes logées dans les frigos du FSL. Quelques hommes portés disparus tombaient dans la tranche d'âge, mais selon les déclarations de leurs familles ils étaient beaucoup plus petits, ou plus gros, ou moins noirs. Et surtout, aucun n'avait le corps d'un athlète... La remarque de Lana Woerner finissait peut-être par prendre du sens. Enfin, autant que leurs proches puissent le savoir, aucun n'était tatoué sur le bras droit ou n'avait le sida...

Avec l'aide des techniciens en imagerie du FSL, Zondi avait photographié le bras de la quatrième victime. Le cliché numérique avait été travaillé dans un logiciel de retouche et, en supprimant les couleurs inutiles, le graphiste avait mis en surbrillance les pigments violets incrustés dans le derme comme des marques d'abattoir dans de la couenne de jambon. Par extrapolation, les lignes manquantes avaient été reconstituées sur l'écran de l'ordinateur avec un logiciel de dessin vectoriel et Zondi avait pu obtenir un tirage photographique du tatouage grandeur nature tel qu'il avait dû apparaître sur le bras de la victime de son vivant : deux chiffres hésitants d'environ deux centimètres de haut, tracés à main levée, sans aucun souci d'esthétique ni de symétrie, sans doute avec les moyens du bord, une mauvaise aiguille et de l'encre d'imprimerie extraite d'un journal macéré dans Dieu sait quel liquide.

En faisant laborieusement le tour des échoppes ayant pignon sur rue, ou des arrière-boutiques de tatouage du Gauteng, Zondi ne rencontra que des praticiens afrikaners couverts de piercings qui reconnurent n'avoir jamais eu de clients noirs. Willem Coetzee, un des tatoueurs accrédités des Hells Angels de Johannesburg, lui expliqua d'un air légèrement dédaigneux qu'en aucun cas le tatouage d'un simple numéro n'aurait pu l'intéresser. Willem et ses pairs étaient des vrais artistes, chaque dessin était une œuvre inspirée et certainement pas un signe de reconnaissance ou la marque d'appartenance à une secte ou à un gang… Il aurait fallu que ce chiffre 13 devienne un assemblage sophistiqué de gorgones ou de protées pour que lui ou ses confrères acceptent de le tatouer. Tout en parlant, et pour renforcer ce qu'il tentait d'expliquer à ce flic décidément sceptique, Willem feuilletait complaisamment les pages de son album de modèles, exhibant des poitrines décorées de portraits de Geronimo ou des biceps rebondis de culturistes habillés de dragons ou de najas entortillés. En effet, pensa Zondi, rien à voir avec le miteux petit 13 malhabile de l'homme du téléphérique ; ce tatouage n'était sans doute rien de plus qu'un numéro matricule griffonné à la hâte, sans doute en prison…

Pour Padayachee aussi, Numéro Quatre avait forcément fait de la taule. Pour le superintendant qui avait commencé sa carrière à pied avec une longue matraque de caoutchouc et un *sjambok** dans la rue au milieu des gangs, ce genre de tatouage rudimentaire sentait à plein nez le serment d'allégeance à une bande de voyous ou l'erreur de jeunesse. Zondi décida de tenter sa chance à la prison de C-Max où, tout comme Sibeko, plusieurs autres détenus qui lui devaient aussi leur incarcération au long cours nourrissaient néanmoins pour leur tombeur une admiration paradoxale mais indéniable. Le plus coopératif de tous ces taulards serait sans doute Sibusiso, un bandit de grand chemin des temps modernes qui s'était spécialisé dans les fourgons blindés de transport de fonds avant de tomber dans les filets de Zondi. Sibusiso et son équipe ne s'étaient pas fatigués avec des chalumeaux de perceurs de coffres, ils attaquaient les véhicules des convoyeurs au RPG, avec des mines et à la grenade. Ces hold-up musclés étaient très populaires dans les rangs de la pègre sud-africaine au milieu des années quatre-vingt-dix. Peu de véhicules étaient alors équipés de systèmes de surveillance par satellite. Aujourd'hui, un arrêt imprévu de quelques secondes sur le parcours d'un de ces coffres-forts à roulettes provoquerait l'intervention immédiate d'un hélicoptère… Sibusiso n'avait pas su progresser aussi vite que la technologie ; pour l'humilier, Zondi lui avait jeté à la figure après l'avoir arrêté : « C'est bien fait pour toi, t'avais qu'à passer ton *matric* * et faire des études, au moins tu aurais compris qu'il y avait un GPS à bord et qu'on allait te suivre à la trace… »

Le capitaine l'avait cravaté une nuit où il partageait le butin d'un fourgon de la *Standard Bank* avec sa bande de sbires dans un garage du Winnie Mandela Township ; non seulement le camion était équipé d'émetteurs, mais les caisses de billets aussi ! « Sibu » avait plongé pour quelques centaines d'années ; il avait sur la conscience la mort de trois convoyeurs vitrifiés et éparpillés par une grenade. En dépit de ce passé plutôt lourd, les entrevues avec le capitaine Zondi étaient toujours cordiales, presque amicales. Le climat s'y prêtait d'autant plus à C-Max que les visites se passaient dans une espèce de cantine zen où le détenu sans entraves et son visiteur étaient assis face à face autour d'une table en fer attachée au sol, tout comme les tabourets, mais le tout sans paroi vitrée ni hygiaphone. Le super-flic qui affichait habituellement une tolérance zéro avec la racaille en liberté devenait étrangement aimable et civil avec les criminels dès lors qu'il les avait mis sous les verrous pour l'éternité et qu'il les voyait devenir en quelques années des moutons dociles, lâches et angoissés à mort à l'idée de se faire sodomiser dans les douches.

Sibu avait vu des centaines de tatouages de gangs des townships, y compris les siens, mais il n'avait jamais vu ce signe 13 en dix ans d'activité dans les bas-fonds du crime sud-africain, et il proposa de faire tourner la photo dans les cellules de C-Max. Il refusa les deux cents rands que Zondi lui proposa pour cantiner.

– Je le fais pour toi, *bro* * Françis, par amitié. Je suis pas un *moffie* *, je collabore pas avec les poulets comme une salope d'indic pédé. Reviens la semaine prochaine, j'aurai sûrement tes renseignements.

La semaine de Zondi se passa noyée dans la routine des centaines d'autres dossiers qui s'accumulaient à la *Serious & Violent Crime Unit*. Le tueur en série leur donnait depuis quatre semaines rendez-vous avec un mort le samedi matin vers 7 h 00 et laissait obligeamment aux flics le reste de la semaine pour s'occuper des autres citoyens. Une forme d'altruisme sans doute… Zondi ne pensait plus qu'au week-end à venir. Il n'était pas à prendre avec des pincettes. Lina avait déserté la maison avec ses gosses pour aller voir sa mère à Polokwane ; elle préférait éviter la compagnie du chasseur.

VI

Numéro Cinq fit sans surprise son apparition le samedi suivant à 8 h 00 dans un supermarché populaire *Seven-Eleven* de Ritondale, un quartier de classe moyenne afrikaner paisible et un peu plouc au nord de Pretoria, non loin du zoo. Manya de Beer poussait péniblement son caddie en marmonnant dans les allées du magasin à la recherche de son thé habituel, mais le directeur, un jeune blanc-bec habillé avec des chemises Mandela, la persécutait en changeant sans cesse de place ses produits préférés… Manya se refusait obstinément à envoyer sa bonne faire les courses. D'abord Anna en aurait profité pour la voler, ensuite c'était l'occasion de remuer sa vieille carcasse de soixante-dix-huit ans. Afin d'avoir la paix cependant, et pour ne pas avoir à supporter les jérémiades de tous ces enfants mal élevés et pieds nus qui réclamaient ces infâmes bonbons Jaw-Breakers à leur mère, Manya venait toujours à l'ouverture. Habituellement, le personnel était encore en train de réassortir les gondoles et les présentoirs réfrigérés et il la laissait pester toute seule contre le plan du magasin, la Nouvelle Afrique du Sud, le prix de l'eau du robinet en hausse constante et l'hiver qui n'en finissait pas.

Manya en était à son troisième passage exaspéré dans l'allée de l'épicerie où son thé avait été volontairement dissimulé à son attention quand son regard fut attiré par une étrange apparition dans le grand réfrigérateur vitré à double porte qui contenait les boissons. Il lui sembla – ce qu'elle mit d'abord sur le compte de sa vue basse – qu'un Noir tout nu était assis au fond du frigo au milieu des canettes d'Appletizer et de sodas américains. Manya n'était pas trop inquiète puisque cela n'était pas possible... Après s'être approchée, Manya put cependant constater qu'il s'agissait bien d'un grand Noir nu qui avait l'air de dormir, la tête penchée sur la poitrine. Elle s'évanouit sans un cri en s'agrippant à son caddie qui amortit doucement sa chute sur le carrelage et lui épargna d'ajouter un col du fémur en titane à la panoplie de ses misères de vieille Blanche retraitée dans un pays plein d'Africains tous égaux et d'enfants blancs beaucoup plus mal dégrossis que lorsqu'elle était jeune.

Assis près de la batterie de caisses, Zondi, qui était sur le pied de guerre depuis l'aube et avait débarqué à Ritondale quelques minutes après l'appel de Padayachee, attendait paisiblement que les gars du FSL aient fini leurs prélèvements et leurs clichés. Entre-temps, la vieille Manya de Beer était revenue à elle et faisait un esclandre. Elle parlait d'immigrer dès le lendemain matin chez sa fille en Nouvelle-Zélande. Elle affirmait à la caissière presque compatissante, une grosse mama métisse du Cap, que jamais une horreur pareille n'aurait pu arriver à l'époque où Adriaan Vlok était ministre de la Loi et de l'Ordre. D'ailleurs au fond, elle n'avait pas tort, devait admettre Zondi intérieurement, parce qu'en ce temps-là les Noirs n'avaient pas le droit d'entrer dans les magasins des Blancs. Alors dans leurs frigos pour s'y laisser mourir, c'était même pas pensable... Surtout à Ritondale où les Noirs se gardaient bien d'aller, même depuis la Libération, sinon pour y gagner leur pitance comme jardinier ou bonniche.

Zondi savait déjà qu'il n'apprendrait rien de plus de la vieille hystérique mais, juste pour le plaisir, il lui rappela qu'il était en son pouvoir de la mettre en garde à vue pendant quarante-huit heures si elle ne se taisait pas immédiatement. Ce n'était pas charitable, mais c'était une des petites joies du métier que Zondi n'entendait pas laisser lui échapper en contrepartie de son respect scrupuleux de la procédure et de la démocratie. Combien de pauvres gosses cette vieille femme antipathique avait-elle déjà terrifiés en leur demandant d'arrêter de faire du bruit ou de courir autour d'elle et combien de pauvres domestiques noires avait-elle dominé en soixante ans de toute la hauteur de ses certitudes chrétiennes ?

Numéro Cinq était grand et en bonne santé à en juger par sa musculature. Il n'avait plus de visage ni de doigts, comme d'habitude. Les techniciens du FSL avaient des difficultés à manipuler le corps dont la *rigor mortis*[1] avait été violemment accélérée par le passage au réfrigérateur. La scène des deux techniciens transportant un mort assis et dur comme une sculpture contemporaine surgelée qui ne voulait pas se laisser déplier dans le sac à viande du labo était presque cocasse. Ce *Seven-Eleven* aurait peut-être intérêt à fermer pour quelque temps, pensa Zondi. Quelle ménagère viendrait maintenant acheter sa *boerewors** ici ? Sa compagne Lina, en tout cas, n'achèterait jamais du Coca dans un frigo où un mort à poil avait passé la nuit, quelle que soit sa couleur…

1. « Rigidité cadavérique » (latin).

Devant le *Seven-Eleven*, les journalistes et les photographes du *Pretoria News* et du *Star* faisaient déjà le pied de grue. Dieu merci, ceux de la SABC ou de *e-News* étaient plus ramollos que les autres et arrivaient toujours après la bataille. Mais les deux qui attendaient dehors étaient des coriaces ; Zondi avait le choix entre les envoyer dans le mur ou leur lâcher quelque chose. Le problème c'est qu'il n'avait rien à lâcher, à part le chiffre treize, mais ces deux petits numéros étaient son seul espoir et le dossier avait été classé secret la veille par le National Commissioner. Les journalistes lui apprirent en revanche que le maire était attendu sur les lieux et c'était, pour le moment, tout ce qui les intéressait ; le plaisir de coincer un élu, surtout en période électorale, était toujours supérieur au plaisir de connaître la vérité. Zondi préféra s'esquiver avant d'être pris à témoin et mis sur le gril, l'Honorable n'aurait qu'à se démerder avec la presse ; après tout c'était son fauteuil qu'il défendait.

De retour à Atteridgeville où il s'attendait à passer une autre fin de week-end morne et déprimante, le capitaine Zondi eut le sentiment que son corps et son âme étaient souillés par ces malheureux cadavres auxquels il ne pouvait être d'aucune utilité. Les vivants le dégoûtaient souvent avec leurs bassesses et leur vénalité mais les morts lui parlaient. Leurs âmes sans visage qui tournoyaient dans le néant le torturaient jour et nuit en réclamant vérité et justice. Au volant de sa Citi Golf, Zondi se dirigeait avec précision dans le dédale des ruelles de son township, évitant habilement tous les nids-de-poule dont il semblait connaître la géographie précise. Un chaud soleil d'hiver déjà bien bas éclairait des rues paisibles pleines de gamins qui jouaient au ballon au milieu de la chaussée et de jeunes gens qui marchaient main dans la main. Atteridgeville avait bien changé. Dans les années quatre-vingt, Zondi avait l'âge de ces adolescents, mais personne ne flânait alors dans les rues des townships, que ce soit ici ou à Soweto où il avait grandi. Les Casspirs – ces gros transports de troupes blindés avec un fond en V et des roues énormes – étaient bourrés de flics ou de militaires harnachés de casques antiémeutes et de longs boucliers derrière lesquels on devinait le sjambok prêt à fouetter. Ils étaient à l'affût comme des bêtes féroces tapies à tous les grands carrefours, prêts à intervenir à coups de grenades lacrymogènes ou de balles réelles lorsque les choses tournaient mal pour les forces de sécurité. Les rassemblements de plus de deux personnes et les enterrements dans les townships étaient devenus à cette époque un cauchemar pour la police. Trop souvent les funérailles étaient celles de camarades sauvagement chicotés par la police et assassinés pendant les interminables gardes à vue prolongées de l'état d'urgence. Trop belle était alors pour les *comrades* l'occasion de sortir les drapeaux bannis de l'ANC ou du Parti communiste sud-africain clandestin et de commencer à danser un *toye-toye* * lugubre en scandant au cimetière des hymnes révolutionnaires.

C'était hier pourtant… Entre-temps, il était devenu flic. Madiba * était devenu président et la Nation Arc en Ciel entrait cahin-caha dans le troisième millénaire avec une bonne volonté inimaginable lorsqu'on regardait non seulement le passé, mais surtout le passif.

Au fil de ses réflexions mélancoliques, Zondi était arrivé à destination dans une rue populaire où il n'y avait que des maisons-boîtes d'allumettes. Il s'arrêta devant une modeste petite construction de briques rouges non crépie et couverte d'un toit en tôle ondulée maintenue en place par de grosses pierres et de vieux pneus. Devant la grille en fer bricolée avec des vilebrequins usagés de voitures et des calandres rouillées de Mercedes, une longue hampe de bambou portait un petit fanion vert crasseux et délavé. Du fond de la cour, à l'arrière, montait une musique lancinante, quelque chose entre un gospel douloureux et des incantations vaudou… Un vieillard, attifé comme un soldat en déroute qui aurait fait toutes les campagnes coloniales du monde entier et coiffé d'une casquette cabossée d'officier anglais, lui ouvrit ses bras. Les deux hommes passèrent ainsi plusieurs minutes à se congratuler en *shangaan* *.

Depuis vingt ans déjà, le Père Titus était le guide spirituel de Zondi ; son assurance dans l'adversité et son refuge dans la peur. Dix fois, vingt fois, le vieux pasteur l'avait repêché dans les abysses du doute ou de la certitude. Titus était, depuis aussi longtemps qu'il s'en souvienne, membre du ZCC, l'Église chrétienne de Sion. Il avait fait tous les pèlerinages de Pâques à Moria, le berceau de l'Église planté en haut d'une colline, et il arpentait sans répit les rues d'Atteridgeville, sanglé dans son uniforme beige de légionnaire d'opérette qui, d'année en année, devenait de plus en plus pitoyable, rapiécé et marbré de taches indélébiles. Zondi observa que l'étoile argentée sur fond de drap vert – l'insigne officiel du ZCC – épinglée sur la vieille vareuse brillait en revanche comme un soleil à force d'être astiquée. Rien ne pouvait arrêter le Père Titus dans son entreprise prosélyte. L'apartheid n'avait été qu'un épisode, la démocratie en était un autre, et il pourrait bien y avoir une monarchie demain ou un tremblement de terre… Titus serait toujours Titus et, au royaume de son Dieu qui parlait certainement les onze langues nationales plus les autres, on était indifférent aux péripéties terrestres des mortels quelle que soit leur couleur. Cette certitude, cette foi naïve, simple et définitive en l'avenir, c'étaient précisément celles que Zondi venait chercher lorsqu'il perdait pied dans la réalité.

Longuement, le flic raconta au pasteur qu'il courait depuis six semaines après un salaud qui ne respectait ni la vie ni la mort. Zondi parlait en faisant les cent pas dans la cuisine, agité comme un singe. Assis bien droit sur une chaise, le pasteur l'écoutait avec attention en dodelinant de la tête, les yeux mi-clos. Lorsqu'il était entré au ZCC, le jeune Zondi, qui venait de s'enrôler au *Police College* de Pretoria, avait cherché à finasser avec le Père Titus. Le jeune flic, fier de son uniforme tout neuf, avait joué les esprits forts et sciemment minimisé ses travers et ses défauts. Ceux-là précisément auxquels le pasteur allait lui demander de remédier séance tenante s'il voulait être accepté au sein de l'Église. Mais Titus n'avait pas été dupe ; il avait vu en lui et au-delà de lui avec une clairvoyance insupportable. Titus avait su lui décrire la cour de sa maison de White City et lui parler de son père, et du père de son père et d'autres choses encore que personne ne savait. Le jeune Zondi n'avait pas pu cacher au Père Titus ni son passé ni son vrai visage… Aujourd'hui, il espérait que le vieux pourrait le guider, une fois de plus, dans la profondeur de son ignorance et de son impuissance.

VII

Cette journée allait être décisive. Le claquement sinistre des portes et des grilles du pénitencier de C-Max sonnait comme une partition mélodieuse de vibraphone aux oreilles d'un Zondi optimiste. Il aimait cet endroit calme et ordonné où la crapule s'enfonçait chaque jour un peu plus dans l'oubli et le châtiment. Il avait fait appeler Sibusiso du poste de garde et, le temps d'être conduit au bloc de sécurité maximale dans un minibus des services pénitentiaires, son indic obéissant et dévoué serait au rendez-vous dans le parloir. Au cœur même de la centrale de Pretoria, le quartier de C-Max était un autre bagne dans la prison… On n'en sortait que les pieds devant ou pour aller au tribunal en reprendre pour cent ou mille ans. Le bandit échangea courtoisement les politesses d'usage avec le flic qui lui avait pris sa liberté, avant de faire son rapport.

– *Dumela*[1], tu dois voir cette affaire avec l'ANC. Un seul type ici à C-Max se souvient d'avoir déjà vu ce tatouage. Il est presque certain que le gars était un ancien du MK * qui avait vécu en exil, en Zambie ou en Tanzanie dans les années quatre-vingt. C'est des histoires politiques… C'est tout ce que j'ai pu trouver.

1. « Bonjour » (en sotho).

Mais, chope-le ce fumier. Tu vas le choper. T'es le meilleur, Francis, regarde, tu m'as bien eu, moi !

La dernière remarque avait fait sourire Zondi… Les truands avaient souvent une assez haute d'idée d'eux-mêmes, particulièrement dans la section C-Max, et ils avaient tendance à considérer leurs peines de prison calculées en siècles dans le meilleur des cas comme des épisodes incontournables ou même des références dans leur plan de carrière. En tout cas, ça leur faisait rarement perdre leur bonne humeur ou leur optimisme, comme s'ils n'avaient pas réalisé qu'ils ne sortiraient plus jamais dans la rue, qu'ils ne sentiraient plus jamais l'odeur du veld, qu'ils ne mettraient plus jamais les pieds dans un shebeen ou qu'ils ne caresseraient plus jamais le corps d'une femme. Sibu ignorait tout du fond de l'affaire, mais si Zondi cherchait un mec avec un 13 tatoué sur le bras, c'est que le gars était mouillé dans une grosse affaire pleine de sang. Sibusiso expliquait volontiers qu'il serait certainement resté un voleur de grand chemin, et un voleur seulement, si la police n'avait pas tiré sur lui et n'avait pas déclenché la fusillade et le jet de grenade qui avait finalement coûté la vie ou leurs jambes aux convoyeurs. Zondi, à ce propos, lui avait plusieurs fois expliqué que ce ne sont pas les truands qui décident du moment où la police commence à faire son boulot, et que tirer sur des crapules asociales comme lui faisait précisément partie du travail de la police… Il en restait que Sibusiso n'aimait pas les assassins et qu'il ne s'aimait plus lui-même ; il considérait les centaines d'années de prison à venir comme une pénitence et pas une simple punition de ses concitoyens. C'était sans doute à cause de ce mea-culpa que Zondi lui rendait visite de temps à autre ; il en avait fait un agneau et il aimait ça. De retour dans sa Golf, Zondi prit directement la bretelle de l'autoroute de Johannesburg et longea les imposants bâtiments de l'UNISA * avant de traverser les zones industrielles qui séparent les deux villes.

Le siège de l'*African National Congress* se trouvait dans le centre-ville de Joburg. Si l'indication de Sibu était utilisable, autant vérifier tout de suite. Samedi était dans six jours... Si la victime était un ancien du MK*, *Umkhonto we Siswe*, la branche armée de l'ANC, Zondi pourrait peut-être retrouver son identité. Sans doute à cause de ses relations amicales avec Moscou et l'Allemagne de l'Est, l'ANC avait toujours été une organisation viscéralement bureaucratique qui notait tout et rien, de l'achat d'un immeuble à celui d'un stylo. Zondi avait découvert en lisant la presse, au lendemain de la Libération et tout au long des révélations faites devant la commission Vérité et Réconciliation par des officiers des forces de sécurité, que les disques durs bien rangés des ordinateurs de l'ANC au siège du *Mouvement** à Lusaka, en Zambie, avaient longtemps fait fantasmer les services secrets de l'apartheid qui rêvaient de s'en emparer ou de les copier clandestinement ! Aucun de leurs agents n'avait cependant pu s'infiltrer assez profondément dans le système sécuritaire de l'ANC pour y parvenir. Zondi comptait bien que le MK avait eu à l'époque les mêmes bonnes habitudes de rond-de-cuir que la maison mère et qu'il pourrait aujourd'hui exhumer des fichiers l'identité des combattants qui avaient vécu en exil.

Johannesburg n'était qu'à une quarantaine de kilomètres, mais la N1 était un véritable cauchemar le matin. Cette autoroute, qui était à la fois la fierté de l'Afrique du Sud et sa honte, était trop souvent un embouteillage élastique de plusieurs dizaines de kilomètres entre les deux villes en dépit de ses six voies. Coincé pare-chocs contre pare-chocs à l'embranchement de Midrand, Zondi décida de faire usage de ses privilèges de policier, il s'engagea sur la bande d'arrêt d'urgence et colla un gyrophare sur le toit de sa voiture. Quinze minutes plus tard, il sortait de la N1 à la bretelle de Smit Street et s'enfonçait dans le magma urbain de E'Goli. Zondi avait grandi à deux pas de cette ville magique et envoûtante. Joburg était à moins d'un quart d'heure de Soweto, et à des années-lumière en même temps. Lorsqu'il n'était qu'un enfant, c'était son Eldorado, mais on ne l'y conduisait jamais. C'était un endroit cher et hostile pour un petit Noir tant la discrimination y était insultante.

Avant d'entrer au *Pretoria Police College*, le temps d'économiser le prix de son trousseau, le jeune Francis Zondi avait été quelques mois bagagiste au Carlton, la plus haute tour de Johannesburg, toisant les terrils des mines d'or avoisinantes, un immeuble rectangulaire marron et sans charme, mais qui était alors le plus bel hôtel de la ville. C'était le seul palace cinq étoiles du continent, entre Le Caire et Le Cap ; même des chefs d'État et des stars y avaient séjourné. Francis y avait trimballé les bagages du vieux Mitterrand, un ancien président français souffreteux et méprisant qui ne lui avait même pas adressé un regard, et Mick Jagger et Whitney Houston y avaient dormi... Au moins celle-là lui avait-elle décoché un sourire attendri. Zondi découvrit avec plaisir que le Joburg de son adolescence revenait peu à peu à la vie, après des années de descente aux enfers.

Si les townships étaient dans les années quatre-vingt des chaudières en ébullition permanente où personne n'osait se promener, même en pleine journée de peur de prendre une balle perdue ou de se retrouver un pneu arrosé de pétrole enflammé autour du cou, les trottoirs de Joburg étaient aussi animés que ceux de New York ou de Londres. C'est là que Francis avait vu des Blancs en vrai pour la première fois, habillés autrement qu'avec des treillis de bidasse des forces spéciales ou des uniformes de flic. C'est là aussi qu'il avait vu en vrai des femmes blanches ou indiennes maquillées, avec des robes flamboyantes qui ne ressemblaient pas du tout aux chasubles informes de domestique de sa mère. Ici en hiver, les femmes portaient des manteaux qui les rendaient encore plus minces et plus élégantes au lieu de s'enrouler la taille dans des grosses couvertures multicolores comme les gogos de White City ou d'Orlando... Elles avaient des jambes fines et des talons hauts et elles riaient entre copines en léchant les vitrines des magasins ou en fumant des longues cigarettes du bout de leurs jolis doigts aux ongles vernis dans les *coffee-shops* de Jeppe ou de Pritchard Street. Et justement, ces vitrines lui avaient fait découvrir une opulence dont il n'avait même pas idée, lui qui n'avait connu que la pénurie du *general store* indien ou des étals de la gare routière de Baragwanath où les produits les plus chers vendus au détail coûtaient rarement plus de deux rands...

Toutes les grandes entreprises minières ou industrielles d'Afrique du Sud avaient leur siège dans ce petit Manhattan du bout de l'Afrique. Indifférents à la chape de plomb coulée sur les townships noirs, à quelques kilomètres de leurs fenêtres, les cabinets d'avocats prestigieux, les grands journaux nationaux, la Bourse et les diamantaires occupaient des immeubles magnifiques en pierre de taille. Tout ce qui comptait en Afrique du Sud, ou croyait compter, voulait inscrire sur sa carte de visite une adresse prestigieuse dans Commissioner, Bree ou President Street, et de coûteuses limousines allemandes lustrées sillonnaient les rues encombrées.

Hillbrow, un quartier perché au sommet d'une colline au nord de la ville, était un joyeux Harlem tropical où l'on ne comptait plus les clubs de jazz, les boîtes de nuit, les terrasses de café, les restaurants grecs, les bordels déguisés en salons de massage et les disquaires à la mode où l'on trouvait tous les derniers vinyles importés. En tirant tout doucement et subrepticement sur la ficelle de l'intolérance, les Noirs et les Blancs avaient même fini par y cohabiter en violation de l'imbécile *Group Area Act* qui consignait les Bantous dans leurs ghettos et de l'*Immorality Act* qui interdisait aux Noirs et aux Blancs de mélanger leur sang ou leur salive. Hillbrow et les quartiers environnants étaient devenus ce que les autorités appelaient pudiquement des « zones grises » où la police fermait d'un air écœuré les yeux sur les couples mixtes et acceptait avec répugnance d'entrouvrir le carcan de fer de l'apartheid. Hillbrow était, avec vingt ans d'avance, le creuset de la Nouvelle Afrique du Sud. Aujourd'hui le quartier en était devenu la poubelle…

Dans les années quatre-vingt-dix, avec la libération des Noirs et l'avènement de la démocratie, E'Goli avait coulé… Sombre revanche des masses libérées ; alors qu'on pouvait enfin faire la fête dans les shebeens des townships en écoutant Miriam Makeba et dîner le samedi soir au champagne au *Blue Fountain,* le bar branché de Godfrey Moloi à Soweto, Joburg, le diamant du Transvaal, devenait un gigantesque squat où seules s'accrochaient quelques banques et quelques compagnies d'assurances qui avaient payé trop cher leurs luxueux sièges sociaux pour les abandonner du jour au lendemain. Alors que les boutiques des rues commerçantes liquidaient leurs stocks, que la Bourse pensait à plier bagage et que le Carlton fermait finalement ses portes, les trottoirs, en revanche, étaient envahis de vendeurs à la sauvette et d'étalages de bazars ambulants. Joburg était devenu en moins de dix ans un immense dépotoir et un marché aux puces pour receleurs et trafiquants panafricains sans papiers ni scrupules.

Joubert Park, autrefois une oasis de verdure et de sérénité dans la jungle métropolitaine où des joueurs d'échecs disputaient paisiblement des tournois interminables, servait aujourd'hui de sanctuaire à des hordes de toxicomanes vautrés au milieu des papiers gras. En quelques années, Hillbrow, l'ancienne Mecque de la tolérance ethnique, était devenu l'épicentre du trafic de crack, doublé d'un gigantesque claque peuplé de putes ghanéennes ou nigérianes séropositives ou syphilitiques. Peu à peu les habitants du quartier de l'Observatoire ou de Berea avaient émigré vers les banlieues du nord, ceux qui en avaient les moyens au moins, et la ville s'était dépeuplée de ses habitants sud-africains quelle que soit leur couleur. Tous les immeubles de Johannesburg à l'architecture européenne, autrefois luxueux, s'étaient transformés en camps de transit pour immigrés illégaux sénégalais, mozambicains ou congolais. Dans certains bâtiments la police n'osait même plus entrer sans l'appui de l'armée et les propriétaires avaient depuis longtemps renoncé à venir encaisser leurs loyers…

C'était bien dommage, mais les Noirs avaient bêtement laissé pourrir un des joyaux dont ils avaient hérité et qu'ils avaient pourtant construit avec leur sueur. Pendant toutes ces années, Zondi n'avait pas été fâché de vivre loin de cette décrépitude qui lui faisait mal au cœur, et les courtes visites qu'il faisait à Johannesburg, une ou deux fois par mois pour les besoins du service, le démoralisaient davantage encore. Aujourd'hui, en traversant le tout nouveau pont Mandela qui surplombait un quartier en rénovation en aval de la gare centrale et en voyant des jeunes gens élégants courir d'un immeuble à l'autre comme au bon vieux temps, Zondi reprit espoir. Joburg reprenait du poil de la bête. Bientôt certainement les *buppies* allaient y acheter des appartements et des lofts ; peut-être même que le Carlton rouvrirait ses portes. Un ancien chasseur aujourd'hui à la retraite lui avait dit que le piano à queue était toujours là-bas, couvert sous un drap dans un salon vide… Au cas où.

L'ANC avait résisté à la vague des départs en direction des banlieues nord… L'organisation s'était contentée de déménager de Shell House, une tour élancée et un peu délabrée du nord-ouest de la ville, mais à moitié occupée seulement par le Mouvement, pour un immeuble plus petit, Luthuli House, en face de la rédaction du *Star*, à l'angle de Sauer et President Street. Zondi avait rendez-vous avec les yeux et les oreilles du Président… Un vétéran de *Robben Island** qui, depuis sa sortie de prison, dirigeait le puissant service de renseignements et documentation de l'ANC. Rien de ce qui s'était passé dans l'organisation révolutionnaire depuis 1963 ne lui était étranger. Luthuli House était aussi bien gardé que la Présidence ou la Banque centrale. Le chef de l'État y venait d'ailleurs tous les lundis pour rencontrer les cadres du Mouvement. Pour rejoindre le sixième étage, Zondi dut obtenir un badge spécial auprès de la sécurité.

Jackie « Beria » Tshabalala l'attendait devant une porte vitrée contrôlée par une carte électromagnétique. L'homme du Président était petit et mince, presque frêle, avec un sourire bienveillant. Coiffé d'un bonnet en laine multicolore et habillé d'un simple polo blanc bon marché, il était loin d'avoir l'air de mériter son surnom sinistre de Beria… Comme presque tous ceux qui avaient fréquenté le bagne de l'apartheid, que ses anciens pensionnaires appelaient entre eux familièrement et fièrement l'« Université de Robben Island », Beria était un aristocrate de la Lutte ; il affichait une grâce constante, une économie de gestes, une sérénité et une confiance en l'avenir que rien ne pouvait compromettre. Quatorze ans de détention au Bloc A, celui des durs à cuire qui refusaient de se lever devant les matons, avaient fait de lui un homme calme et paisible… Depuis le jour où le *Suzanne Kruger*, un des vieux ferry-boats de Robben Island, l'avait déposé sur le quai désolé du pénitencier avec dix de ses camarades de l'ANC enchaînés comme lui par les pieds, il avait entrepris de parler peu et d'écouter beaucoup. Il n'oubliait jamais rien. Ni rien ni personne. Presque quinze ans plus tard, il affirmait être encore capable d'aller les yeux fermés de sa cellule de six mètres carrés jusqu'au jardinet de la grande cour de promenade cimentée où il avait lavé son linge et soulevé des haltères de fortune pendant les meilleures années de sa vie.

– Ça fait longtemps, bro… Quelles nouvelles à Pretoria ?

– On court après un tueur en série. J'ai besoin de toi.

– Le type qui découpe les visages ? Le National Commissioner m'en a parlé, il est vraiment contrarié…

– Ce type se fout de nous… Il nous provoque en abandonnant des cadavres mutilés un peu partout…

– Ça tombe plutôt mal avec les élections dans deux mois…

– Ça tombe surtout mal pour mes cinq mecs au frigo…

– On peut faire quoi, ici ?

Une énorme et vieille *tea-lady* clopinante et coiffée d'un énorme béret noir avait déjà proposé du thé au lait trop sucré dans des chopes estampillées ANC – 10 ANS AU POUVOIR. Zondi avait tendu à Beria l'épreuve photographique du chiffre treize tatoué. Jackie l'examina quelques secondes seulement et la posa sur son bureau devant lui en fixant le policier.

– Fais gaffe… Ton type faisait peut-être partie du Groupe des 13 qui se sont révoltés en Angola et qui ont été internés jusqu'en 1989 au camp de Quadro.

– Peut-être ou sûrement ?

– Presque certainement, disons…

– Tu as déjà vu ce tatouage ?

– Oui, bien sûr…

– Jamais entendu parler de cette histoire… Tu peux m'en dire un peu plus et me trouver les noms de ces treize types ?

– Tu devrais te souvenir… Entre 1996 et 1998, certains exilés de l'ANC ont été entendus par la TRC *, la *Truth and Reconciliation Commission.* Certains se sont plaints des mauvais traitements infligés par l'ANC dans les camps. Certains sont morts par la suite, d'autres ont été réintégrés dans le Mouvement, quelques-uns sont rentrés au village. De ce Groupe des 13, il en reste sept à ma connaissance. Je peux te donner les noms et téléphones des deux ou trois qui ont gardé des contacts avec l'ANC, pour le paiement de leur pension entre autres.

– Pourquoi je devrais faire attention ?

– Cette histoire avait éclaboussé l'ANC peu après la Libération. L'affaire avait été en partie déballée par des journalistes proches de l'*Inkhata** et par des Blancs qui avaient fui le pays. L'Inkhata cherchait à nous affaiblir politiquement à l'époque pour forcer le gouvernement d'union nationale à offrir à Buthelezi * un poste important… En fait, ces treize types étaient des soldats du MK, des durs, formés à Odessa ou en Allemagne de l'Est. Ils avaient été mis en détention pour insubordination et manquements graves et répétés à la discipline. Les gars étaient cantonnés en Angola, à Fazenda, au camp de Vila Rosa où le MK entraînait nos soldats en vue d'actions de commandos en Afrique du Sud. En 1984, un groupe s'est mutiné et il a été envoyé au Camp 32 qui était un établissement disciplinaire au nord de Quibaxe. Après la Libération, dans l'opinion publique, personne n'a admis que nous ayons pu, nous aussi, avoir nos problèmes internes, y compris des dissidents. Parce que nous étions communistes, tout le monde pensait que nous devions être tout d'une pièce et obéissants… Plusieurs camarades ont dit que cette affaire n'était rien de plus qu'une bavure, une fausse couche de la démocratie populaire, mais ça n'a pas suffi… L'opposition blanche et l'Inkhata se sont évidemment jetées là-dessus et la TRC, six ans plus tard, ne nous a fait aucun cadeau… Et en 1996, ça ne tombait pas vraiment au bon moment, mais il a fallu faire avec. Toute la direction de l'ANC est montée au créneau… Tu devrais pouvoir trouver un dossier très complet sur cette histoire. Je vais demander qu'on te le sorte.

– On dirait que ça ne tombe jamais au bon moment…

Beria ignora la remarque indignée et désabusée de Zondi. Depuis sa sortie du pénitencier de Robben Island, l'homme du Président était confronté en permanence à des dilemmes de cette nature et il dépensait une bonne partie de son énergie à laver du linge sale à huis clos ou à rappeler à l'ordre des ministres ou des patrons de sociétés nationales qui prenaient leurs aises avec la discipline du Mouvement. La force de l'ANC, selon lui, c'était précisément d'être resté une organisation stalinienne avec, pour la galerie seulement, des apparences ou des tentations de transparence. Mais Beria n'était certainement pas en charge de la partie *Glasnost,* il laissait ça à d'autres... Lui, il entendait bien garder un œil et une oreille partout. À l'époque, s'il n'avait pas été en prison et si on l'avait consulté, il n'aurait jamais ouvert un débat interne sur la nécessité de rééduquer les dissidents des camps angolais. Il se serait contenté de les mettre un peu au trou, puis de les rééduquer... Combien de fois, à Robben Island, avait-il ramené dans le droit chemin de la Lutte des prisonniers que l'administration ou le censeur avaient réussi à retourner pour en faire des informateurs en échange de quelques faveurs – le plus souvent une simple visite de contact avec la famille ; il suffisait d'un subtil dosage de coercition et de compréhension pour rééduquer un gars, dans un sens ou dans l'autre. Beria aussi avait eu quelquefois l'occasion d'être de service dans le petit bureau du premier étage où officiait le censeur du pénitencier. Le salopard qui connaissait son ascendant sur les autres types du Bloc A lui avait à chaque fois laissé entendre qu'il aurait tout à gagner à collaborer avec lui. Imperturbable, Beria, un demi-sourire ironique sur les lèvres, passait sa serpillière consciencieusement sur le lino en le toisant et descendait le petit escalier en ne desserrant les dents que pour dire au revoir. En entrant dans ce bureau pour faire le larbin, il n'avait jamais eu qu'une idée en tête, essayer de piquer les lettres censurées envoyées aux prisonniers, et certainement pas celle de lécher le cul de ce minable maton inculte en uniforme de nazillon d'opérette.

– Est-ce que toutes tes victimes sont tatouées ?

– Difficile à dire, ils sont tous amochés avec des plaies et des abrasions partout sur le corps. C'est peut-être précisément pour cacher cette marque. Et, sur le dernier, ils n'ont peut-être pas gratté assez fort…

– Peut-être… Tiens-moi au courant, bro, heure par heure. S'il te plaît. Il pourrait y avoir une sale affaire derrière tout ça. Dans deux mois…

– Oui, je sais, les élections… Ça ne tombe pas au bon moment…

Beria avait souri à la remarque de plus en plus agacée de Zondi ; il regardait le flic rétif et grognon un peu comme un lion qui bâille avec indifférence avant de sauter sur un zèbre ou un impala. Une façon de dire « fais comme tu veux mon joli, mais c'est moi le lion, souviens-toi… ». Zondi savait d'ailleurs très bien qu'il avait intérêt à rendre compte ; le lion de Luthuli House n'aurait pas besoin de rugir pour se rappeler à son bon souvenir.

Le capitaine n'était pas reparti bredouille. Il avait une liste de treize noms que Nomhlanla, la documentaliste, avait tirée de la base de données du Mouvement. Six étaient morts entre 1995 et aujourd'hui. Si les victimes faisaient partie du Groupe des 13, le meurtrier en était à cinq, il n'en restait théoriquement que deux en vie… Samedi était dans six jours. Le service des pensions lui avait donné les sept noms et adresses et lui avait confirmé que, chaque mois, les sommes étaient encaissées, mais ça ne prouvait rien… Il arrivait fréquemment que des morts encaissent leur pension en Afrique du Sud avec autant de ponctualité que des vivants… Mais il ne leur arrivait quand même pas de passer deux fois à la caisse.

VIII

Sur les sept noms, Zondi parvint à retrouver sans difficulté Pat Mofokeng qui n'avait jamais déménagé depuis son retour du camp de Quadro. Les six autres avaient disparu corps et biens. Zondi avait fait mettre Pat Mofokeng sous protection rapprochée, mais à son insu ; il ne voulait pas prendre le risque que le malheureux vétéran devienne Numéro Six. L'ancien combattant du MK vivait à Mamelodi, dans un petit logement prêté par sa famille. Pat Mofokeng avait vu trop d'anciens soldats autour de lui finir comme des clochards, mais lui n'avait pas voulu sombrer, et il s'était accroché à la vie. Il avait trouvé un boulot de gardien dans une ambassade, dans le quartier d'Hattfield à Pretoria. Il ne savait rien faire d'autre que de porter un flingue ou dynamiter des ponts ou des pylônes, une spécialité pas vraiment utile dans la jeune Rainbow Nation où la tendance était plutôt de construire tous azimuts…

Sa minuscule maison de brique au fond d'une concession de Mamelodi, de toute évidence un garage réaménagé au sol de ciment brut, était la tanière d'un célibataire solitaire. Un énorme canapé en similicuir marron occupait le quart de la petite pièce en longueur qui servait de salon. En face du sofa, un gros téléviseur moderne était allumé, de toute évidence le seul luxe du locataire de ces trente mètres carrés misérables : les *Kayser Chiefs* * étaient en train de mettre en direct la pâtée à une équipe venue du Mozambique pendant que l'arbitre se faisait siffler par les spectateurs du stade d'Ellis Park. Un instant, Zondi faillit être captivé par le match. Une passion qu'il partageait visiblement avec son hôte qui gardait les yeux rivés sur son écran géant… Au fond, une porte verdâtre dont le bois était fendu dissimulait à peine une chambre occupée presque complètement par un grand lit avachi et défait et décorée de cintres en plastique de couleur, pendus à de simples clous fichés entre les briques. Sur les murs fissurés et peints en bleu délavé de la pièce principale qui servait aussi de cuisine et de salle de bain étaient accrochées deux photos un peu passées et encadrées ; une de chief Albert Luthuli et une autre de Pat Mofokeng lui-même, en treillis du MK, au milieu d'un groupe rigolard de soldats barbus en treillis camouflés, des Cubains, pensa Zondi. L'ancien combattant était un loyaliste forgé à l'ancienne école ; il n'avait pas choisi pour illustrer son allégeance à l'ANC le portrait de Nelson « magic » Mandela ou encore moins celui de Thabo Mbeki, l'actuel Président, mais celui d'un vieux chef historique du Mouvement… Zondi n'était pas loin d'être d'accord avec Pat ; autant qu'il puisse se souvenir de ce qu'on lui avait appris à l'école, chief Luthuli qui avait été Prix Nobel de la paix en 1960 au pays des Blancs avait écrit un jour une phrase qui les avait, à l'époque, lui et ses copains de classe, laissés plutôt perplexes tant elle paraissait audacieuse et conciliante : « Devant nous il reste à construire un nouveau pays… Il ne sera pas nécessairement noir, mais il sera africain. »

En se décrochant péniblement de la télé, Pat offrit finalement un Coca au flic qui venait remuer son passé. Leur premier contact au téléphone avait été bref ; Pat était ouvert et affable et il était disposé à collaborer avec la police. Il n'avait rien à cacher ni à perdre et il entra directement dans le sujet.

– Lorsque nous avons été transférés du camp de Vila Rosa où nous nous étions mutinés vers celui de Quadro, nous étions un groupe de treize et 13 était aussi le nom de code de notre camp d'entraînement… Nous avions tous quitté l'Afrique du Sud clandestinement ; dans ce groupe, nous avions tous été formés en Union soviétique, à Odessa, et certains même à l'université Patrice-Lumumba, et nous étions tous des soldats de *Umkhonto we Siswe*. Mais nous n'étions pas les premiers à ruer dans les brancards… En mai 1984 déjà, des groupes isolés de combattants du MK au camp de Pango dans la région de Quibaxe avaient commencé à refuser de participer à des opérations militaires contre les rebelles de l'UNITA *, aux côtés des *Faplas*. Tu es trop jeune pour te souvenir, capitaine, mais les Faplas, c'étaient les forces armées angolaises à qui l'ANC nous avait « prêtés » pour les aider contre les troupes de l'UNITA dirigées par Jonas Savimbi qui, lui, était soutenu par la CIA et le président F. W. Botha… C'était la grande époque de la solidarité entre les peuples en lutte et de l'Internationale communiste. C'était aussi l'époque de la Guerre froide ; les Blancs venaient laver leur linge sale chez les sous-développés… Et nous, on se sentait pas plus communistes qu'angolais, et on voulait pas être des supplétifs de l'armée de dos Santos ; nous voulions nous battre chez nous en Afrique du Sud pour retrouver nos familles et chasser les Blancs du pouvoir…

Mais en fait, nous étions devenus des pions… Rien que des pions sur leur échiquier et nous étions, pour certains, parfaitement capables de le comprendre.

– Mais alors, comment vos chefs faisaient-ils pour justifier de vous garder dans ces camps en Angola au lieu de vous infiltrer en Afrique du Sud ?

– Ils ne nous donnaient aucune explication… On nous prenait pour des imbéciles. Certains de nos chefs avaient perdu l'esprit du Mouvement ; ils semblaient ignorer que, pour certains d'entre nous, nous avions été à l'école en Afrique du Sud avant de fuir, mais aussi en exil. Je te parlais tout à l'heure de l'institut Patrice-Lumumba à Moscou par exemple, mais d'autres avaient fait leurs études secondaires au *Solomon Malhangu Freedom College* de l'ANC à Mazimbu, en Tanzanie. C'était une vraie école la SOMAFCO, mon gars… Avec des vrais profs et des vrais diplômes… Il y avait bien sûr beaucoup de gosses paumés des townships qui voulaient faire le coup de feu ou qui avaient la haine parce qu'ils avaient vu leurs parents humiliés ou trimer comme des bêtes pour un salaire de misère, mais il n'y avait pas que ça dans les camps… Nous avions pour certains passé notre matric et nous avions une culture politique très élaborée, en partie effectivement à cause de nos séjours en Union soviétique. Dans les camps, on ne nous expliquait absolument rien, mais ça ne nous empêchait pas de réfléchir… Nous avions des petites radios et nous écoutions Radio Freedom, la radio de l'ANC qui émettait depuis Lusaka en ondes courtes et nous savions que nos frères opprimés en Afrique du Sud recevaient aussi le même programme dans les townships. Tu peux me croire, capitaine, au milieu des années quatre-vingt, le ton de la radio s'était durci… Les animateurs expliquaient que le moment était venu de porter le combat dans les zones blanches, dans les mines et dans les fermes. Les barbouzes des services d'écoute de Pretoria qui écoutaient ces émissions jour et nuit sous leur casque devaient en chier dans leur froc. C'était vraiment inquiétant ! On y expliquait tous les jours comment former des comités clandestins de guérilla dans les townships ou comment organiser des actions de sabotage dans les villes. Radio Freedom disait aux Noirs en âge de résister qu'il fallait commencer à viser prioritairement « les sources d'approvisionnement en carburant de l'ennemi tout autant que ses centrales électriques ou ses voies de communication ». C'était une radio qui jetait en permanence de l'huile sur le feu. C'était très efficace et très excitant, surtout pour des jeunes comme nous qui rêvions d'en découdre et qui avions une culture de guérilleros ; entre chaque phrase, on entendait des bruits d'explosion, des rafales d'armes automatiques, des bruits de bottes et des chants révolutionnaires… C'était très bien fait… De la propagande primaire, c'étaient les méthodes du KGB, je l'ai compris par la suite, mais, à l'époque, nous n'avions que ça à nous mettre sous la dent et nous pensions tous que nous étions à l'aube du Grand Soir. Nos idoles étaient Che Guevara et l'oncle Ho… On était des gauchistes mon gars, des vrais, purs et durs. Et on était très remontés contre notre hiérarchie qui nous laissait à l'arrière-garde du combat pour faire de nous des *askaris* * dans un pays étranger. C'est comme ça que certains d'entre nous sont devenus des dissidents… Le *Mbokodo*, la sécurité du MK si tu préfères, nous traitait comme des chiens à cause de notre attitude… Dans notre groupe, nous avons finalement tous été emprisonnés au camp 32, le camp le plus secret de l'ANC. C'était un enfer… Nous avions surnommé ce camp « Quadro » à cause de la prison Numéro 4 de Johannesburg, un établissement bien connu des militants de l'ANC à cette époque. On arrivait à Quadro les yeux bandés, couchés sur le plancher d'un camion. Nous étions couverts de poux et nous mangions les restes de la nourriture de nos officiers qui étaient des pourris dévoyés. On avait même fini par regretter le ragoût de porc *Slava* russe qui nous sortait par les yeux dans le camp d'entraînement… On nous forçait à faire des corvées inhumaines, comme de pousser une citerne de plusieurs tonnes sur des dizaines de kilomètres. Pour rien… Alors on a décidé de rester solidaires, de ne jamais se quitter, de tenter de nous évader ensemble et de nous tatouer ce chiffre sur le bras, comme le faisaient souvent les gangs en prison. Nous étions encore des gamins… Aujourd'hui, dix-sept ans plus tard, il ne reste que le tatouage. Plusieurs *comrades* du Groupe des 13 sont morts. Ceux que je revois encore valent à peine mieux que moi… Tu sais tout maintenant…

Les souvenirs étaient remontés douloureusement. Pat était de toute évidence un garçon brillant, éduqué qui parlait un anglais impeccable et même raffiné, mais il était aussi une de ces obscures victimes du système en général, de l'Histoire, de l'apartheid, des révolutions de gauche et même de l'ANC, l'organisation qui l'avait élevé et qui l'avait ensuite anéanti. Il avait manqué une marche ; où qu'il porte son regard, Pat ne voyait que malchance, trahison, injustice, solitude et incompréhension. Même la grande réconciliation de la TRC n'avait pas su rendre à ces exilés meurtris leur dignité pendant les audiences sans fin et le grand déballage qui avait fini par ressembler à un psychodrame expiatoire plus qu'à une entreprise de justice. Zondi n'avait jamais entendu parler de ces soldats perdus que l'ANC avait tenté de remettre au pas et que le Mbokodo, cette police interne surnommée « la meule », avait laminés et réduits à l'état de loques humaines. Quelques-uns avaient résisté. Pat était un de ceux-là, mais à quel prix. Il avait appris à survivre en exil dans les camps, et son âme était aujourd'hui toujours en exil dans son propre pays.

En 1990, après des mois d'incertitudes à errer d'un camp de transit à l'autre entre Lusaka et Dar es-Salaam en Tanzanie, alors que déjà l'Afrique du Sud était en pleine transition démocratique, il était rentré chez lui, sud-africain et libre sur son document de voyage temporaire et apatride dans le cœur. Après presque dix ans d'absence, il avait embarqué dans un avion de la SAA à bord duquel, un comble, il avait presque été heureux d'entendre parler afrikaans, la langue de l'oppresseur, et de manger du *biltong* *. Il avait posé le pied à l'aéroport de Jan Smuts, mais il n'avait rien reconnu... La « République », comme l'appelaient les Boers, avait bien changé...

Plus rien ne justifiait pour lui et des milliers d'autres de rester dans les camps de réfugiés de Mazimbu ou Dakawa en Tanzanie ou de Quadro en Angola. Le Parti national * avait rendu les armes, l'apartheid son dernier soupir, l'ANC était un parti légal et l'honneur était sauf pour tous. Les politiciens des deux bords n'avaient pas manqué de s'entendre pour poser les bases de la Nouvelle Afrique du Sud en se partageant un fromage qui promettait d'être nourrissant. Et les combattants du MK, qui pour la plupart n'avaient jamais eu l'occasion de combattre qui que ce soit pour libérer l'Afrique du Sud, étaient rentrés à la maison, dépités, dans l'indifférence et l'anonymat, convaincus d'être et d'avoir été inutiles. Des « gaspillés » de l'Histoire. Leur exil n'avait servi à rien et leur souffrance, loin de leur famille et dans les camps, ne leur donnait aucun crédit. Bien au contraire, ceux qui n'avaient pas eu le courage ou la possibilité de s'exiler et qui étaient restés dans la poussière rouge des townships, harcelés jour et nuit par les Casspirs, devenaient, eux, les vrais héros du jour et traitaient les exilés de planqués. Ils leur reprochaient de s'être engraissés dans les capitales européennes ou africaines avec les dollars de ceux qui soutenaient la lutte anti-apartheid. Triste et injuste procès entre frères qui n'avaient connu d'un côté comme de l'autre que misère, solitude et oppression…

Pat Mofokeng était revenu d'exil nu, vide, et inexistant alors qu'il avait, un temps, cru être un vrai héros de la Lutte. Il ne s'était jamais engraissé nulle part évidemment et, de l'exil, il n'avait connu ni la gloire ni les fastes. Il n'avait connu que les dures épreuves de l'école en Russie, l'apprentissage d'une nouvelle langue aux accents presque aussi rauques et brutaux que ceux de l'afrikaans, le racisme des Soviétiques, le froid de Moscou, le manque d'amour et pour finir l'errance d'un camp à l'autre avec un maigre paquetage dénué de souvenirs ou d'objets personnels pour raisons de sécurité. Il avait découvert avec stupéfaction que cette Afrique du Sud dont on leur disait, dans les centres de redressement idéologique, qu'elle s'effondrait sous le poids des sanctions internationales et les coups de boutoir des organisations anti-apartheid se portait comme un charme et avait cyniquement prospéré dans l'isolement avec la complicité de tous y compris de plusieurs États africains qui avaient accepté de s'asseoir à la table du Diable pour y manger et pas toujours avec une longue cuillère… Pat avait vu de ses yeux, en quittant le terminal de l'aéroport dans le minibus de la police de l'immigration qui les avait conduits, lui et ses compagnons, à Pretoria pour y être interrogés par les services de renseignements, que les autoroutes étaient deux fois plus larges qu'avant leur départ, qu'on ne comptait plus les Mercedes et les BMW conduites par des Noirs et que les quartiers huppés de Sandton s'étaient développés au-delà de l'imaginable. La liste de ses étonnements ou de ses incompréhensions aurait été bien longue… Il fallait admettre que la transition démocratique se déroulait dans la bonne volonté et l'intelligence, avec un naturel déconcertant. Pour ceux qui avaient cru pendant vingt ans, et qui croyaient encore pour la plupart, que le pouvoir était au bout du fusil ou dans l'embrasement d'un cocktail Molotov, c'était un électrochoc dévastateur…

– Nous tous, qui étions revenus au début des années quatre-vingt-dix, nous avions réellement l'impression d'avoir loupé un épisode… Tout s'était joué sans nous et on nous avait menti. Même l'ANC nous demandait de nous taire et de ne pas raconter ce qui s'était passé dans les camps pénitentiaires du Mouvement. On nous rappelait même que, lors de notre libération à Quadro, nous avions fait le serment de ne jamais révéler, sous peine de mort, les tortures dont nous avions été victimes. À la TRC, on nous avait poliment écoutés… Sans plus. Même nos chefs nous ont chargés. On nous expliquait qu'il ne fallait surtout pas salir l'ANC, l'étoile montante des mouvements de libération… Nous avions même souvent l'impression que les anciens généraux ou policiers blancs de l'apartheid qui venaient confesser leurs crimes contre les Noirs en échange d'une amnistie étaient entendus avec plus de compassion et de bienveillance que nous ! On était des cocus, mon frère. Il fallait bien se rendre à l'évidence. Dans le meilleur des cas, nous n'intéressions personne, dans le pire des cas, nous étions des témoins gênants. Peu d'entre nous ont survécu physiquement ou moralement à cette trahison… À bord de l'avion qui nous ramenait de Dar es-Salaam ou de Luanda, nous passions en quelques heures du statut glorieux et romantique de combattants de la liberté au statut de réfugiés ou de suspects dans notre propre pays… Nous étions des ex-terroristes, nous n'avions plus de papiers, pas d'argent, nous ne pouvions pas trouver de travail puisque nous ne savions faire que la guerre et souvent nos femmes étaient remariées ou disparues avec des enfants que nous connaissions à peine ou que nous n'avions jamais vus. Rentrer à la maison n'avait aucun sens pour nous ; nous n'avions plus de maison… À Moscou, grâce à la Lutte, j'étais devenu ingénieur en génie militaire et expert en démolition et j'étais un soldat d'élite. Dans mon propre pays, vingt ans plus tard, avec la Libération, je suis gardien d'immeuble et l'ambassadeur noir que je garde du matin au soir me traite comme un bougnoule… Plus mal encore qu'un Boer n'aurait traité un kaffir au « bon vieux temps ». Voilà, bro, tu sais tout ce que je sais. Je ne peux pas t'aider plus… J'ai même un peu de mal à en parler. Tu comprendras. Laisse-moi maintenant…

Zondi avait noté la lassitude soudaine et le regard devenu vide de l'ancien combattant. Il était redevenu un simple comrade perdu qui racontait une vie ratée à un frère noir. Il avait probablement même oublié qu'il parlait à un flic et jusqu'à la raison de cette confession… En quittant la cabane de Pat, le capitaine Zondi se dit que, lui aussi, avait décidément manqué un épisode. Et un vraiment important… Personne ne lui avait jamais parlé de ces sacrifiés qui sont revenus chez eux comme des parias. Plus personne aujourd'hui n'évoquait cette époque. Pourtant, c'était seulement il y a un peu plus de dix ans… Tout allait si vite. Tout le monde avait oublié son petit ou son trop gros morceau de passé encombrant. Dans le maelström des événements, tout le monde avait la mémoire courte.

Le lendemain matin, Zondi attendait Pat qui avait promis dans un sursaut de sens civique de passer à la morgue pour essayer d'identifier le corps de Numéro Quatre. Pendant ce temps, tous les détectives disponibles de la *Serious & Violent Crime Unit* s'étaient lancés sur la piste des six autres survivants du Groupe des 13. Quelques secondes seulement après que le préposé au frigo avait baissé la fermeture Éclair du sac de Numéro Quatre, Pat posait doucement, presque tendrement, une main sur la poitrine du corps en soupirant.

– C'est Samuel Moroka.

– Vous en êtes certain ?

– Oui. Il était le seul de notre groupe à être bâti comme un lutteur. Il était plus fort que nous tous. Il pouvait briser nos gardiens en deux. Regardez ses épaules, ses cuisses. C'était une force de la nature. Un soir à Quadro pour le neutraliser les gars du Mbokodo l'ont attrapé à quatre et le cinquième l'a corrigé avec une pelle. Il avait le visage en sang… Ils lui ont cassé le nez et ils l'ont bouclé dans cet état au fond d'une cellule d'isolement. Ça lui avait laissé un nez de boxeur. Nous l'avions surnommé « Mohamed Ali ». Je peux te parler de lui si ça peut aider… Nous avons gardé le contact quelque temps.

En assemblant les souvenirs de l'ancien combattant, Zondi avait fini par reconstituer le puzzle. En revenant d'Angola, Samuel « Mohamed Ali » Moroka s'était installé dans un deux-pièces meublé minable de Sunnyside. Il n'avait pas supporté de retourner dans la promiscuité d'un township. Il ne voulait pas être obligé de justifier son passé. Il avait besoin de l'indifférence de la ville. Comme presque tous ceux qui avaient réussi à se réinsérer, il avait trouvé un travail de vigile à la *Lion Force,* une société privée de sécurité. À cause de sa stature de colosse, son patron l'envoyait garder des banques pendant les transferts de fonds. Visage fermé, « Mohamed Ali » suivait pas à pas les caisses de billets, l'index verrouillé sur la détente de son Uzi. Les convoyeurs, qui n'étaient pourtant pas des mauviettes, étaient tous pétrifiés de trouille quand ils passaient à côté de lui, et même les Blancs qui conduisaient les fourgons – et qui n'étaient pas tous des progressistes mais plutôt des sympathisants d'Eugène Terreblanche * ! – se sentaient obligés de lui parler avec courtoisie.

– Il inspirait le respect à cause de son physique mais aussi de son calme et de sa politesse ; tu sais bien, nous avions appris à obéir et à nous tenir à carreau et ça se voyait. Personne n'aurait eu l'idée de lui chercher des noises…

– Il avait des amis à votre avis ?

– Il n'en parlait jamais. Il vivait probablement seul comme nous tous. Nous étions des naufragés en train de réapprendre à respirer…

IX

Le Dr Van Zyl, qui avait ouvert son gros tiroir à hommes en inox pour la énième fois depuis le début de l'enquête et qui avait repassé le corps aux rayons X, avait confirmé que le nez de Numéro Quatre avait bien été cassé lors d'un violent choc frontal avec un objet plat, un mur ou une pelle sans doute. Aucun doute, l'homme du zoo était bien « Mohamed Ali ». Comme convenu, Zondi en avait rendu compte à Beria au siège de l'ANC. L'homme du Président avait commenté de son sempiternel et laconique « O.K., bro, tiens-moi au courant ». Partie de rien ou presque, l'enquête avait fait en quelques jours un tel bond en avant avec cette minuscule information que Zondi avait fini par oublier que l'assassin était toujours en liberté et qu'on était déjà vendredi soir…

Numéro Six fit son apparition le lendemain matin vers 8 h 30. Zondi veillait, accablé sur son canapé devant la télévision. Les journalistes du *Pretoria News,* du *Star* et maintenant du *Mail & Guardian* campaient à l'intérieur de leurs voitures devant sa maison d'Atteridgeville et il essayait de les ignorer tout en les espionnant à travers ses rideaux. Lina, hystérique, leur avait demandé de partir ; ils s'étaient éloignés de quelques dizaines de mètres seulement et le pistaient du bout de la rue… La presse s'était enflammée ; les corps sans visage ne pouvaient plus passer inaperçus ; ils devenaient une énigme nationale et, comme d'habitude, moins la SAPS en disait plus les journalistes en écrivaient en spéculant sur l'existence d'un réseau d'extrême droite ou d'un gang de trafiquants d'organes. Un journaliste avait même écrit que, selon ses sources à la morgue, les cadavres n'avaient plus de reins et que des patients en attente de transplantation étaient prêts à payer jusqu'à cinq cent mille rands pour... Un chirurgien indien de Durban avait même accepté de faire des révélations sur le trafic d'organes en Afrique du Sud, ne faisant qu'en rajouter à la confusion déjà ambiante. Par chance, la piste des treize anciens combattants de la liberté du MK, qui aurait allumé la mèche des plus folles extrapolations politico-policières, n'avait pas encore filtré. Mais Zondi savait que ce ne serait qu'une question de temps et que tout ce qui pourrait toucher au passé un peu sulfureux de l'ANC serait du pain bénit en période électorale pour un journal comme le *M&G*, le *Mail & Guardian*, un des meilleurs journaux sud-africains qui était impitoyable pour l'ANC mais aussi pour l'opposition ; ses enquêtes étaient le plus souvent inattaquables, plusieurs hommes politiques en avaient fait les frais. Et le *M&G* n'était pas raciste pour deux *cents* ; ses journalistes tapaient allégrement sur les Blancs comme sur les Noirs.

À chaque découverte, les enquêteurs de la *Serious & Violent Crime Unit* devaient admettre que le tueur devenait de plus en plus créatif ou arrogant, des traits de caractère souvent associés au comportement des tueurs en série, avait souligné très utilement le Dr Woerner qui passait un coup de fil à Padayachee tous les matins pour savoir si l'enquête progressait et pour justifier ses honoraires ; à l'occasion, elle ne pouvait jamais s'empêcher de dispenser un de ces précieux conseils sans lesquels le monde se serait sans doute arrêté… Le corps de la sixième victime, toujours nu et sans visage, était cette fois confortablement allongé sur le gazon dans les jardins en terrasses de l'*Union Building,* en haut de la colline de Meintjiskoop. Pour un peu, s'il avait été là, le Président Thabo aurait pu voir le cadavre de la fenêtre de son bureau dans l'aile ouest du vieux bâtiment victorien en arc de cercle. Un petit drapeau sud-africain en papier était planté dans l'herbe près de sa tête. De toute évidence, le tueur se payait la tête de la police en la jouant *proudly South African*[1]. Comme d'habitude, le FSL n'avait rien trouvé de particulier, ni empreintes ni traces… Pas de tatouage non plus. À l'endroit où aurait pu figurer le chiffre 13 sur le haut du bras droit, la peau était intacte, lisse comme un morceau d'ébène poli. Zondi se demanda s'il s'agissait d'un simple hasard ou si le meurtrier leur envoyait un signal sarcastique : « Vous voyez messieurs les flics, vous êtes des gros nuls, vous vous trompez de piste. Tout ce cirque n'a rien à voir avec le Groupe des 13… »

Lana Woerner, que le superintendant Padayachee avait convoquée sitôt le corps découvert dans les jardins de la présidence, se faisait copieusement engueuler dans la salle des opérations. Zondi buvait du petit-lait ; il y avait tellement longtemps qu'il avait envie de se la payer… Le front plissé devant une masse de rapports du labo et de photos de victimes étalées devant elle, Lana Woerner cherchait laborieusement quelque chose à dire qui puisse justifier sa coûteuse intervention et maintenir sa réputation de profileuse de génie.

1. « Fièrement sud-africain » (anglais).

– Il faudrait examiner une autre option, finit-elle par lâcher dans un soupir de lassitude. Nous avons beau retourner le problème dans tous les sens (Zondi nota l'usage du pronom personnel pluriel si bien adapté à l'échec alors que Miss Woerner savait habituellement si bien jouer du Je…), il est impossible d'établir un réel portrait du tueur et de ses motivations probables. Tout est trop propre et trop maîtrisé. Je ne ressens pas dans cette affaire la présence de l'élément humain imprévisible qui est d'ordinaire attaché à une série de meurtres. De plus, les apparitions de cadavres sont de plus en plus audacieuses. Comme vous vous en souvenez, les premiers corps ont été découverts derrière un shebeen ou dans une poubelle, dans des endroits anodins, non instrumentalisés, de simples points de décharge. Mais on observe depuis Numéro Trois une escalade dans la dérision ou la provocation. Le corps de la victime, après avoir été simplement éliminé comme un déchet encombrant, est désormais utilisé comme un objet pour exaspérer ou confondre la police, ou encore pour attiser la curiosité des journalistes. Tout cela, je vous assure, ne me semble pas être le comportement d'un tueur en série tel que ceux que nous avons pu connaître dans les dossiers précédents, c'est-à-dire celui d'un individu atteint d'un désordre mental, quel qu'il soit…

La psy marqua un temps avant de poursuivre, comme si elle voulait s'assurer que les deux policiers avaient bien compris son raisonnement… Elle espérait secrètement qu'aucun des deux ne lui ferait remarquer qu'elle était en train de dire exactement le contraire de ce qu'elle leur avait dit deux semaines plus tôt et qui lui avait déjà été grassement payé au moins cinq mille rands.

– Il me semble que nous n'avons pas affaire à un tueur en série, mais à des morts en série d'une part, et à un simple livreur d'autre part, affirma-t-elle en scandant ses mots.

Des victimes en série… Lana avait incontestablement créé la surprise, faisant passer en quelques mots ses contradictions au second plan. Padayachee et Zondi avaient des difficultés à entrevoir où elle voulait les conduire. Mais le Dr Woerner sentait qu'elle prenait le dessus sur son auditoire ; elle en profita pour enfoncer le clou.

– Compte tenu de l'état des cadavres, soigneusement lavés et préparés, il est plus que probable qu'ils ne sont pas tués aux abords du lieu où ils ont été découverts ; l'élimination des indices paraît comme fondamentale dans la démarche. Le meurtre se déroule ailleurs, peut-être même très loin ; rien ne permet de l'établir avec certitude sinon l'heure de la mort qui apparaît en général se situer entre minuit et 2 h 00 selon les autopsies et qui pourrait éventuellement nous permettre d'extrapoler une distance maximale entre le lieu du décès et celui où le corps est découvert. Il me semble très improbable qu'après avoir subi le stress lié à l'assassinat de sa victime le tueur prenne le temps, et puisse garder le sang-froid nécessaires à des mises en scène comme les dernières auxquelles nous avons assisté… Il n'en aurait ni le ressort mental ni la force physique ; le tueur est probablement épuisé par l'épisode du meurtre en tant que tel. Souvenez-vous du séminaire de criminologie de l'an dernier sur les causes de décès ; tuer un homme à main nue est un exercice physiquement épuisant, particulièrement lorsqu'il s'agit d'un homme dans la force de l'âge et en bonne santé, ce qui est le cas de nos victimes… En outre, les tueurs en série sur lesquels nous avons pu travailler précédemment nous apprennent qu'un assassin pourrait, à l'occasion, éprouver une jouissance à organiser un décor macabre autour de sa victime, mais il le ferait avant de l'éliminer, jamais après… Cela ferait partie de son scénario de prise de pouvoir ou de domination sexuelle. Après le meurtre, on assiste toujours chez le tueur à une réaction de plénitude et de lassitude, comme après un orgasme, ou de panique, mais dans les deux cas, le criminel est inopérant. Tout est joué pour lui et il a envie d'en finir au plus vite. Dans un premier cas, il se débarrassera du corps à la hâte, éventuellement même en commettant des erreurs auxquelles il sera indifférent ; dans l'autre, il l'abandonnera sur place, y compris, là aussi, en laissant éventuellement des indices de nature à le compromettre ou à l'identifier. Le meurtre étant accompli, la victime ne l'intéresse plus ; elle est devenue un résidu encombrant et il lui faudra un certain temps avant de ressentir l'appétit d'un autre meurtre. On a, en revanche, ici le sentiment que quelqu'un d'autre que le tueur est chargé de se débarrasser du corps et que ce « nettoyeur », qui ne porte pas le poids ou la culpabilité du meurtre, se donne maintenant un petit supplément de plaisir en mettant en scène ses livraisons… Comme s'il ne voulait pas être seulement un obscur assistant sans gloire mais un artiste, lui aussi. Il est probablement sous l'emprise du tueur auquel il essaie de se mesurer à sa façon. De plus, le fait que le « livreur » se décharge du corps dans des endroits de plus en plus risqués semble nous confirmer assez clairement qu'il n'est pas le tueur lui-même. Le livreur, sachant qu'il n'est pas le vrai coupable, mais un simple commissionnaire, prend la liberté de s'amuser avec la police parce qu'il sait qu'il ne serait pas réellement inquiété personnellement s'il devait être pris ; pas pour meurtre en tout cas… Il se contenterait de dénoncer celui ou ceux qui l'ont engagé, ce qui tendrait à prouver, au passage, qu'il les connaît et qu'il existe bien un commanditaire et un semblant d'organisation. Je ne crois donc pas que nous ayons affaire à un psychopathe mais à un gang hiérarchisé qui élimine les visages et les indices simplement pour empêcher l'identification et nous empêcher de remonter à lui. Superintendant Padayachee, je ne crois pas pouvoir vous être plus utile dans cette enquête où il n'y a pas de profil de tueur à définir mais plutôt un profil de victime… Ce n'est, à mon avis, qu'en identifiant avec certitude un ou plusieurs des corps que vous pourrez remonter à l'assassin. À supposer qu'il n'y ait qu'un seul assassin…

Les derniers mots prononcés, Lana était déjà debout. Ses derniers mots avaient été définitifs et sans appel. Après le départ du Dr Woerner, Padayachee et Zondi, effondrés sur leurs sièges, hésitaient entre la confiance et la défiance. Il pouvait s'agir pour la profileuse d'une sortie élégante dans une affaire qui la dépassait. Mais le Dr Lana Woerner avait quitté le bureau la tête basse ; la jeune femme, habituellement condescendante et sentencieuse, ne donnait pas l'impression d'avoir remporté une victoire. À contrecœur, Zondi devait admettre qu'il était sensible à certains de ses arguments. Un meurtrier prend rarement le risque de s'exposer en trimballant un cadavre mutilé dans sa voiture pour le déposer au petit matin devant les fenêtres du Président de la République ou dans un frigo de supermarché…

L'éventualité qu'une bande de criminels ait besoin de tuer un grand Noir inconnu par semaine renvoyait Zondi à d'autres hypothèses tout aussi inquiétantes, comme celle de l'élimination politique ou du crime racial impliquant des groupes d'extrême droite ou Dieu sait quelle secte millénariste pratiquant des sacrifices humains… Lana avait sans doute raison, il vaudrait mieux creuser du côté de la seule victime identifiée, Samuel Moroka, l'ancien soldat perdu du MK.

X

Beria, de son côté, après le départ de Zondi avait mobilisé ses informateurs dans toutes les provinces. Le maillage serré des « déployés » du Mouvement dans toutes les administrations ou les sociétés nationales permettait de doubler discrètement les structures de l'État, au moins pour observer, sinon pour agir... Le patron du service de renseignements de l'ANC n'avait que de bonnes intentions... Il ne voulait surtout pas de vagues pendant la campagne électorale. La piste du Groupe des 13 ne lui semblait pas réaliste ; il était plus qu'improbable qu'un courant quelconque au sein du Mouvement soit encore impliqué dans des règlements de compte concernant une histoire vieille de plusieurs lustres... Peu après les conclusions de la TRC, Beria avait demandé à ses services de garder un œil sur le groupe des « dissidents » qui avaient cru utile de faire des révélations sur les agissements de l'ANC dans les camps. Aucun d'entre eux n'avait été très actif ; la TRC, avec son train de sénateur procédurier et la dilution soporifique des témoignages, avait fini par tout banaliser et par avoir raison du désir de justice de la plupart des victimes... Même si le bilan avait été « globalement positif », de nombreux plaignants ou témoins avaient été frustrés mais irréversiblement usés... Le temps et la lassitude avaient finalement permis de classer le dossier des 13. Beria avait donc décidé de laisser Zondi faire sa propre enquête, il parviendrait certainement à la même conclusion et il abandonnerait cette piste de lui-même sans avoir l'impression d'avoir été manipulé. En revanche, Beria, expert en montages en tout genre, n'aurait pas détesté que le jeune capitaine de la SAPS apporte sa pierre à un petit exercice politique en faveur de l'ANC... Beria voyait bien comment exploiter cette sinistre affaire de Noirs sans visage. Pourtant, il voyait mal comment emmener l'incorruptible et intègre Zondi sur son terrain miné de coups tordus...

Depuis quelques mois, ses collègues du *National Intelligence* l'inondaient de rapports concernant la BVF*, *Boere Vryheidsvegter Faksie*, une organisation clandestine de conservateurs blancs qui préparaient rien de moins qu'un coup d'État... Et quel coup d'État ! Les renseignements des services étaient surréalistes. Les comploteurs s'étaient organisés comme une véritable armée de l'ombre autour de leur gourou, un gros cultivateur de pommes de terre du *Free State**. Le plan du « général » Willem Basson avait, et de loin, dépassé les ambitions de celui de l'ANC à l'époque de l'opération Mayibuye dans les années soixante... Nelson Mandela et ses amis n'envisageaient alors que de faire sauter quelques pylônes électriques pour plonger Joburg dans le noir et que l'on entende la voix des opprimés en attirant l'attention internationale ; le général Basson de la BVF avait prévu, lui, de chasser ou de tuer tous les Noirs et tous les Indiens d'Afrique du Sud en quelques jours afin de recréer une nation blanche ! Le vieux rêve récurrent et nationaliste du *Boerestaat**... Depuis des mois, la police et les services de renseignements avaient cette bande de zozos à l'œil. Les conjurés n'en savaient rien, mais ils ne pouvaient même plus péter sans que le bruit soit consigné dans une fiche de suivi qui aboutissait illico sur le bureau du National Commissioner... Un agent spécial de la police, le capitaine Oddendaal, fine moustache, teint buriné au soleil du *lowveld* *, pantalon court kaki et peigne glissé dans la chaussette, avait même infiltré l'organisation en roulant les extrémistes dans la farine et rendait compte régulièrement à sa hiérarchie.

L'idée avait germé dans l'esprit de Willem Basson au début de l'année 2001 alors qu'il dirigeait une réunion rassemblant un groupe de fermiers du Limpopo qui avaient décidé de s'organiser pour lutter contre les agressions dont plusieurs d'entre eux avaient été victimes dans des maisons isolées du veld. Dans plusieurs provinces, le syndrome zimbabwéen avait créé une psychose et quelques milices rurales avaient décidé de se substituer à la police plutôt que de voir leurs fermes ravagées par des Noirs sans terre et leurs femmes violées ou leurs familles assassinées. Mais ce soir-là, dans une ferme proche de Tzaneen, la bière aidant sans doute, le ton avait monté et les fermiers étaient devenus un peu plus vindicatifs que lors des autres réunions publiques ; Willem Basson avait vu fleurir dans l'assemblée des emblèmes de l'AWB * et avait entendu de braves fermières et leurs maris parler de « jeter les Noirs à la mer ou de les enfermer dans des réserves après avoir pris leurs voitures qu'on fondrait à Iskor * pour faire des fusils et des canons... ».

À l'issue de la réunion, Basson s'était isolé avec un groupe d'hommes aux visages rouges de colère dans le veld à la lumière des torches et le BVF avait été créé solennellement autour d'un feu de boy-scouts, comme au bon vieux temps du serment de la bataille de *Blood River** que leurs ancêtres avaient livrée contre les Zoulous… Les combattants de la Liberté du peuple boer avaient entrepris la reconquête du pouvoir et ils s'étaient déclarés frères de sang !

Les rapports de la taupe infiltrée quelques mois plus tard avaient laissé perplexes les six officiers chargés du dossier BVF ; en dépit de la gravité du complot, toute l'affaire ressemblait à une énorme farce orchestrée par des crétins teigneux et sanguins. Le noyau dur de l'organisation était constitué de quarante-cinq Afrikaners, tous fermiers ou anciens militaires peu éduqués et vivant d'expédients depuis que les forces de défense les avaient mis à la retraite forcée ; lors de leur première réunion occulte au fin fond d'une réserve isolée, les futurs « libérateurs » de la nation s'étaient affublés de noms de code à faire tordre de rire un jury si l'affaire devait aboutir un jour devant un tribunal… Les moyens logistiques de la blanche armée relevaient de Nikkie van Rensburg, alias « Trou du cul », et Oddendaal avait été formel, il avait choisi son nom de guerre lui-même devant ses pairs… La direction générale de l'organisation était revenue lors d'une émouvante cérémonie de cooptation à Willem Basson qui avait choisi « Stasi » comme patronyme clandestin. Il y avait également eu des Kowie « Looser » Louw et des Haardus « Spiderman » Hamman… Le coup d'État, qui devait faire basculer l'Afrique du Sud dans le chaos en dressant les Noirs contre les Blancs lors de plusieurs séries d'attentats programmés sur une semaine, était prévu pour se dérouler juste après les élections et portait le nom de code… « Opération Mickey Mouse ».

Un autre élément de cette mascarade était son mode de financement… L'armée secrète avait confié à un de ses « officiers » le soin de fabriquer de la fausse monnaie pour acheter le matériel militaire nécessaire, plusieurs dizaines de camions et un hôpital mobile de campagne, et enfin pour payer les soldes de ses combattants. Willem Basson avait remis cent trente mille rands en espèces collectées auprès des fermiers les plus riches à un certain Jan du Plessis pour qu'il produise le plus rapidement possible des fausses coupures de cinquante rands, les plus faciles à écouler. Du Plessis s'était présenté quelques semaines plus tard à la ferme du général en chef avec une cantine métallique bourrée de billets neufs parfaitement contrefaits. Le conseil des sages du BVF était aux anges et avait chaleureusement félicité le faussaire… Jusqu'à ce que Jan du Plessis explique qu'avec centre trente mille rands il n'avait pu faire que pour cent mille rands de faux billets et qu'il lui faudrait une rallonge de vrais biffetons pour continuer à fabriquer des faux… Le capitaine Oddendaal, qui avait assisté à la réunion, avait eu le plus grand mal à ne pas pouffer de rire. L'assemblée des mutins se grattait la tête d'un air perplexe, cherchant désespérément sous les crânes rasés l'embrouille ou le cafouillage.

Tout était à l'avenant au point qu'après quelques mois de surveillance plus personne n'osait faire de rapport au National Commissioner ou au chef de l'État de peur de se faire saquer… Pourtant, le danger était bien là : que cette bande d'abrutis ne commence à poser ses bombes artisanales un peu partout dans des lieux publics. Les rapports d'Oddendaal étaient formels. Il avait vu, dans un vieux bunker souterrain planqué au milieu d'une réserve *big-five* de Timbavati, un stock de bouteilles de gaz équipées de détonateurs et des kilomètres de bandes de munitions pour mitrailleuses. Plus de neuf cents kilos d'explosif avaient été volés dans différentes mines du Triangle du Vaal avec la complicité de mineurs sympathisants de l'organisation. Lors de plusieurs séances de travail de l'état-major du BVF, des cibles prioritaires avaient même été choisies ; la Bourse de Johannesbourg, l'aéroport international, le Parlement du Cap et plusieurs dizaines de gares routières dans les townships de Soweto, Alexandra, Mamelodi et Crossroads. C'est là, dans ce volet du complot, que Beria pensait trouver son pain blanc…

La SAPS avait bien décidé de démanteler le gang qui était pour le moment tenu en laisse très courte, mais le DPP avait demandé qu'un maximum de preuves soient accumulées afin d'éviter que le procès ne tourne en spectacle de music-hall avec une succession de témoignages de clowns pathétiques. Des transcriptions d'écoutes téléphoniques, des photos aériennes, des filatures et les rapports secrets du capitaine Oddendaal avaient permis de préparer un dossier en béton, mais il manquait toujours quelque chose de tangible qui permettrait de clouer les bonshommes au pilori dès la première audience sans que leurs avocats puissent les faire libérer sous caution pour cause de connerie insondable ou d'irresponsabilité notoire… Beria était convaincu qu'il fallait démasquer les conjurés avant les élections et que l'enquête de Zondi lui fournirait peut-être un bon catalyseur. La planification et la logistique des attentats dans les townships reposaient en partie sur la constitution d'une société de coursiers à moto dont les livreurs, noirs évidemment, seraient des kamikazes, mais à leur insu. Le BVF avait déjà constitué une petite flotte de deux-roues, déposé les statuts auprès du registre des sociétés, et commencé le recrutement des motards sacrifiés…

Beria avait invité Zondi à déjeuner à Waterkloof, chez un militant blanc du Mouvement chez qui il aimait tenir ses réunions confidentielles. Beria s'invitait en général quelques heures à l'avance et demandait à la maîtresse de maison de lui faire griller des sardines et de l'installer avec ses interlocuteurs dans le jardin, sous le *lapa* *, loin des téléphones ou des oreilles indiscrètes.

– Tu en es où, bro, avec tes morts défigurés ?

Zondi ne pouvait hélas qu'avouer son impuissance ; il reconnut qu'il était seulement en train de remonter la piste du groupe des anciens du MK et que les examens du FSL n'avaient fourni aucune indication utilisable. Beria posa alors devant le capitaine un dossier estampillé *Confidentiel Sécurité d'État* et lui demanda de le parcourir. Personne au sein de la SAPS, en dehors des dix policiers affectés à cette affaire, n'avait jamais entendu parler du BVF.

– C'est à peine croyable… Ces types sont sous surveillance depuis plus d'un an ! Ils veulent tuer Mandela…

– Eh oui… C'est une bande de guignols… Notre agent a quelquefois du mal à garder son sérieux pendant les réunions de ces grotesques, mais leur projet est sérieux ! Il y a un point qui nous inquiète vraiment. Nous pensons qu'ils ont commencé à éliminer des maillons faibles ; soit des gens qui en savaient trop, soit des gens qui essayent de se retirer parce qu'ils sont en train de prendre conscience du ridicule et des risques de l'opération ; l'un d'entre eux a récemment tenté d'expliquer aux autres qu'il serait techniquement impossible de tuer quarante millions de Noirs ou même de les jeter à la mer en quelques semaines… Mais personne ne veut l'écouter…

– Et tu penses qu'il peut y avoir un rapport avec mes victimes ? Ce sont des Noirs, mes gars, et il y aurait des Noirs dans leurs rangs ?

– Pas dans leurs rangs, évidemment non ; mais nous pensons qu'ils ont entrepris d'éliminer certains de ces livreurs qui devaient déposer des bombes dans les townships. D'après notre informateur, plusieurs de ces pauvres types auraient compris à quoi on voulait les employer… Et comme ils en savaient un peu trop…

Beria fit mine de passer un couteau sur sa gorge.

– Je ne sais pas s'il y a un lien, mais je voudrais que tu regardes ça de plus près…

– Et s'il y a un lien avec mon affaire, on fait quoi ? On leur tombe dessus, c'est bien ça ?

– Oui. Parce que dans ce cas, si nous avons des raisons valables de les soupçonner, nous avons un commencement d'exécution de leur projet de coup d'État… Le DPP pourra les faire tomber pour haute trahison mais il ne veut pas courir le risque d'un procès avorté pour manque de preuves… C'est pour ça que nous attendons depuis des mois. Sans pouvoir les coincer… Disons que cette affaire pourrait bien nous aider…

– Et si ce n'est pas lié, qu'est-ce que tu attends de moi ? demanda le policier en plissant les yeux.

C'était la question que Beria craignait. Zondi n'était pas du genre à marcher dans une « gonfle » et il avait de toute évidence compris que le BVF pourrait faire un joli trophée de chasse avant les élections, quitte à bricoler un peu le dossier et à suborner quelques témoins complaisants… Le silence éloquent de Beria était clair. Zondi avait compris ; il termina froidement son thé et saisit les clefs de sa voiture.

– Je vais regarder ce que je peux faire, bro. Je te promets que je vais voir. Mais tu me connais…

Beria étira ses jambes et s'absorba dans la contemplation du toit en chaume du lapa. Il n'insista pas ; il avait tenté sa chance pour rien… Pourtant, quelle belle occasion ! Des conjurés blancs extrémistes, qui voulaient tuer tous les Noirs et les Indiens du pays en une seule fois, servis sur un plateau à deux mois des élections… Du pain bénit… Mais Zondi et lui n'avaient pas vécu de la même façon ; jamais ils ne pourraient avoir les mêmes méthodes, même pour parvenir aux mêmes fins et c'était sans doute mieux comme ça. Chacun son travail… Beria enfila son bonnet avec un petit sourire désabusé et prit congé de Sophia en lui disant qu'il viendrait passer le dimanche suivant avec son fils autour de la piscine et d'un plat de sardines grillées. La vie continuait.

XI

Zondi était profondément ulcéré après son rendez-vous avec Beria. Il pensait que toutes ces intrigues et cette tradition de coups tordus faisaient vraiment partie du passé de l'Afrique du Sud… Il était prêt à soutenir le Mouvement mais pas à ce prix ; ce serait retomber dans le même piège que celui où l'ancien régime s'était noyé, même si les comploteurs du BVF ne méritaient rien d'autre qu'une sanction sévère. Zondi décida de faire le mort et d'ignorer l'appel du pied du comrade Beria pour suivre son intuition… Son sixième sens lui commandait de tirer sur le fil de Quadro.

Après l'enfer des camps, le retour de Samuel Moroka en Afrique du Sud avait été comme une entrée au purgatoire, mais certainement pas au paradis. Il en avait bavé en Afrique du Sud au moins autant qu'en exil, sautant d'un petit boulot minable à l'autre, comme le révélait son CV classé dans les archives de son dernier employeur. Zondi avait consulté son dossier professionnel au service du personnel de la société de gardiennage *Lion Force* ; Samuel y était employé depuis six ans. La nouvelle Afrique du Sud ne plaisantait pas avec les vigiles, les chasseurs professionnels, les mercenaires et tous ceux qui ambitionnaient de gagner leur vie en portant un flingue.

Toute société de surveillance, et Dieu sait s'il en avait fleuri sur les cendres encore chaudes de l'apartheid, avait pour obligation de tenir à jour des fiches très détaillées pour chacun de ses employés. Avant d'être recruté par la *Lion Force* et de se voir confier une arme de service, Samuel avait dû fournir la liste complète de tous ses patrons précédents et tous, sans exception, avaient été interrogés par le service du personnel de son nouvel employeur... Samuel avait été jardinier, manœuvre sur des chantiers de construction, pompiste, balayeur et plongeur, des expédients plus que des métiers, mais qui lui avaient permis de résister à la vague de misère qui en avait submergé tant d'autres au lendemain de leur retour. Partout, il avait été un employé modèle, discipliné et discret. Son boulot de vigile chez *Lion Force* avait fini par être le moins médiocre de ses emplois. Il y était respecté, il y était resté.

Peu après son séjour à Pretoria dans le foyer de religieux de Visagie Street qui l'avait accueilli à son retour, comme d'autres anciens combattants, Samuel avait emménagé en 1991 à Sunnyside, dans son minuscule logement de Minni Street, dans l'arrière-cour d'une vieille maison hollandaise rapiécée. Il n'avait pas quitté cette adresse depuis son installation et elle figurait toujours dans son dossier. La logeuse n'avait pas fait de difficultés pour fournir un double des clefs lorsque Zondi lui avait présenté sa carte tout en lui annonçant froidement que son locataire était mort. Comme Samuel ne lui avait jamais donné congé, elle s'était, à vrai dire, montrée plus préoccupée de savoir qui allait payer le loyer du mois à venir que de savoir comment et quand le malheureux était mort... Les deux pièces minuscules au sol recouvert d'un linoléum craquelé et moisi étaient autrefois utilisées pour loger les domestiques. Une pauvreté révoltante suintait des murs en loques, mais en dépit de cette misère, le refuge de Samuel était aussi proprement et sobrement tenu qu'un quartier militaire ; pas la moindre décoration sur les murs ni le plus petit objet personnel. Zondi dut fouiller au plus profond des rares placards déglingués et d'une vieille commode de récupération pour inventorier les quelques possessions de Samuel. Numéro Quatre laissait clairement à un visiteur impromptu l'impression qu'il n'était que de passage et qu'à tout moment les aléas de l'existence pourraient ne lui laisser à nouveau que quelques minutes pour boucler sa cantine et changer d'horizon. C'est sans doute ainsi qu'il avait vécu en exil, immédiatement après avoir quitté l'Afrique du Sud clandestinement et probablement même pendant les mois qui avaient précédé son exfiltration vers le Swaziland lorsqu'il devait errer de planque en planque dans son propre township, traqué par les services de sécurité de l'apartheid.

Dans la chambre de Samuel, posé sur son lit en fer impeccablement couvert d'une couverture brune de soldat pliée à angle droit, Zondi découvrit un manuel de français qui portait le cachet de l'Alliance française de Pretoria. Dans sa penderie, Samuel avait rangé une tenue *Lion Force* de rechange, un costume noir fatigué, des chaussures marron à lacets et une vieille paire de gants de boxe rouges usés. Les tiroirs ne contenaient rien de plus que des vêtements ou objets usuels sans intérêt. La salle de bain, couverte selon les endroits de peinture écaillée ou de carreaux blancs fendus, était vide à l'exception du minimum de survie rangé dans une trousse de toilette en plastique et d'un rouleau de papier hygiénique mince comme du papier à cigarettes. Le logement, tel quel, aurait pu figurer au musée de l'apartheid pour illustrer la condition des domestiques noirs sous l'ancien régime, sauf que dix ans déjà avaient passé, pensa Zondi en lançant un regard teigneux à la vieille logeuse…

– Et vous lui avez loué ce logement pour combien, *madam* ?

– Trois cents rands par mois, vous pensez que je devrais louer plus cher ? On est en ville, quand même ; ça vous intéresse, peut-être ?

– Non, *m'aam*, c'est trop bien pour moi, lui répondit-il en singeant un accent de « pauvre neg' » de la campagne… Mais vous trouverez bien une truie et ses petits, ça devrait leur suffire…

En quittant la soue de la vieille, le capitaine posa les scellés et sermonna lourdement la propriétaire qui se lamentait toujours à propos de son loyer à venir.

– *Madam*, quand l'enquête de police sera terminée et que la succession de M. Samuel Moroka aura été soldée, sa famille vous paiera ce qui vous est dû, s'il y a de quoi… Mais en attendant vous ne devez pas relouer ce logement, ni même y entrer. Vous voyez les scellés… On ne doit pas y toucher sans l'autorisation du procureur. Il y a une enquête en cours. C'est compris ? Et cela pourrait prendre plusieurs années…

La vieille était consternée et Zondi jubilait intérieurement en glissant sous ses yeux la clef dans le sac en plastique qu'il allait verser au dossier ; il prenait toujours un plaisir malsain à harceler les gens qui se vengeaient de leur misérable condition sur plus faible et plus mal loti qu'eux. La vieille était de ceux-là ; il s'arrangerait pour que cette pièce à conviction disparaisse du dossier et que personne ne vienne jamais enlever les scellés et que la vieille ne puisse plus jamais louer cette porcherie…

L'Alliance française de Pretoria se trouvait dans une rue calme bordée de jacarandas centenaires de Hattfield. Une ravissante maison coloniale à colonnades avec un toit en tôle ondulée peint en vert devant laquelle se pressaient des dizaines de jeunes étudiants sud-africains, tous noirs. Les Blancs, déjà bien satisfaits de parler anglais et afrikaans, ne voyaient sans doute pas l'intérêt d'apprendre une langue que ne parlaient que la moitié des habitants de leur continent... Zondi posa sa carte sur le comptoir de la réception et le sésame opéra... Samuel avait un dossier ici, mais ce dernier ne contenait rien d'autre que sa fiche de progrès qui faisait état de résultats plus qu'honorables, son adresse et ses coordonnées bancaires. Samuel avait payé rubis sur l'ongle les trois cents rands de son inscription avec un chèque de la Nedbank. Le directeur de la *Lion Force* avait pourtant signalé à Zondi que, depuis qu'il travaillait pour la compagnie, Samuel venait chercher les mille neuf cents rands de sa paye en espèces le dernier vendredi de chaque mois. Il émargeait sur le cahier en remerciant courtoisement l'agent comptable qui lui disait à chaque fois qu'il serait préférable d'ouvrir un compte et qu'il n'était pas prudent de se balader avec sa paye en billets un vendredi soir. Samuel le remerciait à chaque fois gentiment pour son conseil avisé et lui faisait un large sourire en lui répétant qu'il n'avait pas assez d'argent pour avoir un chéquier... Pourquoi avait-il caché ce compte à son employeur ? Le comptable, tapi derrière sa porte grillagée coulissante *Trellidoor**, avait finalement conclu avec philosophie lors de son audition :

– Cela étant dit, capitaine, je ne vois pas qui aurait pu être assez gonflé pour essayer de voler sa paye à ce type… Il pesait au moins cent vingt kilos et ressemblait à Cassius Clay…

La classe de Samuel à l'Alliance française ne commençait que le soir après le travail, vers 18 h 00. Zondi avait prévu d'y retourner plus tard pour interroger ses camarades.

De son bureau à la *Serious & Violent Crime Unit*, le capitaine Zondi demanda à la Nedbank une copie des derniers relevés de compte de M. Samuel Moroka. La procédure était longue et officielle. La police n'avait plus tous les droits comme à l'époque de l'apartheid lorsque les lois sur la suppression du communisme, sur l'état d'urgence ou la loi antiterroriste donnaient aux flics de la *Special Branch* le droit de fouiller n'importe quelle maison à n'importe quelle heure ou de violer la vie privée de tout un chacun sur la foi d'un simple soupçon ou d'une dénonciation… Le capitaine fit pourtant valoir toutes les bonnes raisons du monde, le directeur de l'agence Nedbank de Beatrix Street fut inflexible ; il devait attendre une notification écrite du DPP afin de donner à un enquêteur l'accès au compte de son client.

Une course contre la montre s'était engagée avec le tueur. On était déjà lundi et il ne lui restait que quatre jours pour empêcher un septième meurtre ou une septième « livraison », comme aurait dit Lana Woerner.

Plus tard dans la journée, dans la cour de l'Alliance française, un groupe de six élèves attendait le début de sa leçon. Le professeur venait de les rejoindre et toute la petite troupe avait commencé joyeusement à se congratuler dans un français folklorique et tropicalisé. C'est le moment que choisit Zondi pour casser l'ambiance en abattant sa carte de la SAPS comme une quinte flush. En général, surtout dans les townships, lorsqu'il sortait son insigne, deux ou trois personnes foutaient toujours le camp en courant. Cette fois, personne ne chercha à prendre la tangente et tout le monde le regarda curieusement comme un extraterrestre sans un mot. Ces étudiants qui le dévisageaient devaient réellement être d'honnêtes travailleurs désireux d'embarquer dans l'ascenseur social en ajoutant une corde à leur arc. Le prof, un jeune Congolais en exil, surdiplômé d'après les renseignements de la direction, avait affiché, en revanche, un air franchement inquiet en voyant l'insigne de police apparaître. S'il n'avait pas eu d'autres préoccupations, Zondi aurait volontiers parié que l'ombre qu'il avait vue passer sur le visage du Congolais était due au fait que son visa de séjour avait expiré depuis la Saint-Glin-Glin et qu'il avait rejoint le flot des Kinois illégaux qui ne voulaient pas aller manger de la paille chez Kabila junior… Mais Zondi avait d'autres chats à fouetter pour le moment.

Tous les témoignages des élèves convergeaient ; Samuel était un type taciturne, sauf lorsqu'il participait à des exercices de conversations en français où il se révélait être d'une loquacité exceptionnelle, comme si la maîtrise du français à court terme était devenue pour lui une condition de survie. Les autres étudiants ne savaient rien de Samuel, même pas où il travaillait ni où il vivait. Ils n'avaient découvert sa passion pour la boxe que parce que leur camarade de classe arrivait souvent en cours avec un sac de sport d'où dépassait une paire de gants rouges. Samuel leur avait simplement dit que lorsque son cours était terminé à l'Alliance il allait s'entraîner dans une salle de Pretoria Nord, vers l'aéroport de Wonderboom. Numéro Quatre n'en avait jamais dit plus ; il n'avait jamais parlé de sa famille, ni même de son passé de combattant du MK ou de son passé de dynamiteur dans les centres d'entraînement du GRU à Moscou. Pourtant, il aurait sûrement pu emballer la petite Zanele avec un pedigree pareil ; elle parlait plutôt gentiment de lui et elle était jolie comme un cœur, remarqua Zondi…

Le capitaine laissa finalement sa carte à chacun des élèves ainsi qu'au professeur en leur demandant de ne pas hésiter à le rappeler si quelque chose leur revenait à la mémoire, parce que, leur annonça-t-il froidement, « Samuel ne reviendrait plus en cours, pour la simple raison qu'il était mort ». Zondi aimait garder ce genre de petits effets macabres pour la dernière minute… Il attendit une réaction. Le prof avait tressailli et la jeune Zanele avait poussé un cri d'effroi qui n'avait pas l'air feint. Zondi aurait juré, à cet instant, que le Congolais avait quelque chose à lui cacher, ou à lui dire. Il décida de forcer un peu le destin en l'entraînant à l'écart du groupe.

– Professeur, pourrais-je voir vos papiers, s'il vous plaît ?

– Je ne les ai pas sur moi, je suis désolé…

– Vous devriez au moins avoir votre livret d'identité sur vous… On va être obligé d'aller vérifier votre situation au commissariat…

– Je préfère vous dire tout de suite… Je ne suis pas en règle, mais je ne peux pas rentrer à Kinshasa, vous savez…

– Alors, il faut demander l'asile politique… C'est facile, il suffit de remplir un dossier auprès du ministère des Affaires intérieures et puis d'attendre…

– Ce sera refusé… Je le sais d'avance.

– Comment pouvez-vous en être certain ? Vous avez fait des choses illégales en Afrique du Sud ? Depuis quand êtes-vous en séjour irrégulier ?

– Deux ans… C'est ça le problème… Je n'ai pas respecté les délais…

– Mmm… Je vois… Dites-moi, pourquoi Samuel Moroka voulait-il apprendre le français, au fait ? Vous avez une idée ?

– Il voulait partir travailler au Congo…

– Lui, il voulait aller au Congo et vous, vous voulez rester ici… C'est drôle, non ?

– J'ai mes raisons, je suppose qu'il avait les siennes…

Nous y voilà, se dit Zondi… Ce petit prof arrogant avec ses petites lunettes rondes en acier qui se prenait pour Gandhi ou pour Patrice Lumumba en savait probablement plus que ses élèves sur Samuel Moroka. Le flic montra les dents et décida que le moment était venu de donner un tour de vis.

– Je vois… En fait, je vais vraiment devoir vous emmener au poste de police de Brooklyn. Soyez raisonnable, ne faites pas de difficultés, sinon je devrais appeler un véhicule spécial grillagé avec des constables. Nous sommes bien d'accord, prof ? On fait ça dans le calme et la discrétion… Je ne vous arrête pas, c'est un simple contrôle de routine. D'ailleurs, vous voyez, je ne vous ai même pas lu vos droits…

– Je ne peux pas, capitaine. C'est impossible, on va m'expulser.

– Certainement, mais où est le problème ?

– J'ai des droits en tant que réfugié politique…

– Je ne suis pas compétent pour en parler, vous savez… Chacun son truc… Moi, je m'occupe de meurtres et d'escroqueries et les droits de l'homme c'est pas ma spécialité… Au fait, nous parlions de Samuel Moroka… Que savez-vous d'autre sur Samuel Moroka ? Que voulait-il faire au Congo ?

Le prof avait senti la pression et il commençait à deviner où se situait le marché... Il hésita à peine.

– Je crois qu'il voulait rejoindre les rangs du RCD, c'est une milice dans l'Est du pays qui...

– Je sais, je lis le journal... Que voulait-il faire là-bas ?

– Si je vous le dis, est-ce que vous me laisserez partir ?

– On ne marchande pas avec la police, ou la loi... Vous parlez si vous voulez... Librement... Et moi, je vois ce que je dois faire ensuite... Librement. Compris ?

Ce petit jeu était une des grandes spécialités de Zondi. Il aimait mettre la pression sur les témoins ou les suspects mais presque jamais d'une façon ayant un rapport avec l'enquête en cours. Il aimait les pousser à bout en abordant des sujets plus personnels, des travers ou des faiblesses qu'il découvrait presque toujours en quelques minutes. Il avait un don pour déceler ce qui était moche et minable chez les gens et il s'en servait sans scrupules. Padayachee lui disait que c'était déloyal et risqué du point de vue de la procédure mais en même temps il reconnaissait que Zondi arrivait à faire parler n'importe qui en moins d'un quart d'heure... Le Congolais avait le front couvert de gouttes de transpiration.

– Il voulait devenir soldat avec le RCD. Il me disait qu'il ne savait faire que ça, se battre, et qu'il n'en pouvait plus de vivre ici comme un minable...

– Et vous l'avez aidé à contacter cette milice congolaise, c'est bien ça...

– Oui. Un de mes cousins vit à Goma. Il travaille pour le RCD, il s'occupe des approvisionnements.

– Samuel vous a payé pour ce service ?

– Non, pas du tout… J'aimais bien Samuel. C'était un type intéressant. Chaque vendredi soir, il participait à des combats de boxe pour gagner de l'argent. Il disait que c'était dangereux parce que les autres boxeurs étaient très forts mais il disait aussi qu'il était bien préparé et que ça lui rapportait gros.

– Il vous a parlé de grosses sommes ?

– Oui, je crois, plusieurs milliers de rands par combat à ce qu'il m'a dit ; il avait besoin de cet argent parce qu'il économisait pour payer son billet d'avion et celui de plusieurs de ses amis pour aller au Rwanda et ensuite passer la frontière. Il voulait aussi avoir un peu d'argent d'avance, pour tenir au Congo, le temps d'approcher les gens du RCD et de trouver un engagement.

– Où se passaient ces tournois de boxe dont il vous avait parlé ?

– Je ne sais pas vraiment, c'était assez loin d'après ce que j'ai compris. Je n'en sais pas plus. Il ne m'a jamais proposé de venir le voir.

Zondi comprit à ce point que le Congolais n'en savait vraiment pas plus. Au point où il en était, cet intellectuel de pacotille aurait vendu sa mère pour sauver ses fesses rabougries d'intello. Un lâche et un nain mental. Il décida d'en finir et de porter l'estocade.

– J'espère que vous vous êtes bien souvenu de tout, professeur. Vous voyez ce que je veux dire… Dissimulation d'indices, obstruction à une enquête et complicité dans une entreprise mercenaire visant à déstabiliser un État souverain… C'est pénal tout ça… Surtout quand on n'est pas en règle. Vous risquez au moins… Oh, je dirais vingt ans, surtout si le procureur congolais porte plainte à son tour et qu'on vous extrade finalement pour purger votre peine à Kinshasa…

– Mais vous comprenez bien que je ne peux pas rentrer au Congo, on va me tuer là-bas !

– Justement, je voulais vous en parler, prof, il y a un risque… Un dernier mot, rentrez chez vous à Kinshasa ou à Kisangani ou bien où vous voudrez, mais foutez le camp. Le plus vite sera le mieux. On n'a pas besoin de type comme vous chez nous… Gardez vos petites guerres tribales de Nègres pour vous ; nous on s'en est sortis ici. De grâce ne nous tirez pas en arrière et ne venez pas chercher nos frères en perdition pour nettoyer votre merde congolaise ou rwandaise… Si j'avais le temps, je vous ferais expulser moi-même, et avec plaisir. Disparaissez dans la semaine et spontanément, ça évitera au contribuable de payer vos frais de rapatriement. Je viendrai vérifier, je vous le promets.

Zondi tourna les talons sans attendre la réponse du Congolais pétrifié qui se sentait floué dans le marché qu'il croyait avoir passé : il avait quand même parlé… Parvenu à la porte de sa voiture, le flic hésita à revenir le chercher sur-le-champ avec un fourgon. Ce type l'avait exaspéré. Qu'il vienne, comme des dizaines de milliers d'autres Africains, tenter sa chance illégalement dans ce pays qui se révélerait pour eux n'être au fond qu'un miroir aux alouettes, passe encore, il pouvait le comprendre, mais que ce petit connard d'instituteur de bas étage avec ses grands airs d'exilé politique vienne recruter pour sa sale petite guerre ethnique de crapules arriérées, corrompues par le fric et le pouvoir, ça lui restait en travers de la gorge. Décidément, il n'allait pas le faire expulser, il allait le faire serrer tout de suite pour participation active à une entreprise mercenaire. Après tout, il était flic et pas le Haut-Commissariat aux réfugiés à lui tout seul… Son boulot, c'était de faire le ménage, pas la charité. Il espérait que ce merdeux bien-pensant et prétentieux allait en prendre pour quinze ans et une amende assez lourde pour lui bouffer toutes ses économies.

Le soir même, le chef d'agence de la Nedbank lui envoya par télécopie les derniers relevés bancaires de son client. Dans les sept dernières semaines Samuel avait déposé sur son compte cent vingt-sept mille rands ! Assez pour acheter une belle petite voiture neuve, une jolie maison plutôt coquette ou un bout de terre au village… Probablement le produit de ses gains dans les tournois de boxe dont lui avait parlé ce foutu instit congolais. Samuel, pour la première fois de sa vie certainement, avait eu un peu d'argent devant lui et il avait choisi de ne rien changer à son existence de forçat. Une fois de plus, il se préparait effectivement à larguer les amarres et à s'embarquer pour une autre aventure, sur une autre ligne de front…

Les deux adjoints de Zondi avaient pendant ce temps identifié les salles d'entraînement de boxe de Pretoria Nord. Il n'y en avait que trois, dont une, la « salle Buffalo », tenue, selon ses adjoints, par un ancien sergent du 32e Bataillon, dit « Buffalo » justement. Zondi se souvint que les vétérans du bataillon Buffalo avaient été des soldats d'élite qui avaient servi dans le Sud-Ouest africain avec les troupes d'occupation du protectorat avant que le pays ne devienne officiellement la Namibie, mais ils avaient pour la plupart été du mauvais côté, en tout cas de son point de vue de Noir progressiste… Ils avaient été plus souvent du côté de la chicote que de celui de la carotte, servant docilement les intérêts de la puissance coloniale sud-africaine plus que le développement du pays. Zondi choisit de commencer par le sergent à la retraite… Depuis l'épisode avec le Congolais, il avait légèrement envie d'en découdre avec quelqu'un. Ce Bertie Booysen avait intérêt à filer doux ; ses adjoints avaient eu une mauvaise impression et Zondi, là, tout de suite, ne demandait qu'à la partager. Le type sentait, paraît-il, l'AWB ou le Front de libération du peuple boer à plein nez ; encore un attardé qui n'avait pas compris qu'il y avait eu quelques changements majeurs dans le pays depuis la libération de Mandela et que le train n'avait pas de freins et encore moins de marche arrière…

La salle Buffalo était une salle pouilleuse et à peine éclairée qui puait la transpiration et le liniment. Le matériel était minable et sale et la décoration était à gerber. Le propriétaire des lieux ne volait certainement pas bien haut dans la galaxie de la boxe… Dans un coin, un type solitaire tapait comme un sourd des doublés et des triplés sur un punching-ball qui rebondissait sur son nez et deux gars en flottants violets se tournaient lourdement autour en esquivant les coups. Ils avaient l'air nuls et poussifs, mais Zondi n'y connaissait vraiment rien ; les deux gars étaient peut-être des futurs Corrie Sanders *… Le sergent Bertie Booysen était effectivement aussi pouilleux que sa salle, et aussi arrogant que l'avaient souligné les deux inspecteurs qui lui avaient déjà rendu visite. C'était un blondinet court sur pattes qui mâchouillait un bout de vieille clope ; une caricature de sous-off de la colo qui glissait son peigne dans sa chaussette et prenait des airs hautains et pète-sec de colonel de l'armée des Indes… Zondi eut immédiatement, lui aussi, une mauvaise impression. Le seul courant qui aurait pu passer entre ce Booysen et lui serait celui des pinces crocos d'une gégène dans les couilles pour le faire parler… S'il en avait eu le droit, évidemment, mais on n'était plus

« au bon vieux temps », comme disaient certains de ses collègues. Le petit roquet habillé d'un short blanc et d'un T-shirt marbré d'auréoles de transpiration afficha d'entrée de jeu une mauvaise volonté, clairement parce que Zondi était un policier noir plus gradé que lui. Il arborait une fine moustache d'officier anglais, mais parlait anglais comme un cochon avec un épais accent du Free State ; Zondi parlait parfaitement afrikaans, mais il décida de ne pas lui faciliter la vie. Patiemment, il le laissa peiner et chercher ses mots en anglais avec le regard compatissant et les hochements de tête d'un éducateur spécialisé qui écoute un mongolien raconter sa première journée à la mer. Le capitaine découvrit finalement pendant le laborieux interrogatoire que Samuel venait effectivement s'entraîner tous les jours à la salle Buffalo. Bingo ! On sentait bien que le blaireau à moustache n'aimait pas « Mohamed Ali », remarqua Zondi ; il ne connaissait même pas le vrai nom de ce Nègre poli et silencieux qui cognait si bien et si fort et qui surpassait de loin tous les autres amateurs de la salle, mais « Mohamed Ali » payait sa cotisation sans faire d'histoire chaque mois. Et Bertie avait des frais comme tout le monde… L'argent n'avait plus de couleur dans la Nouvelle Afrique du Sud.

– Est-ce qu'il venait quelquefois accompagné, ici ?

– Une fois, il est venu avec un de ses collègues de travail. Ils portaient leur tenue de travail. *Lion Force*… Ils sont restés jusque vers dix heures. Son copain l'a regardé s'entraîner en l'encourageant.

– Il était comment ce type ?

– Grand, blanc, beaucoup plus vieux que « Mohamed Ali », je dirais. Sinon, j'ai pas fait attention. Ils avaient l'air de bien s'entendre.

– C'était quand ?

– Il y a un mois ou deux. Je sais plus…

– C'est tout ce que vous pouvez me dire sur M. « Mohamed Ali » ?

– Ben oui, pourquoi ? Qu'est-ce qu'il a fait comme connerie ?

– Il est mort, sir. La police a des raisons de penser qu'il a été tué par des extrémistes racistes. Vous en connaissez ?

Techniquement l'interrogatoire était terminé, Zondi sentait bien que Bertie Booysen ne pourrait rien lui apprendre d'autre, mais il avait envie de jouer un peu au chat et à la souris… Il continua de l'interroger avec un sourire glacé.

– Vous voyez ce que je veux dire, le genre de types qui ont des drapeaux style nazi avec des espèces de svastikas à l'envers, ou qui se réunissent le dimanche pour casser du kaffir en brousse ou qui les attachent par les pieds à une longue corde derrière leur bakkie avant de les traîner sur une piste en rigolant entre copains… Des trucs sympas du bon vieux temps, quoi…

Le visage de Booysen s'était empourpré. Zondi souriait toujours comme une hyène et avait fait un pas en avant, coinçant le malheureux nabot pétrifié contre un ring où les deux brutes haletantes coiffées de casques en cuir de mouton s'écrasaient l'une contre l'autre dans un bruit flasque.

– Vous m'accusez de l'avoir tué, c'est ça ?

– Pourquoi vous l'auriez tué ? C'est vous qui en parlez… Pas moi… Vous aviez une raison de le tuer ? Vous faites partie d'une organisation raciste ?

– Non, non, non, j' suis membre de rien du tout, moi…

– Mais vous allez quand même à des réunions de temps en temps, c'est ça ?

– Des réunions de quoi ?

– Entre Blancs, vous voyez ce que je veux dire…

– Quelquefois, évidemment, je vois des amis…

– Des amis noirs ?

– Ben non…

– C'est donc bien des réunions de Blancs, comme je disais…

– *Ja*, mais je fais pas de politique, moi !

– Vous ne votez pas ?

– Si, comme tout le monde, évidemment !

– Ah, vous voyez… Vous voyez bien que vous en faites de la politique…

– Je comprends pas ce que vous voulez… Qu'est-ce que vous voulez me faire dire ?

– Et Mohamed Ali, vous aviez des problèmes avec lui ?

– J'avais aucun problème avec lui…

– Vous l'aimiez bien ?

– Ben, je le connaissais à peine…

– Vous ne l'aimiez pas donc ; ça au moins c'est clair, non ?

– Pourquoi vous croyez ça ? Et puis je l'aurais sûrement pas tué pour ça !

– Qu'est-ce que j'en sais, moi, c'est vous qui en parlez de le tuer… C'est pas moi… Vous voyez qui aurait pu le tuer, alors ?

– Je sais pas moi, je vous dis ! Je vous dis que je l'ai pas tué ! Je savais même pas où il habitait !

– On verra bien. Restez à disposition de la police en attendant. Interdiction de quitter Pretoria jusqu'à nouvel ordre. Compris, monsieur Booysen ? Vous serez sûrement convoqué.

– Ouais, ouais d'accord…

– On dit : oui capitaine, vous n'avez pas appris ça à l'armée ? *Dankie*[1], monsieur Booysen.

En quittant la salle Buffalo, Zondi se sentait mieux. Il tenait l'embryon d'une nouvelle piste avec ce Blanc de la *Lion Force* et, surtout, il s'était passé les nerfs sur cette fin de race de petit sergent. Il y avait encore probablement quelques dizaines de milliers de pauvres types dans son genre… Il se disait que d'ici vingt ans tous ces abrutis qui voulaient faire sécession et créer un *Volkstaat* * pour abriter une ribambelle de petits Blancs incultes nourris de cantiques et de biltong seraient morts ou en chaise roulante et que l'on pourrait enfin commencer à travailler sérieusement. On pourrait tout simplement commencer à faire ce qui est possible, après avoir réussi l'impossible…

1. « Merci » (afrikans).

XII

Piet Erasmus, le directeur et propriétaire de la *Lion Force*, coopéra sans réserve et avec efficacité ; il était un peu vieux jeu et rigide, mais il était souriant et cordial sans affectation. Il n'avait aucun intérêt à compliquer le boulot de la police ; une licence comme la sienne avait pour principale vertu d'être temporaire et sujette à de nombreuses vérifications tatillonnes… À la demande de Zondi, il organisa un matin à 6 h 00 une réunion des employés au Q.G. de la société, dans une zone industrielle de Pretoria Ouest. La boîte était tenue d'une main de fer ; l'entrée du siège de la *Lion Force* était contrôlée par un poste de garde blindé qui s'ouvrait sur un sas en plein air bouclé aux deux extrémités par deux portes coulissantes en acier. La règle de base était affichée sur un panneau rouge : « Si vous êtes coincé dans ce sas plus de cinq secondes, c'est que vous n'avez rien à faire ici. » Piet Erasmus ne voulait pas courir le risque que ses fourgons blindés soient exposés à un « agent extérieur » entre deux missions ; il aurait été trop facile, selon lui, de coller une charge sous le châssis ou un émetteur radio alors que le véhicule était au garage… Honnêtement, Zondi ne pouvait qu'approuver ; les voyous étaient de plus en plus créatifs… Passé la seconde barrière du sas de sécurité, tout le monde se déplaçait en petite foulée dans l'enceinte de la société. Dans le hangar du matériel où étaient parqués les gros fourgons blindés étincelants qui semblaient sortis d'un film de *Mad Max*, les soixante vigiles et le personnel administratif étaient alignés au garde-à-vous dans leurs uniformes impeccables et attendaient que le « commandant » Piet Erasmus les mette au repos. En accord avec le capitaine Zondi, Erasmus annonça que la *Lion Force* offrirait une récompense de mille rands à toute personne qui donnerait des renseignements utiles à la police pouvant conduire à l'assassin de Samuel Moroka. Zondi se demanda un instant si le type n'en faisait pas un peu trop, mais au cours de la discussion autour d'un thé bouillant dans un coin du hangar Piet Erasmus lui avait donné l'impression d'être quelqu'un de franc et de carré avec un certain sens civique et surtout un esprit pratique. Cet ancien officier d'artillerie était tout le contraire d'un rêveur ou d'un idéaliste ; il avait envie d'être un véritable acteur et pas un spectateur dans ce nouveau pays sens dessus dessous qui était toujours le sien. La façon spontanée dont il avait proposé d'aider la police pour trouver l'assassin de son employé donnait à penser qu'il avait un sens de la justice assez aigu qui, objectivement, était loin d'être partagé. Erasmus réclamait simplement d'avoir sa part du gâteau tout autant que sa part du sale boulot dans le nouveau système. Zondi se surprit à penser que si tous les Blancs de plus de cinquante ans étaient comme lui, ce serait plus facile pour tout le monde… De plus, Zondi avait senti que Piet Erasmus aimait cette compagnie de sécurité ; il l'avait créée avec son propre argent et il aimait ses gars ; il connaissait le nom de tous par cœur et demandait à l'un ou l'autre des nouvelles d'un gosse qui allait passer son matric ou d'une femme qui venait de sortir de l'hôpital. Tous ses employés lui parlaient respectueusement mais jamais servilement ou en baissant les yeux comme pendant les années les plus rudes de l'apartheid. Des Européens ou des Américains pétris de bonnes intentions ou des intellos auraient certainement trouvé ce mode de fonctionnement un peu paternaliste, mais tous ici étaient contents... Plutôt favorablement impressionné par l'ambiance générale, Zondi avait fini par donner son accord pour la prime à condition qu'elle soit versée par Erasmus, personnellement, et en privé, et pas par l'intermédiaire d'un officier de police. Si la SAPS commençait à payer les témoins, on n'en sortirait pas... Comme Zondi s'y attendait, pour une somme qui équivalait à la moitié de leur salaire mensuel, les agents de sécurité s'étaient tous ou presque découvert une amitié indéfectible avec le disparu et on faisait la queue devant les deux petits bureaux mis à disposition par Piet Erasmus pour enregistrer les témoignages...

La plupart des interrogatoires ne prirent pas plus de cinq minutes, l'appât du gain avait été plus déterminant que la connaissance réelle de la victime, mais deux témoins retinrent l'attention des inspecteurs Mayekiso et Du Toit. Zondi décida de les entendre à nouveau. Le premier, Moses Nkabinde, avait expliqué que Samuel et lui étaient devenus copains parce qu'ils faisaient souvent équipe ensemble. Le job de Moses était de rester en position de sécurité près du fourgon blindé pendant que les convoyeurs transbordaient les sacs ou les conteneurs en plastique plombés bourrés de billets de banque ; Samuel, lui, se plaçait toujours devant le sas de la banque, sur le trottoir, au poste le plus chaud. À l'initiative de Samuel, ils avaient établi un code de communication visuel discret pour se mettre en alerte ou pour signaler tout mouvement suspect, dans la rue ou dans l'établissement.

– Dans certains quartiers, ça fiche un peu la trouille surtout quand vous savez rien qu'à la taille des sacs qu'il peut y en avoir pour un ou deux millions de rands… Sam était toujours très calme, c'est lui qui me rassurait et qui m'expliquait comment contrôler ma respiration et quelle posture prendre avec mes bras et mes jambes pour ne pas me fatiguer et pour réagir plus vite. En discutant avec lui, j'ai compris qu'il avait eu un vrai entraînement militaire, mais au début il ne m'a pas dit où. Je pensais tout simplement qu'il avait été dans l'armée ou la police et qu'il avait pris sa retraite ou qu'il avait été viré… Et puis on a commencé à parler un peu plus et même à nous retrouver de temps à autre le week-end. On allait quelquefois voir un match de foot…

– Il vous a parlé de son travail précédent ?

– Ben, c'était pas vraiment un travail à ce que j'ai compris… Avant d'entrer chez *Lion Force*, il avait fait plein de petits boulots, mais ça ne comptait pas vraiment pour lui. Quand il parlait d'avant *Lion Force* c'était plutôt pour me raconter ce qu'il avait fait en Angola. Ce mec avait été dans les commandos secrets de l'ANC, j'ai oublié le nom de ce truc… Il s'était battu avec des AK47 et des grenades dans la brousse et il avait même été dans une école de sabotage en Russie où on lui avait appris à faire exploser des ponts et des châteaux d'eau… À un moment il m'a expliqué qu'il ne pouvait même plus revenir en Afrique du Sud parce qu'il était recherché par les services secrets pour terrorisme… Mais comme j'étais un peu inquiet pour lui, il m'avait dit que maintenant il était O.K…

– Quel âge as-tu, Moses ?

– Vingt-deux ans, capitaine…

Zondi était soufflé, le jeune Moses n'avait qu'une idée très limitée des raisons politiques qui avaient poussé Samuel à être dans les « commandos de l'ANC », à devenir « terroriste » et à porter une kalach'… Cette histoire ancienne et exotique était pour le gamin un peu comme un épisode hors du temps dans une espèce de jeu vidéo ou de jeu d'arcane où on tirait sur les méchants mais sans savoir pourquoi ils étaient les méchants… Il faut dire que Moses avait douze ans seulement lorsque « magic » Mandela avait pris le pouvoir ! Et ça n'avait rien changé à sa vie de tous les jours. Zondi était toujours surpris de voir que tout se passait à la vitesse de la lumière dans ce foutu pays… Il avait eu à peine le temps de souffler entre la fin de l'apartheid et le début de la réconciliation et voilà qu'il lisait dans le *Star* de ce matin qu'il vaudrait mieux un jour fusionner le Parti national et l'ANC ! Chief Albert Luthuli et Hendrik Verwoerd peuvent être réunis un jour dans le même accélérateur de particules politiques… Les héritiers des conservateurs blancs – inventeurs du développement séparé, ouvertement baptisé apartheid – avec les enfants des communistes noirs révolutionnaires unis dans un même combat sous le nouveau drapeau de la Nation Arc en Ciel. Merde quand même, si sa pauvre mère avait pu voir ça avant de mourir esclavagisée chez un crétin qui l'avait traitée jusqu'au bout de *kaffermeid* et qui avait toujours pensé qu'elle lui volait du sucre et du café pour emporter chez elle le week-end…

Plus intéressant encore, Moses finit par raconter que Samuel lui avait un jour proposé de l'accompagner au Congo pour s'enrôler dans une armée de combattants de la liberté qui voulait libérer le pays de l'oppression.

– Il m'avait expliqué que, maintenant que tout allait bien ici chez nous, c'était son devoir d'aller aider les autres frères noirs en Afrique. Il disait qu'au Congo, c'étaient toujours les Blancs qui tiraient les ficelles en utilisant des guignols noirs qu'ils nommaient président, vice-présidents ou ministres et à qui ils donnaient des millions de dollars afin qu'on les laisse tranquillement piller le pétrole et les diamants.

Zondi commençait à comprendre… Samuel était incorrigible, ou profondément désespéré… Il avait viscéralement besoin d'une lutte de libération comme d'autres avaient besoin d'aller à l'église ou au bordel. Moses expliqua que Samuel était en train de monter un petit groupe de spécialistes en sabotage et en opérations de commando. Il avait même obtenu le nom d'un contact quelque part au Congo qui pourrait recruter son équipe de « chiens de guerre ». Simplement, il fallait qu'il se rende sur place avec ses gars et on s'occuperait d'eux…

– Depuis plusieurs mois, il économisait pour payer les billets d'avion. Il m'avait mis sur la liste de son groupe et il m'avait demandé d'apprendre à parler français parce que là-bas ça pouvait me servir. Je devais m'inscrire cette semaine… À votre avis, je fais quoi, capitaine ?

– Tu peux toujours apprendre à parler français, mais tu ferais mieux d'oublier cette histoire de sabotage et de contrat au Congo, mon garçon… Être mercenaire est illégal en Afrique du Sud et tu finiras obligatoirement en prison, ici ou ailleurs. Ton copain Samuel prenait de gros risques… Il en est mort…

Le second témoin était cet homme blanc dont le petit sergent lui avait parlé à la salle Buffalo. Jeannie Furter était plus âgé que Moses, c'était un des chauffeurs de fourgon qui faisait souvent équipe avec Samuel. Il devait peser dans les cent trente kilos et se déplaçait malgré tout avec la souplesse d'un félin. Il expliqua que Samuel et lui avaient sympathisé pendant les longues heures d'attente entre deux transferts de fonds. Ce Noir athlétique l'impressionnait par son calme et son sourire discret.

– Il était différent des autres gars qui gueulent, picolent ou font toujours les marioles avec des histoires de fesses. Il ne faisait pas son boulot comme un travail mais comme une mission et il ne discutait jamais les instructions… Nous avions fini par parler beaucoup de « la guerre ». En fait, nous avions été chacun d'un côté. Lui avec l'ANC en Angola, et moi en Angola comme soldat aussi, mais avec les forces sud-africaines… Nous aurions presque pu nous retrouver en face l'un de l'autre ! À l'époque, je faisais mon service militaire à Oshakati dans une base fortifiée de la bande de Caprivi en Namibie – enfin à ce moment-là, ça s'appelait le Sud-Ouest africain mais c'était en réalité une province de l'Afrique du Sud… – et lui était dans je ne sais plus quel fichu camp d'entraînement près de Luanda. Régulièrement, mon unité faisait des incursions de plusieurs jours dans le sud de l'Angola avec les troupes de l'UNITA qu'on encadrait. Je peux vous dire qu'on avait vraiment les jetons… Nos chefs nous disaient que les Cubains ou les Faplas allaient nous couper les machines et nous les coudre dans la bouche si nous étions pris. On nous racontait des trucs terribles sur les Cubains ; par exemple on nous disait qu'un équipage de *barbudos* à bord d'un char soviétique T54 en panne après la bataille de Cuito Quanavale avait survécu pendant plusieurs jours en mangeant du sable et en buvant sa propre pisse… On passait des journées à rouler en brousse dans des *hippos** et de temps en temps on sautait sur une mine, ça secouait un peu, mais nos hippos étaient faits pour ça… On changeait juste la roue et ça repartait… Avec Sam, on parlait de tout ça avec un peu de nostalgie comme des copains de régiment… Vous pouvez imaginer… C'était drôle de comparer nos vies. En fait on s'est rendu compte qu'on nous disait les mêmes conneries des deux côtés et qu'on nous prenait vraiment pour des babouins…

Jeannie en riait avec bonhomie… Le type était plutôt sympathique et pas arrogant pour deux ronds. Il avait fini son temps au Sud-Ouest africain comme caporal sans aucune blessure et la guerre était finalement restée un assez bon souvenir de régiment pour lui… Les SADF prenaient soin de leurs conscrits envoyés sur la ligne de front ; les cantonnements de la bande de Caprivi étaient de vraies petites villes avec des pubs, des *bioscopes** mobiles, des boutiques, des églises et même des claques officieux… Le vieux F. W. Botha ne voulait pas d'un syndrome vietnamien avec des milliers de mères de famille afrikaners éplorées manifestant dans la rue en exigeant le retour de leurs garçons envoyés lutter contre les Rouges sur un théâtre d'opérations éloigné.

Cette guerre coloniale qui cachait son nom faisait partie de la vie quotidienne sud-africaine ; elle était presque autant à usage interne qu'à usage externe. Botha et sa clique de vieilles culottes de peau afrikaners avaient besoin de convaincre les Blancs sud-africains que le péril communiste était aux portes de la « République », cela afin de pouvoir maintenir en l'état le coûteux complexe militaro-industriel qui servait en réalité plus à opprimer les Noirs qu'à contenir les communistes virtuels en dehors des frontières… Cette affaire de la fameuse « Ligne de Front », qui encerclait l'Afrique du Sud avec ses divisions de chars et de hussards rouges prêts à envahir le Transvaal et à instaurer le marxisme bananier de Luanda à Capetown, était un mirage, une gigantesque et magistrale bouffonnerie, une opération de désinformation et de propagande dont la seule mission était de maintenir la suprématie blanche. Mais il avait fallu à Jeannie presque vingt ans pour le comprendre et pour finalement rencontrer son « ennemi » qui, ironie du destin, était un pauvre type plutôt gentil qui avait fini par travailler dans la même boîte que lui et, tout comme lui, pour un salaire de misère après s'être fait cocufier par l'Histoire…

– Un jour, Sam m'a proposé de l'accompagner à la salle de boxe où il s'entraînait chaque soir. Il n'avait pas de voiture et je l'ai accompagné avec la mienne, c'était assez loin, dans un entrepôt du côté de Zambezi Drive. Je crois que ça s'appelait la « salle Buffalo ». Je n'avais jamais vu un mec taper comme ça. Il boxait comme une machine et il devait changer de *sparring-partner* toutes les dix minutes. Les types étaient cassés, mais ils l'affrontaient tous avec plaisir parce qu'ils disaient que, pour eux, c'étaient des combats instructifs ; Sam tapait comme un pro, jamais de coups bas, et il allait à chaque fois réconforter gentiment le gars effondré dans les cordes ou allongé sur le tapis…

– Il vous a dit pourquoi il s'entraînait comme ça ?

– Ouais… C'était pour gagner de l'argent… Tout simplement. Il avait un projet pour changer de boulot. Il n'en parlait pas beaucoup mais il en avait marre de végéter à la *Lion Force*. Il disait que c'était un bon job et que le commandant Erasmus était un mec bien, mais qu'il avait d'autres idées…

– Vous ne savez pas lesquelles ?

– Peux pas vous dire, capitaine… On n'en parlait pas et je sentais qu'il avait pas envie d'en parler. Ça serait peut-être venu avec le temps… Mais il me disait qu'en boxant il s'était mis dans un bon circuit où on le payait bien chaque fin de semaine.

– Vous aviez été le voir boxer quand il participait à un de ces combats ?

– Non, il me disait que c'était impossible parce qu'il y avait un nombre limité de spectateurs, que les places étaient très chères et qu'elles étaient vendues des semaines et des semaines à l'avance.

– Ça se passait où ?

– Je ne sais pas vraiment, mais c'était dans le coin de Pretoria, mais pas tout à côté non plus. D'après ce que j'ai compris, les organisateurs le récupéraient quelque part en ville pour l'amener à l'endroit du tournoi.

– Vous avez une idée de ce qu'il gagnait avec ces combats ?

– Beaucoup… Des milliers de rands ! Et ça augmentait d'une semaine sur l'autre. Sam m'avait dit que si tout allait bien, avec les primes des deux prochains combats, il aurait assez d'argent pour son projet et qu'il s'en irait.

– Comment était-il le lundi quand il revenait travailler ?

– Je ne peux pas vraiment vous dire, mais ça avait l'air d'aller. Ce type parlait très peu. Mais quelquefois il avait du mal à faire certains mouvements surtout pour monter dans le fourgon ou pour enfiler son gilet pare-balles et il me disait en souriant que c'était à cause des coups qu'il avait reçus pendant le dernier combat. Il ne se plaignait pas et je n'en demandais pas plus…

– Comment était son visage ?

– Une gueule de boxeur après un match, capitaine… Pas toujours beau à voir. On voyait que la peau avait éclaté par endroits ou qu'elle avait été râpée… Rien de particulier. C'était pas le genre à se plaindre.

– Jamais il ne vous parlait d'autre chose ?

– On commençait seulement à parler d'autre chose que de la guerre, vous savez… Ça serait venu, je crois, avec un peu de temps encore. Je l'aimais bien et on s'entendait pas trop mal, capitaine. C'était un mec bien. Il va me manquer…

Jeannie baissa les yeux… Il avait l'air sincère et ému et Zondi sentait à sa façon de lui dire « capitaine » que ça ne lui écorchait pas la langue… Zondi posa sa main sur son épaule avec compassion et risqua un mot gentil.

– Merci, *boet* *… Si j'ai besoin de vous on se reverra, et bon courage en attendant…

Ce bonhomme était vraiment, comme Samuel, une victime de l'Histoire et il avait, comme Samuel, essayé de transcender toute cette grande merde politique du vingtième siècle, toutes ces guerres par procuration. Il survivait aussi sans amertume dans un pays qui était toujours le sien. Peut-être que Mandela avait eu la clairvoyance de penser à des petits gars afrikaners comme ça aussi, lorsqu'il avait décidé de mettre un coussin sous le cul des Blancs qui tombaient de leur piédestal de l'apartheid…

Et le vendredi soir arriva sans prévenir… Zondi avait passé la semaine à tirer frénétiquement sur tous les fils de sa maigre pelote d'indices et à courir, plein d'espoir, derrière Samuel et les autres rescapés de Quadro. Il en avait retrouvé quatre. Tous avaient été placés sous protection rapprochée, bien qu'aucun d'entre eux ne corresponde au portrait type des victimes précédentes : celui d'un Apollon à la plastique de lutteur… Le temps avait filé plus vite que d'habitude à cause de la nervosité et du stress et Zondi savait que, demain à 7 h 00, il y aurait probablement un nouveau Noir sans visage, nu et disloqué, soigneusement déposé quelque part dans un coin inattendu de Pretoria. Le superintendant Padayachee et lui s'étaient quittés un peu lâchement, sans aborder le sujet.

Pour Padayachee, Zondi était un mystère. Il ne savait jamais vraiment comment l'aborder. Face à la violence et au crime et lorsqu'il courait après un tueur, Zondi devenait une espèce de ronin ; il se recueillait silencieusement en solitaire et il montait au combat sans écouter personne. Le superintendant avait le sentiment que son adjoint ne pourrait pas avoir de vie tant qu'il y aurait des criminels et que sa mission de police était tout autant expiatoire que d'utilité publique. Le jeune capitaine était prêt à se salir les mains pour éradiquer le mal et Padayachee le respectait pour ça, même s'il lui en voulait un peu de tout prendre à cœur comme si les trompettes de l'Apocalypse beuglaient en permanence. Il ne le comprenait pas complètement mais il l'aimait tel qu'il était, intransigeant, pur et courageux. Il avait renoncé à être le paratonnerre de ses angoisses ; Zondi était un trop bon flic, à prendre tel quel…

Zondi savait qu'il ne pourrait certainement pas dormir cette nuit ; ni dans son lit ni dans sa voiture. Il avait décidé de commencer à sa façon la veillée funèbre du mort attendu… Les autres enquêteurs de la *Serious & Violent Crime Unit* lui avaient proposé de l'emmener se changer les idées chez *Teazers* où quelques très jolies danseuses nues importées en fraude de Russie ou de Pologne avec des visas trafiqués pourraient lui faire une *lap-dance* * indécente en agitant leurs seins nus sous son nez pendant que tout le monde rigolerait grassement et bêtement. Il ne lui en coûterait qu'un petit billet de cent rands ; la moins en règle de toutes ces ballerines du tapin pourrait peut-être même lui faire, en faisant semblant d'avoir peur de lui, une branlette éclair dans un coin discret ou mieux encore dans sa voiture en apercevant sa carte de police, mais le capitaine avait décliné. Il aurait eu honte d'être un ripou, surtout pour « ça ». Il n'était pas non plus particulièrement coincé avec sa compagne, Lina, mais ce genre de spectacle ou de pratiques exhibitionnistes étaient plutôt un truc de Blanc, encore à quelques années-lumière de sa culture, sans compter que sa libido de flic en chasse en prenait un coup sérieux quand il se noyait dans le sang d'une série de meurtres pas résolus.

Au carrefour de l'hôpital de Khalafong, Zondi renonça à entrer dans Atteridgeville et continua tout droit sur la route nationale en direction de l'Ouest. Avec sa rogne et sa frustration, il serait un boulet pour toute la famille ce soir et il n'était pas d'humeur à écouter les babillages des gosses ni la conversation de Lina qui allait certainement lui parler des factures en retard, des uniformes scolaires à acheter ou du toit qui fuyait dans leur chambre. Il pataugeait dans son enquête, mais il savait que la vie continuait à la maison et il ne pouvait le reprocher à personne... Il préféra prendre la fuite, pour quelques heures au moins. À moins de vingt kilomètres de Pretoria, passé les tours de refroidissement de la centrale nucléaire désaffectée de Pelindaba, plus rien ne laissait soupçonner la proximité d'une capitale, de ses gratte-ciel et de ses embouteillages. La brousse, parsemée de résidences secondaires couvertes de toits de chaume, s'étendait jusqu'aux contreforts de la chaîne de montagnes du Magaliesberg. Plus loin encore, au-delà de la frontière, à deux heures de voiture, c'était le désert du Kalahari, le Botswana et les *Bushmen*, mais il n'irait pas si loin ce soir… À moins de quinze kilomètres, sur la gauche, un embranchement l'éloignerait de la route principale. Après quelques kilomètres, la route en goudron deviendrait une route empierrée puis une simple piste en terre qui le conduirait à une barrière en ferraille déglinguée retenue par un cadenas jamais verrouillé. La piste rétrécirait alors de plus en plus, envahie entre les deux ornières par de longues herbes qui fouetteraient la calandre et il faudrait rouler au pas pour arriver dans un vallon d'où il ne verrait plus que le ciel et des acacias à perte de vue. Zondi laisserait sa voiture sous un arbre et il continuerait à pied sur un sentier au milieu des cailloux et des cactus jusqu'à « son coin » : une terrasse naturelle en pierre à l'entrée d'une minuscule caverne surplombant une longue vallée étroite, presque une faille, traversée par une petite rivière anémique mais claire comme un diamant. Avec un peu de chance, il verrait passer un éléphant ou deux sur le flanc de la colline en face de lui et des aigles pêcheurs descendre en piqué dans le ruisseau.

Moins d'un quart d'heure plus tard, dans les derniers rougeoiements du soleil couchant, assis devant sa grotte, Zondi contemplait l'immobilité sereine du veld. Il s'était convaincu que rien n'avait changé ici depuis l'aube de l'humanité et qu'il avait sous les yeux le même spectacle que ses ancêtres il y a quelques millions d'années, assis sur ce même balcon rocheux. Les défenses des éléphants et les dents des lions étaient peut-être un peu plus grandes… C'est en tout cas ce que lui avait dit le fils de Lina, Tshepo, qui savait tout sur les dinosaures.

Ce carré de brousse, à quelques dizaines de kilomètres de Pretoria et de Johannesburg, se trouvait quelque part au milieu d'un paysage qui avait été officiellement baptisé par le Président le « Berceau de l'Humanité ». On y avait trouvé dans un aven affleurant la surface le crâne le plus ancien de la planète. Pour le moment... Quelques scientifiques en Europe se disputaient bien un peu à ce propos, mais cela n'intéressait personne, ici en Afrique ; il n'y avait que des intellos blancs rongés d'orgueil ou de culpabilité pour s'inquiéter sérieusement de la couleur et de l'adresse du premier homme... Zondi n'était pas un naïf béat, pourtant cette idée, même un peu tirée par les cheveux, que le premier homme avait été sud-africain, qu'il avait vécu à deux pas de chez lui et qu'ils avaient peut-être bu l'eau de la même rivière le rassurait quand même un peu et le comblait d'une espèce de fierté un peu sotte.

Le froid était tombé brutalement après la disparition du soleil. Avec les couleurs qui basculaient brutalement de l'orange au bleu gris, toutes les odeurs de la brousse remontaient de la terre en longs effluves humides et fumants. Zondi laissait la fragrance du *bush* envahir ses narines : un mélange d'herbes médicinales, de bouse de vache et de foin coupé tiède. Et, alors que la brousse, encore traversée de soubresauts, ou agitée par les tropismes de millions de fleurs fatiguées qui refermaient leurs corolles pour la nuit, devenait sombre et noire comme un océan par une nuit sans lune, la voûte céleste s'éclairait de milliers de coups de poinçons blancs sur lesquels régnait la Croix du Sud. C'était beau et paisible, en toute simplicité.

Il se rendait bien compte que cette invasion poétique et naïve de son monde stressant et violent avait un côté un peu ridicule et déplacé, mais en même temps il se passait ici une chose magique qui était bien réelle, elle aussi… Rien ne pouvait plus avoir la même importance devant ce spectacle naturel. Les morts sans visage, les tueurs en série, les braqueurs de banques, les journalistes et même les flics et tous leurs chefs devenaient des poussières d'étoiles infinitésimales dans la grande cosmogonie africaine. Zondi se sentait en paix avec le vent du soir, l'humidité de la nuit, la chaleur tellurique de la terre gorgée de soleil et le clapotis de la rivière. En rendant humblement grâce aux quatre éléments qui l'enveloppaient, le frère Zondi eut une pensée fugitive pour frère Titus probablement paisiblement endormi dans son taudis d'Atteridgeville, et il pensa que Dieu gardait peut-être un œil bienveillant sur les pauvres créatures d'aujourd'hui qui contemplaient le couchant, assises devant leurs cavernes ou leurs maisons, aussi démunies devant les mystères du monde, de la vie et de la mort qu'autrefois un homme nu et minuscule de Neandertal. Enroulé dans la vieille couverture ndebele qui avait fait autant de planques et de filatures que lui, le capitaine Zondi renonça à se laisser amollir davantage par des sensations ou des émotions d'adolescent attardé et sombra dans un sommeil paisible et profond.

Jusqu'au grésillement de la sonnerie de son téléphone mobile, qui afficha sur le petit écran bleu un simple mot : morgue.

XIII

Numéro Sept avait été livré directement au petit matin devant la porte de la morgue de Soutpansberg Road. Délicate attention pour les poulets, sans parler des économies pour le contribuable… Du trottoir au frigo, les préposés de l'Institut médico-légal n'avaient eu que quelques mètres à parcourir avec leur sac à viande en Nylon posé sur une civière à roulettes pliante. La police y avait certainement gagné en temps et en énergie mais pas vraiment en crédibilité… Au-delà du périmètre de sécurité qui les tenait à distance, les journalistes agglutinés dans la rue, et qui avaient intercepté les communications radio de la *Serious & Violent Crime Unit* avec leurs petits scanneurs de fréquences électroniques, se tordaient de rire. Quelques badauds goguenards mettaient les flics en boîte en leur demandant si le mort en vadrouille avait bien demandé au gardien la permission d'aller acheter des cigarettes ou s'il avait contresigné sa fiche de sortie… Le corps nu sans visage avait été découvert aux alentours de 6 h 00, assis sur une chaise en fer devant l'entrée, comme un vigile de nuit qui aurait sombré en sursaut dans le sommeil éternel. Les journaux du dimanche allaient s'en donner à cœur joie ; le camouflet était violent pour Padayachee et son équipe. Dans les bureaux de Visagie Street, tout le monde s'attendait à une réaction musclée du National Commissioner. Quant au maire, Zondi imagina qu'il était au bord de l'implosion et qu'il lui faudrait bientôt une tête à brandir au bout d'une lance… Zondi lui refilerait bien leur grosse emmerdeuse de Pretoria poppie…

À première vue, le corps présentait les mêmes marques et mutilations que ses prédécesseurs, et les gars du FSL n'avaient même pas réussi à isoler une trace de pneu un peu plus fraîche que les autres sur le bitume devant le bâtiment, ni même une empreinte de chaussure autour de la chaise. En dépit de l'heure matinale, il y avait eu beaucoup trop de passage après le dépôt du cadavre.

Objectivement, le tueur marquait des points et la police n'avait pas de quoi parader… Sur sept victimes, une seule avait un nom, une histoire, un boulot, une adresse et une passion rémunératrice : la boxe… Cet indice, après bientôt deux mois d'enquête, était le seul petit bout de fil qui dépassait de la pelote des enquêteurs. La conversation avec Jeannie avait titillé le capitaine Zondi ; Samuel était décidément un très étrange personnage, une espèce d'aventurier taciturne qui menait une double vie au fond assez excitante. Le capitaine avait à nouveau épluché les relevés de compte de Samuel « Mohamed Ali » Moroka. En interrogeant le chef de l'agence Nedbank, Zondi avait appris que les remises, toujours effectuées le samedi matin, s'étalaient sur un mois et demi. La banque avait confirmé que le compte épargne de M. Moroka avait bien été ouvert six semaines auparavant avec un dépôt en espèces de mille rands. Un début on ne peut plus normal pour un modeste employé ; la plupart des petits clients ne se servent de leur compte qu'en vue d'économiser l'argent dont ils auront besoin lors de la rentrée scolaire pour acheter le trousseau de leurs enfants ou pour payer les obsèques d'un proche. Le samedi suivant, Samuel avait déposé deux mille rands... Le samedi suivant, quatre mille... Zondi observa que chaque semaine le montant doublait. Le sixième samedi, Samuel avait déposé trente-deux mille rands sur son compte ! Il avait expliqué avec un désarmant sourire à la caissière que, depuis quelques semaines, il était en train de liquider des têtes de bétail au village en prévision de son mariage et du prix de la *lobola* * qu'il allait devoir payer à son futur beau-père... En recomptant les billets, la jeune Sibongile l'avait félicité d'un clin d'œil complice, et, tout en regrettant de ne pas être l'élue d'un bel homme aussi généreux, s'était dit qu'avec une lobola pareille, la promise devait être un super canon, tout comme elle... Curieusement, Samuel n'avait pas demandé de carte de retrait pour les distributeurs automatiques de billets et il n'avait même pas discuté des intérêts que pourraient lui rapporter ses dépôts. Depuis son versement initial, il n'avait jamais retiré un cent. Quatre semaines de plus à cette cadence et Samuel aurait été millionnaire pour de vrai... Zondi ne comprenait vraiment pas comment ce manège n'avait pas semblé suspect aux chargés de comptes de la banque, d'autant que les versements se faisaient en espèces... Sans doute avait-on trouvé dans les bureaux ou au guichet cette histoire de vente de vaches satisfaisante et crédible. À la décharge de la banque, seul le dernier montant supérieur à cinquante mille rands aurait pu légitimement attirer des soupçons. S'il était interrogé et mis en cause, le directeur de l'agence argumenterait certainement en disant que tout cela s'était passé sur une très courte période et qu'il était précisément sur le point de réagir… Cette progression géométrique des dépôts, associée au fait que Samuel participait à un combat par semaine, pouvait évidemment laisser penser que « Mohamed Ali » était une sorte de champion qui remettait son « titre » en jeu chaque semaine et qui doublait ainsi ses gains d'un match sur l'autre… C'était maigre, mais Zondi n'avait rien d'autre à se mettre sous la dent et il faudrait bien s'accrocher à cette piste.

Le lundi suivant, à la première heure, Zondi présentait discrètement son insigne à une jolie brunette indienne à la réception de la *National Amateur Boxing Organization* qui l'introduisit sans poser de questions dans un bureau accueillant aux murs tapissés de coupes bien astiquées, de trophées et de photos de boxeurs. Une grande fenêtre s'ouvrait sur l'immeuble ultramoderne couvert de miroirs de la Banque centrale d'Afrique du Sud. Certains clichés accrochés au mur étaient dédicacés par le champion Vic Toweel, une star du ring des années cinquante ; d'autres photos, signées aussi par Dingaan Thobela, surnommé la « Rose de Soweto », Jacob « Baby » Jake Matlala ou Corrie Sanders, étaient plus récentes et on reconnaissait même quelques hommes politiques en vue, blancs ou noirs, souriant de toutes leurs dents, au côté d'un boxeur amoché dans son peignoir, mais vainqueur. En Afrique du Sud aussi la boxe était un sport chic et mondain qui attirait les riches, et toutes les femmes figurant sur les photos étaient en robe du soir et en escarpins à talons hauts… Zondi n'était pas un grand fan de boxe, mais quelques-uns de ces noms qui avaient fait découvrir au reste du monde les boxeurs noirs quasi-illettrés des townships ou d'insignifiants petits paysans blancs qui cognaient aussi dur que

Cassius Clay ne lui étaient pas complètement inconnus. Le message que l'occupant des lieux voulait faire passer à ses visiteurs était clair : « L'Organisation n'est pas née de la dernière pluie et nous jouons dans la cour des grands… »

La visite d'un flic ne présage jamais rien de bon, pour personne, et Zondi voulait mettre le Secrétaire général James Mboweni en confiance ; il accepta donc de subir une présentation barbante et prétentieuse de l'organisation et de son nombre de licenciés par ville. En réalité Zondi n'avait qu'une seule question qui lui brûlait les lèvres et, après s'être contenu poliment une quinzaine de minutes, il finit par éclater pour éviter de s'endormir d'ennui…

– Merci, monsieur Mboweni, je comprends et c'est très intéressant… On pourra toujours revenir là-dessus plus tard, mais dites-moi, qui est qualifié dans le Gauteng * par exemple pour organiser des combats publics ?

– C'est très complexe… Il y a entre autres l'antenne nationale de la WBO, la *World Boxing Organisation*, qui peut avaliser un combat. Tout cela est très réglementé, particulièrement dès qu'il y a des spectateurs qui paient un droit d'entrée… Nous, en tout cas, nous n'organisons pas de combats sans l'aval de la WBO ou en dehors des circuits officiels.

– Qui pourrait, à votre avis, organiser en Afrique du Sud des combats avec des rémunérations qui pourraient atteindre, pour le vainqueur, plusieurs dizaines de milliers de rands par combat ?

La question, brutalement posée, avait cloué Mboweni dans son luxueux fauteuil Chesterfield pivotant. Avant de répondre il balaya d'un regard décontenancé les étagères de coupes autour de lui et le foutoir empilé sur son énorme bureau d'acajou.

– Plusieurs dizaines de milliers de rands pour un combat amateur ! Vous avez vraiment eu vent de boxeurs amateurs qui encaisseraient des sommes aussi importantes, capitaine ?

– Peut-être… Ça vous dit quelque chose ?

James Mboweni avait commencé à s'agiter et à faire grincer nerveusement les ressorts de son siège pivotant. Zondi eut l'impression que ses yeux s'étaient légèrement plissés l'espace d'une demi-seconde. Dans ces moments où le témoin flottait entre vérité et mensonge, Zondi avait souvent rêvé d'avoir un détecteur de mensonges portable et de barder son client d'électrodes pour le coincer… Mais, après des années d'abus policiers et de bavures, quelquefois mortelles sous l'ancien régime, cette obsession du respect des droits des témoins ou des prévenus rendait le recours au polygraphe au moins aussi compliqué que le déclenchement d'une perquisition ou le prolongement d'une garde à vue… Le Secrétaire général avait de toute évidence une petite idée de la réponse qu'il pourrait faire au capitaine Zondi s'il y était forcé, mais le sujet le dérangeait…

– Il y a eu des cas…

– Je vous écoute, sir…

Zondi avait décidé de le forcer gentiment.

– Disons que c'est assez ancien. On n'a plus entendu parler de ça dans la profession depuis au moins dix ou même quinze ans… C'est une pratique qui était venue d'Asie. De Thaïlande, si je me souviens bien…

Mboweni tournait autour du pot et son regard était fixé dans le vide pour éviter de croiser celui du policier… Il était très mal à l'aise. Zondi comprit que son témoin regrettait probablement déjà d'en avoir trop dit, mais à son goût à lui c'était encore beaucoup trop peu… Il allait aider le bonhomme à se lâcher s'il continuait à faire de la résistance…

– Soyez plus précis, je vous prie, sir…

– Eh bien… Pendant les années quatre-vingt-dix, dans le milieu de la boxe, nous avions entendu parler de combats et de paris, des paris clandestins évidemment… Des rencontres d'amateurs tournantes étaient organisées dans des entrepôts isolés le long de la N1 ou du côté de l'aéroport Jan Smuts. Un ring était monté à la va-vite en début de soirée et les boxeurs s'affrontaient pendant la nuit devant un petit public de parieurs… Toute cette affaire était organisée autour d'un réseau de bookmakers plus ou moins nets… Mais rien de bien méchant en réalité, à part les paris qui n'étaient pas légaux… Mais je pense pas que les sommes aient jamais atteint les montants dont vous parlez, pas pour les boxeurs en tout cas…

– Qui organisait ces rencontres et ces paris ?

– On n'a jamais vraiment su qui était derrière ce réseau. On a quelquefois parlé de gangs étrangers, des Nigérians ou autres, mais d'après la presse et les déclarations du National Commissioner toutes ces mafias auraient été démantelées au début des années 2000, vous le savez probablement mieux que moi.

– Pas au courant… Vous avez assisté à ce genre de combat dans des circuits parallèles ?

– Jamais de la vie ! Jamais vu un match ! C'est même assez contraire à l'esprit de la boxe et, en plus, je suis pas joueur…

– Vous étiez déjà Secrétaire général de l'Organisation ?

– Non, j'étais jeune, j'étais entraîneur à Soweto, dans un petit club dont je m'occupais…

– Qui vous avait parlé de ces rencontres ?

– Je vous ai dit, c'était une rumeur dans le milieu, comment voulez-vous que je me souvienne… Tout ça remonte à plus de dix ans !

– Je crois, monsieur Mboweni, que « ça », comme vous dites, vient tout juste de recommencer… Et cela nous embête beaucoup si vous voyez ce que je veux dire…

– Non, justement je ne vois pas du tout, capitaine… Je ne vois surtout pas en quoi l'Organisation est concernée dans tout ça…

– Mais l'Organisation n'est pas concernée, je n'ai jamais dit ça… sir, c'est seulement *vous* qui êtes concerné… Si ça vous rassure…

Mboweni perdait son calme et quelques gouttes de transpiration perlaient sur son crâne rasé ; le polygraphe aurait certainement révélé que les battements de cœur du Secrétaire général avaient atteint des sommets, et les stylets auraient gribouillé des pics et des péninsules sur le ruban de papier. Dommage. Zondi avait une fois de plus constaté que le détecteur de mensonges, c'était comme un parapluie, on ne l'avait jamais sous la main quand on en avait vraiment besoin… Zondi décida de mettre un terme à l'entrevue et de convoquer son témoin à la *Serious & Violent Crime Unit* pour le passer sur le gril dans une petite pièce nue et sinistre du deuxième étage qui ressemblait furieusement à l'antichambre d'une prison… Avec les amnésiques et les fortes têtes, surtout celles en costume et cravate, les résultats étaient en général assez spectaculaires. James Mboweni appartenait évidemment à la seconde catégorie ; il faisait partie d'une tribu que Zondi connaissait bien : les petits notables qui avaient de temps à autre un cadavre dans le placard et la mémoire mangée par les mites…

– *Ngiyabonga*[1], monsieur Mboweni, je vous attendrai demain à 9 h 00 à mon bureau de Visagie Street pour que nous confirmions votre témoignage. Une simple formalité, ne vous inquiétez pas. Je suppose que vous connaissez l'immeuble…

1. « Merci » (zoulou).

XIV

Et comment qu'il le connaissait le bureau de la crim'... Il en avait toujours eu une peur bleue ; il ne se passait jamais rien de bon là-dedans. Ce matin-là, James y était allé à reculons, presque convaincu que la police allait le harceler pour Dieu sait quoi.

Zondi ne s'était pas trompé, James Mboweni n'avait pas l'étoffe d'un truand. Il se prenait même pour un type tout à fait respectable : sa BMW, son titre de S.G. – Secrétaire général –, sa belle maison meublée chic, ou presque, à Lynwood et ses relations occasionnelles avec les grossiums de la boxe internationale lui étaient un peu montés au carafon et sa femme avait fini par se prendre pour une Lady depuis qu'elle pouvait brailler sur une pauvre bonne encore plus noire et ignorante qu'elle... Mais Zondi avait le sentiment net – sans doute à cause de son instinct de chasseur – que ce type n'avait pas la conscience complètement tranquille. Zondi savait bien que, pour Mboweni, le simple fait d'être convoqué par la police et de ne pas être entendu officiellement dans son propre bureau serait déjà perçu par lui comme une offense à sa dignité et un coup de poignard dans son honorabilité. Voilà pourquoi il ne viendrait probablement pas avec son avocat ; ce serait à ses yeux admettre de possibles turpitudes. Il préférerait laver cette humiliation à huis clos et appeler au secours ensuite si nécessaire, au moment où on le ferait plonger. Le capitaine avait maintes et maintes fois constaté que chez les membres de l'establishment, qu'ils soient blancs, noirs ou indiens, convocation signifiait inculpation, et inculpation mise en détention… Il suffirait probablement de laisser le S.G. mariner tout seul dans la petite pièce réservée aux témoins récalcitrants ou oublieux pendant une vingtaine de minutes en faisant sonner le téléphone toutes les trois ou quatre minutes pour faire craquer le vernis… Le Secrétaire général n'oserait probablement pas décrocher et la sonnerie stridente lui taperait vite sur les nerfs ; pour finir, Zondi n'aurait plus qu'à le bousculer un peu avec des questions vicieuses et il n'aurait pas à se forcer. Le coup de grâce serait de s'étonner, incidemment au détour d'une réponse un peu fumeuse, qu'il n'ait pas pris la précaution d'emporter quelques vêtements de rechange, au cas où… Mboweni roulerait alors des yeux hagards et dirait : « Vous n'allez quand même pas me garder ici, je n'y comprends plus rien… » Et comme toujours Zondi lui dirait imperturbablement : « Ne vous inquiétez pas, si vous me donnez l'argent, j'enverrai quelqu'un mettre des pièces dans votre parcmètre. Ça ne peut pas durer plus de quarante-huit heures… » À l'idée que sa belle Série 5 toute neuve payée à crédit risquait de passer une nuit dehors dans le centre-ville de Pretoria, James Mboweni paniquerait davantage encore et il lâcherait sans doute le morceau, s'il avait quelque chose à dire évidemment, mais le chasseur Zondi avait flairé l'odeur de la peur et celle de la merde enterrée. Routine. Le capitaine était convaincu que Mboweni avait des choses passionnantes à lui raconter et qu'il n'avait rien dans la culotte.

Il l'attendait donc de pied ferme en relisant un mémo que venait de lui envoyer par courriel Hermanus Hansie, un copain de promotion du *Pretoria Police College* qui avait choisi de faire carrière à la *Fraud Unit*. « Double H » avait bien un bureau au quatrième étage du bâtiment central de la SAPS, mais peu de collègues se souvenaient de son visage ou avaient eu l'occasion d'échanger plus de dix mots avec lui... Depuis dix ans, il passait, avec la bénédiction de ses chefs, le plus clair de son temps à tourner jour et nuit dans les casinos et les cercles de jeux du Gauteng ou à traîner chez les books. Il avait dans le milieu du jeu la réputation d'être un petit joueur professionnel impénitent et acharné qui vivotait de ses gains, mais personne ne savait qu'il était flic. Double H se demandait quelquefois si certains officiers de sa hiérarchie n'avaient pas fini par oublier son existence ; pourtant son chèque tombait tous les mois et il grimpait vaguement en grade... Il était devenu l'archétype de l'agent dormant. Il se contentait d'observer et de dresser des fiches ou de faire des rapports, mais il ne procédait jamais à un interrogatoire ou à une arrestation lui-même. En revanche, il mettait un point d'honneur à être toujours présent lors des descentes de police qu'il avait provoquées. Il risquait de se faire molester mais c'était le prix de sa couverture. Il était probablement un des rares flics, sinon le seul, de la SAPS à s'être fait embarquer aussi souvent dans un fourgon cellulaire et à avoir placidement porté les bracelets, assis par terre sur le ciment d'un commissariat, le temps de faire discrètement valoir son appartenance à la « Grande Maison »... Pas une salle de jeux légale ou clandestine ne lui était inconnue et il avait gagné ou perdu dans presque toutes quelques milliers de rands. Pour raison de service évidemment…

Son mémo succinct à propos de paris ouverts sur des combats de boxe dans les années quatre-vingt-dix recoupait en partie les déclarations embarrassées de James Mboweni et faisait entrevoir de nouveaux horizons à Zondi… Double H insistait particulièrement sur une affaire qui avait fait quelque bruit dans les rangs de la police en 1992. Profitant du chaos que pouvait laisser augurer le changement démocratique attendu après les élections de 1994, des dizaines de gangs étrangers s'étaient installés en Afrique du Sud pour les grandes manœuvres des syndicats du crime. Les Nigérians avaient été les premiers. Ils avaient très vite été les plus actifs dans le secteur de la drogue et du blanchiment d'argent. La police avait même fini par faire une descente dans une « banque centrale » clandestine cachée dans un appartement du quartier de Hillbrow à Johannesburg où des employés modèles, tous immigrés clandestins, géraient des millions de dollars en devises africaines exotiques comme le CFA d'Afrique centrale ou de l'Ouest, le kwanza angolais ou la pula botswanaise. Les monceaux de fric en billets froissés, sales et malodorants récoltés par les « caissiers » atterrissaient sur des grandes tables de tri où les employés comptaient et recomptaient avec des machines automatiques des liasses qui seraient scellées sous vide avant d'être réintroduites plus tard dans leurs pays d'origine après avoir blanchi du rand ou du dollar. Les commissions de change encaissées par les propriétaires de cette grande lessiveuse étaient bien au-delà du taux usuraire en vigueur, même chez les prêteurs sur gages les plus crapuleux de la place.

L'enquête avait révélé que les « actionnaires » de cet établissement avaient gagné plus de trois millions de dollars en moins d'un an d'activité ! Simultanément, des immigrants chinois avaient commencé à sonder l'Afrique du Sud ; pour commencer, en achetant des dizaines de pas-de-porte abandonnés dans le centre de Johannesburg, et peu à peu en se livrant au racket tout en mettant en place des circuits de vente de drogue, de pornographie et de prostitution. En quelques mois des centaines de petits encarts offrant les services de masseuses asiatiques avaient commencé à paraître dans les pages de petites annonces des quotidiens nationaux. Les mêmes journaux avaient alors beaucoup parlé des triades de Hong Kong, qui auraient quitté l'ancienne colonie britannique au moment de son rattachement à la Chine, en quête de nouveaux territoires. Double H soulignait dans son rapport que les salles de jeux clandestines aussi avaient fleuri à cette même époque et que les premiers paris illégaux de boxe avaient précisément été lancés par un couple de Thaïlandais d'origine chinoise entré en Afrique du Sud avec des visas de tourisme en juillet 1992 et dont les services d'immigration avaient perdu la trace peu après ; ils n'avaient vraisemblablement jamais quitté l'Afrique du Sud depuis cette date ni demandé de permis de travail ou de long séjour.

Double H, qui fréquentait alors assidûment depuis quelques semaines un cercle de jeux clandestin installé dans l'arrière-boutique d'un salon de massage et d'*escort girls* de Hillbrow où il pensait pouvoir identifier un parrain du crack, avait entendu parler de gros paris clandestins ouverts sur des combats de boxe dans un entrepôt de Randburg. C'était nouveau, et la curiosité de Double H avait été piquée au vif. Ses relations dans le milieu du jeu et sa dégaine de petite frappe blanche à la coule lui avaient permis d'engager un pari pour le match à venir. Les places étaient chères et Double H avait dû se faire parrainer par deux crapules de sa connaissance qui s'étaient portées garantes de sa « bonne » mentalité et l'avaient présenté à un certain Chen qui faisait le bookmaker. Un comble que de se faire recommander par de la racaille, mais ce n'était pas la première fois et c'était pour raison de service…

Le combat devait se dérouler en banlieue nord de Johannesburg, dans les sous-sols d'un ancien garage désaffecté en bordure du William Nicoll Boulevard, un peu avant l'embranchement du Concrete Highway. Les deux combattants en présence à Randburg le soir du match étaient deux géants noirs dont l'un, un lourd-léger surnommé « Demétrius le Gladiateur », présenté comme le favori de la soirée, en était à sa quatrième victoire consécutive par K.-O. dans le circuit. Plus de deux cents spectateurs étaient réunis et, pour ne pas attirer l'attention des voisins des navettes collectaient les parieurs dans différents points de ramassage situés au centre de Sandton ou de Hyde Park avant de les conduire discrètement au garage. Les spectateurs étaient tous debout autour du ring violemment éclairé par des lampes au sodium et la salle était chauffée à blanc par un animateur en smoking qui faisait le panégyrique des adversaires en beuglant dans une sono. Il n'y avait pas de femmes en robes du soir fendues mais plutôt des hommes en chemises kaki, et la buvette vendait des packs de six canettes de Castle plutôt que du champagne ou du Campari-soda… À 21 h 00 précises, le match avait commencé. Dès la première reprise, Demétrius, le colosse au crâne rasé habillé d'un short flottant rouge et sur qui Double H avait parié mille rands, avait nettement le dessus. Les deux combattants titubaient lourdement sous les coups et, à chaque passage dans leur coin, les soigneurs s'acharnaient sur eux comme dans une unité de soins intensifs. Tous les coups étaient visiblement permis et l'arbitre se contentait de séparer les boxeurs lorsque, épuisés et pour gagner quelques secondes de répit, ils restaient collés trop longtemps l'un à l'autre. Lorsque les deux gars s'effondraient dans les cordes, un soigneur leur cassait une ampoule d'ammoniaque sous le nez pour les sortir du néant. Le véritable arbitre était en réalité le public des parieurs qui réclamait toujours plus de coups, plus d'arcades sourcilières éclatées et plus de sang en hurlant le nom de sa bête à concours. Les commentaires enragés de la sono et la bière avaient fait monter la température. Double H avait reconnu dans ce public déchaîné quelques visages vaguement familiers croisés dans d'autres salles de jeux plus conventionnelles et il avait joué les naïfs, espérant leur soutirer des renseignements. En vain. Ces tournois semblaient être organisés avec autant de prudence qu'une réunion du Ku Klux Klan ou de l'AWB. À la fin de la cinquième reprise, au coup de gong, constatant que le boxeur au tapis ne pourrait pas se relever, l'arbitre en gants blancs avait entraîné sous la lumière crue et au milieu des cordes un Demétrius chancelant et hagard et l'avait proclamé vainqueur par knock-out. Cinq victoires, zéro défaite. Le gros plouc en smoking qui servait de maître de cérémonie avait alors annoncé brutalement dans la sono que la soirée était terminée et que l'évacuation se ferait comme d'habitude rapidement et dans l'ordre… Et tout le monde avait obtempéré. Les lampes au sodium avaient été éteintes sans préavis, plongeant le garage dans la pénombre et Double H avait suivi le mouvement pour encaisser son gain à trois contre un, payé rubis sur l'ongle par un Chen tendu et enfermé dans une remorque grillagée, avant de quitter docilement les lieux avec les autres spectateurs au rythme de la noria des *kombis* * qui assuraient la navette de retour…

Mais tout en était resté là ; le réseau des books s'était volatilisé après ce combat. La courte enquête que Double H avait pu mener à l'époque l'avait conduit d'un atelier d'imprimerie désaffecté d'Anderson Street au centre-ville, où quelques dizaines d'élèves s'étaient inscrits au *Naja Club*, la salle de boxe thaïe de Chen doublée d'un salon de massage oriental, jusqu'à un meublé minable à proximité de l'*Oriental Plazza* dans un faubourg de Joburg où Chen et sa compagne s'étaient installés. Le *Naja Club* était de toute évidence une couverture où madame mettait du beurre dans les épinards en tartinant ses clients à l'huile de bébé des pieds à la tête avant de leur tirer sur l'élastique pour deux cents rands supplémentaires ; la salle de boxe thaïe n'était restée ouverte que quelques mois avant que le couple déménage à la cloche de bois au lendemain du match de Randburg, pour Dieu sait quelle raison. Cela ne faisait pas l'ombre d'un doute, pour Double H : les deux Asiatiques avaient plié bagage en quelques heures, peut-être même en quelques minutes ; les placards étaient encore pleins de vêtements et tout un tas de papiers personnels avaient été abandonnés, qui permirent d'identifier plus précisément Chenvisuwat Piyaoui et sa femme Varaporn. Les deux Thaïlandais n'étaient pas des débutants ; la Police royale thaïe, qui avait par la suite communiqué leurs dossiers à la SAPS, connaissait depuis longtemps Chen pour trafic de drogue et Varaporn pour prostitution et proxénétisme dans les quartiers chauds de Patpong et Nana à Bangkok.

Zondi reposa le rapport sur la petite table métallique dont les pieds étaient boulonnés dans le sol. James Mboweni venait d'entrer dans la pièce, accompagné d'un constable au visage buté qui faisait mine de garder la porte, ce qui n'échappa pas au S.G.

– Je suis prisonnier, capitaine ?

– Et pourquoi donc monsieur Mboweni ? Vous pensez que vous devriez l'être ? Qu'est-ce qui vous inquiète ?

Zondi avait commencé son cinéma... Il installa le S.G. sur la seule chaise en fer de la pièce et demanda courtoisement au témoin la permission d'aller chercher le reste de « son » dossier dans son bureau. Encore une façon pour Zondi de le faire gamberger et de lui faire mouiller son slip... À travers la petite lucarne en verre découpée dans la porte, Mboweni vit que le constable était désormais en faction de l'autre côté, dans le couloir. Et le téléphone commença de sonner... Lancinant.

Pendant que le malheureux James Mboweni mijotait misérablement dans son jus, tranquillement installé dans son bureau, tout en sifflant un thé au lait, Zondi lisait la fin du rapport de Double H.

Dans le kombi qui raccompagnait son groupe de parieurs à l'angle de Rivonia Boulevard et de Catherine Street où ils avaient tous laissé leur voiture dans des parkings publics alentour, Double H avait compris en écoutant les conversations des habitués que l'adversaire de Demétrius ne se relèverait plus jamais de son K.-O... Il venait de vivre son dernier combat. La vérité était simple et tragique : les rencontres étaient tout simplement des combats à mort et les boxeurs de simples gladiateurs... Les gants étaient plombés et les coups que les boxeurs recevaient sur la tête n'étaient pas des coups de poing mais des coups de masse… Double H s'étonnait même que le combat ait pu durer cinq reprises dans ces conditions et il comprit à retardement pourquoi les boxeurs titubaient comme des bêtes entre les mains d'un équarrisseur. Tous les parieurs habitués le savaient et c'est ce qui expliquait la hauteur des enjeux. Double H venait seulement de découvrir comment les combats étaient faisandés… Cette petite assemblée de braves gens venus s'amuser entre copains était en fait une bande de meurtriers qui iraient sans doute demain dimanche à l'église avec leur femme et leurs enfants avant de faire un petit *braai* * dans leur jardin avec leurs beaux-parents ou peut-être même avec le *dominee* * de la paroisse… Double H s'était fait tout petit à l'arrière du kombi pendant que ses compagnons plaisantaient bruyamment et revivaient les « meilleurs » moments du combat, reprise après reprise. Ils allaient certainement en parler toute la semaine avec passion en attendant que Demétrius remette son titre en jeu le vendredi suivant dans un autre garage désaffecté devant une foule hurlante de parieurs de plus en plus enclins à monter les enchères… Ils avaient trouvé un nouveau moyen de casser du Nègre sans se salir les mains et en faisant un peu de pognon…

Toujours enfermé seul dans le petit bureau des témoins à problèmes, James Mboweni était en train de se demander pourquoi sa vie, en quelques heures seulement, avait ainsi basculé dans l'insécurité et l'horreur. Il était si bien la veille… Depuis vingt minutes, la sonnerie de ce téléphone mural lui vrillait les oreilles et le constable de garde n'avait pas une seule fois fait mine de venir décrocher. Le gars était mûr pour le coup de grâce ; il avait presque envie de pleurer… Zondi, remonté et scandalisé par ce qu'il venait de lire, entra dans la pièce, se plaça derrière lui et tenta un coup de bluff.

– « Demétrius le Gladiateur », ça vous dit quelque chose, monsieur Mboweni ?

Le Secrétaire général devint gris en une fraction de seconde. Il ne s'attendait sûrement pas à voir ressurgir cette histoire qu'il avait tout fait pour enterrer à force de travail acharné et de notabilité. Son trouble était encourageant pour Zondi.

– Vaguement, capitaine…

– Essayez de vous souvenir, monsieur Mboweni…

– Je crois que c'était un jeune boxeur de Soweto…

– Vous croyez ou vous en êtes certain ?

– Non, non, je me souviens de lui… Je l'ai même connu…

– Quelles relations aviez-vous avec lui ?

– Il était passé une fois ou deux dans ma salle de boxe, si je me souviens bien… J'avais même dû l'entraîner un peu dans cette petite salle dont je m'occupais à l'époque à Soweto et dont je vous ai parlé… Ça fait un bout de temps… capitaine. Je ne sais pas ce qu'il est devenu… Mais il aurait pu faire carrière…

– Pourquoi dites-vous qu'il aurait pu faire carrière, puisque vous l'avez perdu de vue ? Il a peut-être réellement fait carrière…

– Ça m'étonnerait…

– Et pourquoi ?

– Il se droguait. Un boxeur qui se drogue ou qui picole est foutu d'avance…

– Vous avez finalement plutôt bonne mémoire, monsieur Mboweni… C'était en quelle année ?

– Vers 1993 ou 1994… Je ne suis plus très sûr…

– Que devenaient les boxeurs que vous entraîniez dans cette salle ?

– Y'avait de tout… La boxe c'est un rêve pour les gosses des townships, comme le foot… Ça peut même devenir un moyen de bouffer et de sortir de la misère. Mais la plupart végétaient à Soweto ou devenaient quand même des petits voyous. Il n'y avait aucun débouché réel. Vous savez, ces petits n'étaient quand même pas du gibier pour les *Golden Gloves*… Quelquefois un recruteur de Johannesburg passait à la salle et en repérait un, le moins toquard. Si le gars se bougeait pas trop mal sur le ring, il lui payait un repas au *Chicken Licken* du coin, un short et une paire de chaussures plus quelques cours et il promettait de revenir un mois plus tard, histoire de voir les progrès… Le plus souvent, ça tombait à l'eau en quelques jours. Le type frimait au début avec son short neuf, il emballait une fille ou deux en disant à tout le monde qu'il allait monter en ville, mais il ne travaillait pas plus sérieusement qu'avant. Et ceux qui sortaient un peu du lot, après quelques mois d'entraînement, s'en allaient…

– Pour faire quoi ?

– Ils partaient avec ce Blanc de Joburg… Il leur promettait de s'occuper d'eux.

– C'est-à-dire ?

– Vous savez bien, toujours la même histoire…

– Vous voulez dire qu'il était pédé ? C'était un micheton, genre qui draguait dans les gymnases ?

– Mais non, pas du tout… Qu'est-ce que vous allez chercher, capitaine, les petits lui auraient cassé la tête…

– Que se passait-il avec ce Blanc, alors ?

– C'est comme dans le milieu de la boxe de tous les pays du monde ; il leur disait qu'ils avaient une bonne droite ou une gauche d'enfer. Des trucs de Père Noël quoi… Et puis, il leur proposait de les coacher… Il leur promettait un petit salaire minimum, un logement, il les nourrissait avec des bons gros steaks, des corn-flakes et du jus d'orange, il les faisait travailler dur dans une salle et quand ils étaient mûrs, il leur proposait de leur trouver des engagements pour des premiers combats… Ça ne marche que comme ça… Quand ça marche.

– Combien de vos gars ont été recrutés de cette manière ?

– Quatre ou cinq peut-être… J'ai un peu oublié…

– Demétrius le Gladiateur en faisait-il partie ?

– Oui, maintenant qu'on en parle, ça me revient… C'est tellement vieux tout ça…

– Oui, mais vous voyez, ça vous revient tout doucement quand même… Vous étiez payé, monsieur Mboweni, pour chaque boxeur sélectionné ?

– Oui, un peu… Vraiment pas grand-chose.

– Combien ?

– Trois mille rands…

– Ce n'était pas si mal en 92 ou 93…

– Disons que ça permettait de faire tourner la salle… On n'avait pas un rond, on n'avait même pas les moyens de chauffer en hiver !

– Vous saviez où et contre qui ces boxeurs allaient combattre, ils vous donnaient de leurs nouvelles ensuite ?

– Non… Ils ne me téléphonaient jamais pour me raconter ce qu'ils faisaient une fois qu'ils avaient quitté Soweto… Ces mômes étaient tellement contents de s'en être sortis qu'on n'avait plus de nouvelles. Jamais.

– C'est curieux ça justement… Ils ne revenaient même pas donner un peu d'argent à leur famille ou au moins frimer avec leurs copains de quartier pour leur dire qu'ils étaient passés professionnels ou des trucs comme ça ?

– Non, capitaine, pas que je sache…

– Et les parents ne venaient jamais vous trouver pour demander des nouvelles ?

– Ils ne me connaissaient pas… Je ne sais même pas si ces gosses avaient des parents, capitaine…

James Mboweni était de plus en plus mal à l'aise ; son front était couvert de grosses gouttes de transpiration et Zondi eut comme l'impression de sentir l'odeur âcre de la frousse qui sourdait de sous les aisselles et de l'entrejambe de son témoin. Il ment, pensa Zondi. Et de plus en plus mal. Plus rien ne tient debout dans ses déclarations. Tout devient absurde. Un gosse de Soweto engagé par un Blanc de Johannesburg pour participer à des combats de boxe et qui ne reviendrait même pas dire merci à son entraîneur et faire le mariole dans son township ou glisser un petit billet à sa mère… Foutaises… Mboweni me prend pour une bille. Il est temps de lui mettre le dos au mur.

– Eh oui… Ils ne revenaient pas, vous avez raison… Je dois dire, sur ce point au moins. Et pour cause… Vous saviez certainement, monsieur Mboweni, que vos boxeurs participaient à des combats à mort… Demétrius est peut-être mort au moment où nous parlons… Certainement même… Qu'en pensez-vous ?

Mboweni perdit alors définitivement le contrôle de ses nerfs, il bafouilla et sanglota en se tortillant sur sa chaise cadenassée au sol. Ce petit capitaine lui donnait clairement l'impression de tout savoir… Il ne lui restait plus qu'à dire la vérité pour en finir… Expliquer qu'il n'était alors qu'un simple petit pourvoyeur de boxeurs… Rien de plus. Pas un assassin. Il ne pensa même pas demander un avocat comme dans les films. Il voulait juste soulager sa conscience et libérer sa mémoire.

– Je vous promets que je n'étais pas impliqué dans ces combats, capitaine. J'y ai même jamais assisté ! Je vous le jure… Je vous le jure, sur ma femme et mes enfants…

– Mais vous en connaissiez l'existence, oui ou non ?

– Oui… Plus ou moins… L'existence… Mais, je vous en prie, je n'y étais pour rien… Je sélectionnais seulement des boxeurs et je les préparais du mieux que je pouvais…

– Pour l'abattoir, monsieur Mboweni, vous les entraîniez pour les jeux du cirque… Ils quittaient le ring les pieds devant dans un cercueil…

XV

Non seulement le Secrétaire général n'avait pas de tripes et s'était effondré au bout de quelques minutes d'interrogatoire, mais surtout il en savait bien assez pour justifier une inculpation. Le DPP déciderait de la suite à donner et de la qualification…

– Monsieur James Mboweni, levez-vous, je vous arrête, pour commencer, pour non-assistance à personne en danger et complicité de violence physique et mentale avec intention de donner la mort. Vous avez le droit de consulter un avocat de votre choix, ou si vous préférez de demander un avocat commis d'office. Vous avez le droit de vous taire. Tout ce que vous pourriez dire pourra être utilisé devant un tribunal… Je vous signale que d'autres accusations pourront ultérieurement être retenues contre vous, notamment pour homicide involontaire et association de malfaiteurs sans parler de la violation des lois relatives aux jeux de hasard. Ça commence pas mal, je trouve, monsieur Mboweni, et je crois qu'il vaudrait mieux demander à votre femme de venir chercher votre voiture, on ne va pas passer la semaine à mettre des pièces…

– Une semaine ! soupira le malheureux James Mboweni qui n'était plus que l'ombre de lui-même au moment où le constable était entré pour le menotter.

Il n'aurait pas imaginé dans ses pires cauchemars pouvoir tomber plus bas. Aux yeux de Zondi, le meurtre par omission était un meurtre comme les autres, peut-être même un crime pire que celui commis sous l'empire de la passion ou de la panique... Mboweni avait eu largement le temps de penser à ce qu'il faisait lorsqu'il envoyait ces pauvres types dans les arènes, et il avait pourtant récidivé cinq fois, peut-être plus... Il avait vraiment eu tout le temps d'y repenser depuis dix ans, souvent... Pour Zondi, le Secrétaire général était une ordure et un lâche, un de ces centaines de milliers de lâches qui, à l'époque de l'apartheid, avaient vu sans piper un mot leurs voisins brutalisés ou emmenés par la police sous couvert de la loi antiterrorisme. James était certainement de ceux qui avaient détourné leur regard en voyant des jeunes femmes condamnées par des comrades en furie à mourir avec un pneu enflammé autour du cou parce qu'un tribunal populaire les avait accusées d'être des *impipis*, des vendues ou des indics qui couchaient avec un policier. Un policier qui se trouvait le plus souvent être leur mari et le père de leurs enfants depuis des années... Sous la chape de plomb de l'apartheid, la loi du silence était devenue pour tout le monde, Blancs ou Noirs, le prix de la survie. Et les notables avaient presque toujours été les plus indignes.

James Mboweni avait fini par reconnaître en hoquetant de trouille qu'il avait effectivement eu connaissance de ce circuit de combats et que ces rencontres discrètes servaient essentiellement à alimenter des paris clandestins. Siswe Milumami, qu'il avait surnommé Demétrius, comme le célèbre gladiateur, était un gosse turbulent de Kliptown. Il avait été son dernier poulain avant que tout ce business florissant s'effondre d'un seul coup. Du jour au lendemain, Mboweni n'avait plus jamais été contacté par le rabatteur de Johannesburg, mais il savait pertinemment que quatre de ses gars étaient morts sur le ring puisqu'on lui avait demandé de les remplacer. La première fois, il avait cru à un accident ; la deuxième fois, il s'était dit que ça n'était vraiment pas de chance, et la troisième fois il avait préféré croire à un accident.

Il avait bien pensé à l'époque, lorsque la source s'était tarie, que quelque chose avait mal tourné pour ses commanditaires mais il s'était bien gardé de chercher à savoir quoi ou de poser des questions dans le milieu. Il avait fui les familles des disparus et leur avait dit que, lui non plus, n'avait pas de nouvelles depuis des mois… Les parents, résignés par nature, n'avaient pas cherché plus loin. Comment l'auraient-ils pu d'ailleurs, personne n'avait le moindre numéro de téléphone ni même une adresse… Pour le petit entraîneur de Soweto, c'était la fin du pain blanc, il en avait assez croqué…

Tout avait si bien commencé. Le premier recrutement s'était fait quelques mois plus tôt de façon inespérée pour Mboweni. Il était alors en train de sombrer lentement mais sûrement dans la misère et le désespoir ; la petite salle où il entraînait ses gars survivait misérablement depuis des années et James Mboweni n'était plus payé par le club depuis des mois… Le courant avait été coupé chez lui au printemps et il avait dû, comme presque tous ses voisins, installer au risque de se faire griller vif une bretelle de dérivation sauvage directement sur le poteau électrique planté devant sa maison… Les factures impayées d'école ou de soins médicaux s'accumulaient et sa femme menaçait de le quitter, avec chaque fois un peu plus de détermination. Ce fameux soir d'hiver à 18 h 00 où Willie Marais était entré dans la salle d'entraînement, James n'avait plus que cinq rands en poche, à peine de quoi acheter un petit sac de mealie pour Noluthando et les trois gosses. Il avait même pensé à se jeter sous un train de banlieue plus tard dans la nuit plutôt que de voir sa famille mourir de faim ou de se résigner à aller travailler dans une mine du Rand comme son vieux qui y était mort écrasé sous un tas de gravats. Le visiteur, engoncé dans un blouson de cuir miteux fait d'un patchwork de peaux de différentes couleurs et chaussé de *veldies* *, s'était assis dans un coin et regardait le ring en fumant, tranquillement, sans rien demander à personne. Un jeune gars hargneux du nom de Simon Ngube s'agitait en soufflant entre les cordes. Il était puissant et régulier comme une locomotive à vapeur. James essayait de canaliser son énergie et sa violence en lui gueulant dessus, mais ce Simon tapait haineusement, pour faire mal, sans réfléchir… James, tout en entraînant ce gars trop teigneux dont il se disait qu'il ne pourrait jamais faire un boxeur, observait du coin de l'œil ce Blanc calme et décontracté qui ne perdait pas une seconde du combat. Il devait avoir une bonne raison d'être là, pensa James. Il arrivait bien sûr que des Blancs viennent à Soweto mais ils étaient le plus souvent en groupe ou occupés à un travail précis dans le township et on voyait toujours sur leur visage qu'ils étaient constamment sur leurs gardes… Les autres rares Blancs de passage étaient ceux qui visitaient le ghetto dans les kombis des *tour-operators* de Sandton et qui restaient bien planqués derrière les vitres du minibus en mitraillant de leurs coûteux Nikon tout ce qui bougeait. Ils acceptaient de sortir devant la maison des Mandela pour la visiter au pas de course et ils essayaient toujours de poser leurs fesses sur le lit où Winnie et Nelson avaient dormi, mais passé ce grand moment d'intimité avec l'Histoire ils étaient quand même bien contents de rentrer à l'hôtel après cette plongée vertigineuse dans l'autre Afrique du Sud, celle de la majorité des vrais gens. Ils avaient vécu une expérience aussi dangereuse à leurs yeux que la descente de l'Amazone en radeau, de quoi enrichir leurs belles soirées de la gauche cachemire à New York ou à Paris… Ce type-là ne ressemblait ni à un touriste venu pour jouer à se faire peur ni à un curé venu jouer à faire la charité. Il aurait pu être un flic ou une quelconque barbouze des services de sécurité de l'ancien régime… Il en avait la dégaine avec ses godasses de plouc éculées et son pull en jacquard, sans compter qu'il avait l'air vraiment trop sûr de lui et trop serein pour un Blanc tout seul perdu chez les Nègres…

Le type avait attendu patiemment que l'entraînement se termine et, alors que les jeunes boxeurs se dirigeaient vers les vestiaires, il s'était approché de James et lui avait tendu la main cordialement, tout en se présentant avec un grand sourire. Il parlait parfaitement zoulou…

– *Sawubona*[1], je m'appelle Willie Marais. Vous faites du bon boulot ici, on dirait…

James était sur la défensive, mais ce Marais avait l'air sympathique et il ne lisait pas la plus petite arrogance dans son regard, plutôt même un air de chien battu, comme celui qu'il voyait dans son propre miroir

1. « Bonjour » (afrikaans).

le matin depuis que la clochardisation le guettait. Marais avait proposé à James d'aller boire un verre dans un shebeen qu'il connaissait ou bien de discuter dans son bureau, comme il lui plairait. Ce Blanc connaissait un shebeen ! À Soweto… James était pour le moins intrigué… De la conversation qui s'était finalement déroulée autour du ring pendant que James réparait et rangeait le matériel déglingué, il était ressorti que Marais était un *talent-scout* à la recherche de jeunes boxeurs et ce petit gars sur le ring lui avait fait un « putain d'effet »… Willie Marais s'était fendu d'un long numéro à Mboweni pour le mettre en confiance et comme James s'étonnait qu'il parle zoulou couramment, il lui avait dit qu'il était fermier dans le nord-est du pays et que pendant l'hiver, vu qu'il n'y avait pas grand-chose à faire à la ferme, il s'occupait de jeunes boxeurs… Willie lui avait expliqué qu'il représentait un agent américain de New York et que ses partenaires sud-africains et lui-même étaient prêts « à mettre des sous sur des jeunes Noirs, pour peu qu'ils en veuillent évidemment ». Il avait promis à James une prime de trois mille rands pour chaque boxeur « qui aurait des tripes et qui serait finalement sélectionné par lui et ses associés ». En gage de bonne foi, il avait posé à titre d'avance sur celui qu'il venait de voir s'entraîner vingt billets de cent rands dans la main du malheureux entraîneur incrédule. La première affaire s'était ainsi conclue…

De retour chez lui dans sa petite maison de Mapetla Extension, James avait triomphalement agité l'argent sous le nez de sa femme et lui avait annoncé que leurs ennuis étaient derrière eux… Le lendemain, il avait remboursé ses dettes et fièrement enlevé la dérivation de son compteur électrique en attendant que les services de la municipalité viennent le rebrancher après qu'il aurait payé ses six cents rands d'arriérés. Pour la première fois depuis des mois, il y eut de la viande sur la table du dîner, des bonbons pour les gosses et même une petite fleur pour Noluthando... James était convaincu que sa bonne étoile lui avait enfin souri ; après toute une vie de galère, l'avenir allait être aussi rose que celle qu'il venait de donner à sa femme. Dans sa grande naïveté et à cause de son encore plus grande pauvreté, il ne pouvait pas savoir qu'il avait mis le doigt dans une broyeuse qui allait changer sa vie...

En six mois, l'entraîneur avait fourni à Willie Marais cinq de ses meilleurs boxeurs, tous « achetés » cash par l'agent des généreux « Américains ». Au printemps 1993, la famille Mboweni, qui n'avait plus de dettes et s'était acheté de nouveaux vêtements et un réfrigérateur, avait encore huit mille rands sur son compte épargne et James, habitué depuis toujours à compter avant d'engager une nouvelle dépense, ne savait pas encore comment utiliser le solde de ses économies. Noluthando insistait pour le garder en prévision d'un coup dur. À Soweto, en 1993, huit mille rands représentaient une jolie somme, presque deux ans de salaire pour l'épouse de James qui était femme de ménage à Baragwanath Hospital !

Après avoir « acheté » à James son cinquième boxeur – le fameux Demétrius dont la droite était un vrai marteau-pilon pneumatique – Marais avait disparu sans prévenir et la manne avait cessé de tomber. James s'était retrouvé à courir à nouveau derrière son misérable salaire impayé à la salle de sport et, après avoir dépensé sou après sou toutes ses économies, il avait un jour été forcé de réinstaller sa dérivation électrique pour que ses gosses ne fassent pas leurs devoirs dans le noir. Noluthando l'avait finalement quitté avec les enfants et James avait repris sa vie de misère, la tristesse et le sentiment d'être passé à deux pas du succès en plus. Il avait dormi quelques années sur ses regrets et ses remords pendant que l'instinct de survie et quelques relations utiles dans le milieu de la boxe l'avaient conduit à occuper un poste administratif à l'Organisation dont il avait fini par devenir Secrétaire général en 2001. Noluthando était revenue le jour où il avait acheté une petite maison à Atteridgeville… Il avait accepté son retour ; elle n'était pas vénale, elle ne pouvait tout simplement pas voir ses enfants vivre dans un taudis sans lumière et ne manger qu'un bol de bouillie de maïs par jour. James accepta l'idée que sa femme ait pu préférer laisser passer la crise en emmenant les enfants chez sa mère au village. En se hissant dans l'ascenseur social à force de travail, de compromissions et d'amnésie, James Mboweni avait même fini par être heureux et dormir du sommeil du juste. Il avait oublié Willie Marais et les cinq gladiateurs vendus pour aller à l'abattoir – parce que, s'il avait fermé les yeux sur les trois premiers « accidents », il n'avait pas été assez bête pour croire Marais lorsque le rabatteur avait annoncé un quatrième mort par K.-O… Il avait juste baissé les yeux et pris ses trois mille rands. Jusqu'à ce que le capitaine Zondi fasse irruption dans sa vie et commence à lui rafraîchir les neurones.

Pour Zondi, restait maintenant à retrouver ce Willie Marais – si toutefois tel était son nom – qui avait entraîné le malheureux, lâche et très misérable James Mboweni dans cette sombre histoire.

XVI

Le *South African Revenue Service* avait sur ses rôles d'imposition nationaux une bonne trentaine de Willie Marais… Mais un seul remplissait les conditions nécessaires et suffisantes préliminaires… Il vivait dans le Transvaal du Nord et avait aujourd'hui moins de soixante-quinze ans. Tous les autres sucraient les fraises au fin fond du Free State ou dans le Northern Cape. Selon sa déclaration de revenus, le « client » identifié par le capitaine Zondi était officiellement propriétaire d'une réserve *big five* * dans les environs de Hoedspruit, une petite ville dans le lowveld à la lisière du Parc Kruger. À voir les montants déclarés, la ferme ne faisait pas de grosses affaires, mais Willie Marais gagnait de quoi vivre… Au fichier des licences de véhicules, on lui avait trouvé un bakkie à double cabine – la limousine de prédilection des Boers – et une petite Mercedes vieille de sept ans, pour aller à l'église sans doute avec bobonne… Avant même de rencontrer son témoin, Zondi, comme d'habitude, avait l'impression de presque tout savoir sur lui… Il devait acheter le *Farmer's Weekly* et surveiller les ventes de fermes pour savoir qui était mort et qui avait vendu quoi à qui dans le Transvaal… Il devait aussi distiller en douce sa *manpoer* * dans une grange et faire lui-même son biltong de bœuf dans une boîte en carton percée de trous et chauffée par une ampoule électrique ! Zondi s'en voulait un peu d'être aussi caricatural et quasi sarcastique, mais il aurait pu brosser le même portrait-vérité pour un flic zoulou polygame, un comptable indien expert en comptabilité créative, un avocat juif de Joburg ou un pêcheur métis du Cap… Il n'avait plus vraiment de scrupules à faire des raccourcis parce qu'il savait d'expérience qu'il tombait toujours juste… Tous ces gens faisaient partie de sa tribu ou des tribus voisines et c'était précisément son boulot de les connaître… Le Dr Woerner se faisait bien payer quatre fois plus que lui pour le même travail et tout le monde l'écoutait ou feignait de l'écouter comme si elle était saint Jean Chrysostome ! Zondi préféra arrêter de penser à Miss Woerner ; ça l'agaçait à chaque fois, et plus que de raison… Évidemment, rien ne prouvait que Willie Marais avait dit la vérité à James et qu'il était vraiment fermier dans l'est du pays ou même qu'il s'appelait Marais… Mais Zondi se disait aussi que le gars n'avait probablement pas vu l'intérêt de mentir à un pauvre Noir de Soweto. De sa vie entière Marais n'avait connu que l'impunité pour toutes les bassesses ou les embrouilles de sa tribu. Pourquoi en aurait-il été autrement au moment où il lui fallait quelques boxeurs frais ? Sans compter qu'il n'aimait probablement pas mentir, même à un Noir, de peur d'être puni par la main de Dieu… Et en plus, pourquoi aurait-il été tenté de se cacher ? Parce qu'il achetait des Noirs… La belle affaire.

Pendant que Zondi et ses deux inspecteurs travaillaient sur les deux seules pistes disponibles, celles de James Mboweni et de Samuel Moroka, les techniciens de la SAPS *Facial Identification Unit* s'étaient efforcés de reconstituer les visages de Numéro Un à Numéro Sept. Les moyens techniques de l'*Identikit** permettaient de faire des miracles et, grâce au traitement informatique des images, il était possible de vieillir un visage ou de dessiner un portrait-robot électronique à partir d'images de mauvaise qualité ; une photo de livret d'identité ou la capture informatique d'une trame vidéo sur une bande de télésurveillance par exemple pouvaient fournir des renseignements précieux. Mais dans le cas des morts sans visage, malheureusement le sergent Elize Fourié n'avait disposé, pour chacune des victimes, que d'un moulage de la boîte crânienne et de l'ossature du visage. Elle avait capturé l'image en creux des plâtres en trois dimensions avec une caméra numérique afin de recréer un volume virtuel en « fil de fer » et d'y plaquer des masses musculaires et une texture de peau. Des expériences précédentes réalisées par le FBI, notamment dans l'affaire d'un tueur en série aux États-Unis, John Wayne Gacy, avaient permis de reconstruire quatorze visages de la même façon... Les experts en médecine légale avaient rédigé des tables et des abaques qui détaillaient avec précision quelle épaisseur de peau et de muscles devait être plaquée sur quelle partie de la face ; ils avaient découvert que la peau habille en réalité les os du visage comme un gant... Il n'y avait rien d'aléatoire dans la méthode. Après quelques jours de travail, Elize avait présenté sur écran ses sept portraits-robots au superintendant Padayachee et à son équipe. Zondi ne lui avait pas dit que Samuel Moroka avait été identifié et que la SAPS disposait d'une photo... Sans être complètement sceptique à l'égard des méthodes de la police scientifique, il voulait évaluer la fiabilité de l'*Identikit* et s'assurer qu'il n'allait pas lancer ses gars sur la piste d'une flopée de disparus avec des portraits-robots fantaisistes... Les portraits électroniques du sergent Fourié et de son assistant étaient tout simplement stupéfiants. Les images de synthèse ressemblaient à de vraies photographies originales en couleurs. Elize utilisait des portions d'autres visages qu'elle avait numérisés sur des photos réelles et qu'elle découpait avec son logiciel afin de les appliquer sur la structure en fil de fer. Elle obtenait ainsi un plaquage qu'elle pouvait faire tourner en 3D tout en modifiant l'angle de la lumière ou de la caméra virtuelle. Les oreilles posaient toujours un problème – la forme de la boîte crânienne et l'ossature du visage ne donnaient aucune indication utile quant à leur taille ou leur décollement – et les graphistes s'étaient contentés de « greffer » les oreilles de M. Tout-le-monde repiquées sur d'autres clichés. Pour la couleur, la densité et la texture exacte de la peau, Elize avait photographié sous différents angles des petits morceaux de la peau des sept victimes au niveau du cou afin d'avoir quelques rides et au niveau des épaules et du gras du bras afin d'avoir des sections de peau lisse et glabre qu'elle avait plaquées sur le front, les joues et les ailes du nez. Pour Zondi, la plus étonnante de ces images de synthèse était celle de Samuel Moroka sur laquelle on retrouvait sans la moindre erreur les grands traits du visage, les joues rebondies, le front bombé et le nez cassé, légèrement tordu sur le côté droit. Pourtant, le regard de zombi du portrait-robot mettait mal à l'aise et même si l'écartement des yeux était très proche de la réalité, la courbe des paupières était un peu différente et la profondeur du cristallin était artificielle ; Elize admit qu'elle ne pouvait pas reconstituer les yeux sans indications précises, sans même parler de l'étincelle de la vie… Pour faciliter le travail des enquêteurs, elle avait créé pour chaque victime plusieurs versions : avec une légère barbe sur le menton, avec un bonnet enfoncé jusqu'aux oreilles ou avec des lunettes de soleil de différentes formes. Les extrapolations de l'*Identikit* combinées aux informations fournies par le rapport du *coroner*[1] donnaient à penser que les sept victimes avaient quelques caractéristiques morphologiques acquises communes ; des fractures du cartilage du nez dans trois cas et des lèvres ou des joues légèrement affaissées ou creusées à cause d'une denture déficiente chez la totalité d'entre eux. Padayachee, bluffé par le travail d'artiste d'Elize et de son équipe, donna son accord pour le tirage des photos qu'il demanda à Zondi de faire distribuer aux enquêteurs travaillant sur le dossier et de faire publier sur la base de données en réseau de la SAPS. Parallèlement, plusieurs avis de recherche seraient publiés le lundi suivant dans des journaux nationaux. Zondi ne croyait pas beaucoup aux avis de personnes disparues et aux appels publics à témoin, mais la SAPS ne pouvait plus négliger aucune piste, d'autant qu'avec tous ces nouveaux développements il n'avait pas vu passer la semaine qui avait filé comme l'éclair ; il ne restait que trois jours avant le samedi et Zondi ne voyait pas pourquoi le tueur se limiterait à sept victimes…

Willie Marais, alors qu'il était en train de nettoyer un *boma* * au jet avec ses ouvriers agricoles, pas plus que James Mboweni quelques heures plus tôt, ne s'attendait à voir un capitaine du SAPS venir agiter les eaux troubles de son passé. Willie était un Sud-Africain tout à fait ordinaire ; il n'était ni plus bête ni plus malin que la moyenne de ses compatriotes et surtout pas plus courageux qu'un autre. Son petit monde avait été mis cul par-dessus tête en dix ans, mais il n'aurait surtout pas levé le petit doigt pour y changer quoi que ce soit, ni

1. « Médecin légiste » (anglais).

dans un sens ni dans l'autre. Une attitude entre la résignation et l'attentisme qui expliquait bien pourquoi, lui aussi, avait la mémoire si courte… Au lendemain des élections, en voyant Nelson Mandela à la télévision, il s'était dit que tout ce cirque était de la poudre aux yeux pour l'opinion internationale et les politiciens « communistes » qui voulaient la peau des nationalistes blancs. Tout était de la faute des travaillistes anglais, des gauchistes hollandais et allemands ou encore de ces Mitterrand et autres Jesse Jackson qui n'avaient jamais foutu les pieds en Afrique… Willie était alors sincèrement convaincu que l'ANC ne tiendrait pas un an et que le pays allait s'effondrer comme l'Angola ou le Mozambique après le départ des colons portugais en 1975… Il ne voyait pas comment tous ces Noirs à peine revenus de Moscou ou sortis de la carrière de Robben Island où ils cassaient des cailloux allaient pouvoir gouverner un grand pays aussi développé que « la République ». La plupart de ces gars n'avaient même pas passé leur matric et n'étaient même pas membres d'une congrégation religieuse décente ; il les imaginait bien se réunir le dimanche sous un arbre dans les townships ou en brousse, déguisés qu'ils étaient dans leurs uniformes ridicules du ZCC ! En poussant le raisonnement, Willie Marais ne voyait même pas pourquoi il faudrait essayer, comme certains groupes d'extrême droite l'avaient bêtement tenté à Kempton Park pendant les travaux de la commission constitutionnelle, de renverser le régime de transition ou d'entraver le processus de démocratisation avec un vieux tank ; les vieilles chaussettes à clous réactionnaires en short kaki n'avaient même pas été fichus de faire un coup d'État alors qu'il n'y avait pas encore d'État… Toute cette affaire de partage du pouvoir retomberait bien d'elle-même et les Blancs n'auraient même pas besoin de reprendre le pouvoir parce que les Noirs finiraient par les supplier de revenir les aider à remettre de l'ordre. Et, à ce moment-là, on leur brosserait les côtelettes à coups de balai et on leur frotterait le nez dans la poussière et ce serait bien fait… Ce serait le prix à payer pour avoir voulu imposer à tout le monde leur stupide Évangile selon saint Marx… Willie était sincèrement convaincu que tous les Sud-Africains qui avaient plié bagage pour s'installer en Nouvelle-Zélande après les élections finiraient par le regretter. Toute sa vie, il se souviendrait des paroles cyniques de son père à propos d'un éventuel départ pour cause de péril noir : « Quitte à partir, il faut partir au bon moment, mais souviens-toi mon fils, quand les Juifs s'en vont c'est trop tôt et quand les Portugais s'en vont c'est trop tard… » Voilà comment pensait Willie Marais et voilà ce qu'il disait toujours à sa femme et à ses amis qui s'inquiétaient de l'avenir en sirotant une Castle autour d'un bon braai.

Et les années avaient passé… Une décennie s'était écoulée et les casseurs de cailloux étaient toujours là, sagement assis au Parlement et dans les cabinets ministériels et ni les Juifs ni les Portugais n'étaient partis… Et Thabo Mbeki avait succédé à Mandela… Et les investisseurs étaient revenus les uns après les autres alors que les « diables rouges » de l'ANC, confortablement installés aux affaires, devenaient sans vergogne des libéraux à peine teintés de rose pour commencer et des capitalistes purs et durs pour finir. En dix ans, d'anciens prisonniers de Robben Island entrés un funeste matin au bagne avec les fers aux pieds pour cause de communisme irrécupérable avaient bâti des empires financiers qui pesaient aussi lourd que les anciens conglomérats miniers du règne de l'apartheid.

Les vrais grossiums étaient passés presque direct du fourgon cellulaire à la Jaguar six cylindres… Et Willie Marais buvait toujours une bière ou deux, ou même trois, le soir avec ses copains et il s'était habitué à avoir un président noir qui présentait somme toute plutôt mieux que le vieux Botha avec son air matois. Il s'était habitué tant bien que mal à vivre dans un pays qui avait onze langues nationales et à appeler les Noirs des Noirs, voire Monsieur, ou même encore « des personnes précédemment désavantagées ». Mais jamais plus il n'utilisa le mot kaffir et sa multitude d'élégants vocables composés, si imagés… Il avait complètement occulté qu'il avait autrefois été un maître absolu dans le pays de ses glorieux ancêtres huguenots, et il lui arrivait même de mettre la main à la pâte à la ferme au lieu de s'asseoir sur une souche à regarder ses gars faire le sale boulot. Il avait oublié les fondements divins de l'apartheid et il n'avait plus la larme à l'œil quand il chantait *Die Stem* * avec ses enfants lors du gala annuel de l'école parce que maintenant on chantait le *Sikelele i Afrika*, « un truc dont il ne comprenait pas les mots des paroles ». C'étaient même ses enfants qui lui avaient appris le refrain et l'air du nouvel hymne national ; il hésitait encore à mettre sa main sur son cœur en chantant, mais ça viendrait sûrement ; d'ailleurs il ne savait pas laquelle… Il hésitait juste parce qu'il ne voulait pas être le premier à le faire dans son bled, mais si ce vieux salopard de Cloete Van Rensburg avait ce geste un jour, il l'aurait sûrement lui aussi. Il ne savait pas si c'était mieux comme ça ou moins bien qu'avant, parce que de toute façon à quoi bon se poser la question vu qu'il n'avait ni le courage ni les moyens d'y changer quoi que ce soit. Willie avait rejoint docilement la communauté des « braves gens » et des nouveaux

Sud-Africains tout en vouant aux gémonies cette part sombre de son passé ; il était tellement soucieux de bien faire et de se faire oublier qu'il en avait lui-même oublié Demétrius le Gladiateur… Willie Marais était lui aussi un amnésique heureux, mais le capitaine Zondi était un policier teigneux.

Alors qu'avec ses garçons de ferme Willie finissait de préparer le boma qui allait accueillir dans quelques heures deux jeunes rhinos qui devaient être capturés le lendemain à l'aube, le contremaître vint le prévenir qu'une voiture de la SAPS s'était présentée au poste de sécurité de la réserve ; un certain capitaine Zondi et son adjoint l'inspecteur Sithole demandaient à le voir. Willie pensa immédiatement à cette histoire de braconnage qui lui pourrissait la vie dans la partie septentrionale de la réserve où des types avaient cisaillé la clôture. Il avait déjà perdu plusieurs impalas et même un couple de zèbres. La police les avait peut-être enfin pincés ; ça tombait bien quoique… Willie était sur le point d'organiser une battue pour les cueillir lui-même avec son Remington et quelques potes. Le vieux Cloete était déjà tout excité à cette idée, il serait déçu si les poulets les avaient serrés avant que lui et ses copains ne puissent organiser leur petite partie de chasse à l'homme…

Les deux flics circulaient dans une Corolla fatiguée immatriculée dans le Gauteng. Willie en déduisit que les deux policiers n'étaient pas des gars du coin mais qu'ils venaient de Johannesburg ou de Pretoria. Ils avaient dû souffrir dans leur vieille poubelle non climatisée sur les dix derniers kilomètres de piste en terre. La ferme de Willemsburg s'étendait sur six mille hectares et il ne devait pas y avoir plus de cinq kilomètres de goudron sur toute la propriété. Les deux poulets avaient vraiment dû bouffer de la poussière, se disait

Willie qui aimait toujours bien penser que les gens de la ville étaient des bras cassés. Il leur proposa quand même de le suivre dans son bureau pour se rincer le sifflet avec une bière. Willie aimait bien montrer aux Noirs, surtout à ceux qui avaient un peu de pouvoir comme des flics par exemple, qu'il les traitait comme des égaux, tout comme il aurait traité son voisin blanc. Willie aimait qu'on remarque qu'il savait y faire avec « ces gens-là » ; il était un vrai raciste irrécupérable.

– Merci, sir… Je vois que vous êtes occupé à préparer des captures mais nous n'avons que quelques questions à vous poser… Nous venons de Pretoria et nous sommes tous les deux des officiers de la *Serious & Violent Crime Unit.*

Willie se demanda comment ce *poupol* * noir de la capitale pouvait bien savoir qu'il était en train de préparer son boma pour des captures, précisément pour y mettre des rhinos en quarantaine avant de les envoyer par la route dans une ferme du Zimbabwe ! Ce petit capitaine était peut-être plus dégourdi qu'il n'en avait l'air. Il avait peut-être grandi dans une ferme… Willie encaissa le coup et décida d'être vigilant.

– Si je peux vous aider, *captain*… Toujours prêt…

– Le nom de James Mboweni vous est-il familier ?

– Pas du tout, captain… Ça devrait ?

Willie n'avait pas cillé. Zondi pensa que son client avait la tête ailleurs et qu'il ne prenait pas cet entretien au sérieux ou bien qu'il avait complètement oublié… Le capitaine fit monter une deuxième balle dans le canon pour donner le coup de grâce à ce brave fermier qui avait la mémoire courte…

– Et celui de Demétrius le Gladiateur ?

À cet instant précis, Willie Marais fit le lien entre ce James Mboweni qui lui était sorti de la tête et le jeune boxeur… Son regard se voila furtivement alors que son cœur piquait un sprint. Il comprit qu'il venait d'être brutalement rattrapé par des emmerdements qui étaient restés en hibernation et que sa vie allait peut-être basculer en quelques minutes. Tout dépendrait de ce que savait vraiment ce petit capitaine. Zondi avait flairé la bouffée d'adrénaline qui une fraction de seconde avait embrouillé l'esprit du fermier. Il devina à cet instant que ce Willie Marais était bien celui qui était venu tenter James Mboweni. La chasse était ouverte.

– Je ne vois pas non plus, mais vous pourriez peut-être m'en dire un peu plus, captain…

– À vrai dire, je ne sais pas grand-chose… sir. Sauf que ce James Mboweni nous a parlé de combats de boxe qui se sont passés dans un garage de Randburg en 1993, et voyez-vous, monsieur Marais, les faits ne sont pas prescrits… Or nous avons un témoignage qui vous implique. Vous comprendrez que nous ayons à cœur de vérifier… Il semble qu'il y ait eu mort d'homme… Ce qui est toujours fâcheux…

Zondi avait bluffé en attribuant à James Mboweni des aveux qui étaient des informations fournies par Double H, et il comptait bien que ce détail serait suffisant pour faire vaciller Willie Marais… Mais le fermier était coriace. Ses yeux s'étaient plissés et il avait fait un pas menaçant en direction du policier ; il savait comment « leur » parler.

– Je ne comprends même pas de quoi vous parlez, mon p'tit gars. Si vous savez vraiment de quoi vous causez, alors arrêtez-moi et déballez votre affaire…

Mais le capitaine n'avait pas bronché, il n'avait même pas fait mine de reculer.

– Très bien, sir, si vous ne me laissez pas d'autre choix, je vais alors devoir vous inculper dans une affaire de violence avec coups et blessures avec intention de donner la mort… Vous êtes bien certain que c'est ce que vous désirez ?

– Vous n'avez aucune preuve de rien… Vous racontez des conneries…

– Vous connaissez ces deux personnes, monsieur Marais ?

– Oui, peut-être, et alors ?

Willie Marais avait un peu plus de tripes que James Mboweni ; il se débattait. En essayant de remonter dans le temps à toute vitesse, le fermier s'était demandé s'il avait pu laisser des indices ou des preuves derrière lui, mais ce policier avait l'air bien sûr de lui… Il savait quelque chose, peut-être tout… Peut-être même tenait-il le vieux salopard de Bethlehem et que ce dernier l'avait accusé. Pendant que cette tempête se livrait sous son crâne, Marais en arriva à la conclusion qu'il valait mieux anticiper et tout raconter, ou presque pour commencer…

Il tint finalement dix bonnes minutes avant de se souvenir qu'il avait été un temps équarrisseur de jeunes boxeurs à Soweto… Et il ne chiala pas ni n'eut même un tressaillement de voix. Willie Marais et James Mboweni avaient tous les deux un point commun : s'il n'y avait pas eu un petit flic de Pretoria un peu tenace pour leur rafraîchir la mémoire après dix ans de glaciation cérébrale, l'un comme l'autre auraient vécu heureux comme de bien braves gens tout le restant de leur vie, avec cinq cadavres dans le placard. Zondi n'était pas certain que tout cela pourrait lui permettre de coincer le tueur de ses sept morts sans visage, mais justice serait au moins rendue pour quelques pauvres gosses. Il ne restait maintenant plus que deux jours avant le rendez-vous du samedi matin…

XVII

Zondi finit par découvrir que Willie Marais n'était certes qu'un pion, mais le fermier avait bien plus de cinq cadavres dans le placard… James Mboweni n'était qu'un de ses multiples fournisseurs et Willie Marais avait fini par l'admettre. Le coup de bluff du capitaine avait été largement payant ; Marais, écrasé par la surprise et le soleil d'hiver dans la cour de sa ferme, s'était convaincu en quelques minutes que Zondi savait tout et qu'il était foutu… De son côté, le policier avait eu l'impression que son témoin était soulagé de pouvoir libérer sa conscience. Zondi avait compris aussi que Marais n'aurait jamais été assez courageux pour venir raconter cette vieille histoire à la police, mais qu'en revanche il était prêt à accepter la sentence si le passé venait à resurgir. Une fois de plus Willie Marais avait été égal à lui-même ; il avait commencé par gueuler un coup avant de se dégonfler comme une baudruche ; il était chroniquement affligé d'une incapacité à voir et à apprécier la réalité en termes moraux ou éthiques ; il avait eu l'habitude de jouir sans se poser de questions des privilèges de sa caste en participant aux errements du troupeau et il s'était toujours soumis avec bassesse à la loi du plus fort. Dans un sursaut de dignité, le fermier demanda cependant à Zondi de ne pas lui passer les menottes devant ses ouvriers ni devant sa femme. Son arrestation formelle aurait lieu au-delà de la porte principale de la réserve sur un chemin de petite brousse.

Zondi avait prononcé la formule magique imprimée sur la petite carte plastifiée de son Code de conduite et Willie Marais s'était retrouvé entravé à l'arrière de la vieille Corolla sans air conditionné. Entre la ferme de Willemsburg et Pretoria, la route serait longue, plus de cinq heures, et les deux policiers ne voulaient surtout pas laisser s'installer entre eux et le prévenu un climat de compassion, de sympathie ou même de simple cordialité. Ils se contenteraient de lui demander dans deux heures s'il voulait pisser, proposition qu'il déclinerait très certainement par crainte d'être vu dans les toilettes d'une station-service *Ultra-City* avec des menottes et escorté par un flic noir dont tout le monde penserait qu'il allait lui ouvrir la braguette... Zondi glissa une cassette dans le lecteur du tableau de bord. Il ne comprenait rien à ce que chantait ce Jacques Brel mais il aimait bien le rythme de la langue. Cette chanson sur le « Plat Pays » le faisait rêver plus que les autres, il la soupçonnait d'être un peu triste ; un ami français lui avait expliqué que c'était effectivement un poème mélancolique qui racontait une espèce de lowveld gris troué de canaux, là-haut en Europe du Nord avec des ciels bas et des plaines plates aussi interminables et mornes que celle du Karoo. On lui avait dit que ce grand Belge parlait aussi une espèce d'afrikaans, mais Dieu merci il ne le chantait pas... Zondi irait peut-être s'inscrire un jour à l'Alliance française pour comprendre les paroles de ce Jacques Brel. Tassé sur le siège arrière, indifférent à la musique, Marais avait le regard vide d'un condamné dans le couloir de la mort. Il se préparait déjà à payer la facture d'une demi-vie d'indécence et de lâcheté.

Dans les bureaux de la *Serious & Violent Crime Unit*, abattu sur sa chaise, Willie Marais parla. Mieux, il se confessa. Il parla même de choses qui n'avaient aucun rapport avec l'enquête, mais Zondi eut l'impression que son témoin avait besoin de se livrer complètement pour organiser ses pensées. Il le laissa errer de digression en anecdote et, à chaque révélation, son témoin semblait chercher l'absolution, ou au moins la compréhension du capitaine Zondi. Tout le ruban d'une existence pitoyable avec ses espoirs et ses déceptions s'était déroulé dans la petite pièce anonyme. Une enfance sinistre dans une ferme arriérée avec un père idiot et brutal et une mère faible et soumise ; le manque d'argent et une pauvreté quelquefois aussi sordide que celle des Noirs qui vivaient autour d'eux, et pourtant le racisme le plus abject cautionné par l'obsédante présence du dominee et des singeries de la paroisse. Zondi ne connaissait que trop ces histoires rurales pitoyables de Blancs emprisonnés dans des traditions familiales ou religieuses archaïques qui ne valaient pas mieux que celles tout aussi connes des chefs traditionnels bantous. Willie Marais serait un cobaye de choix pour un sociologue qui voudrait étudier les rites et coutumes de la tribu blanche… À peine sorti d'une enfance sclérosante, Willie Marais n'avait pas quitté la brousse… Il y avait même assez bien réussi et il aurait mieux fait de s'en tenir là.

Depuis les années quatre-vingt, Willie Marais organisait des parties de chasse plus ou moins légales dans sa ferme de Willemsburg. Ses hôtes payants venaient de toute la République et même de l'étranger. Les chasseurs se posaient directement sur la petite piste d'atterrissage en terre à quelques kilomètres de la ferme et ils vivaient ainsi en vase clos pendant trois ou quatre jours dans un camp de chasse plutôt luxueux au sommet d'une koppie. La plupart des clients de Willie Marais lui étaient envoyés par une agence spécialisée qui avait des représentants au Japon, en Allemagne et aux États-Unis. Ces chasseurs au gros du dimanche recherchaient des émotions fortes, du confort, de l'exotisme et de l'Afrique cinématographique, avec des lions et des pisteurs noirs cul nu qui se prosternaient en disant « oui *bwana* » ou « oui, baas », mais ils ne voulaient pas de moustiques ou d'eau croupie pour mouiller leur brandy… Et ils étaient prêts à payer pour ça. Il n'était pas rare que Marais facture trente ou quarante mille dollars pour un vieux lion phtisique ou un rhino claudiquant… Ses richissimes clients venus d'Osaka ou du Kansas ne pouvaient pas savoir que la bête était tuberculeuse et poussive et qu'elle avait déjà été marquée par le vétérinaire pour finir à l'abattage. Évidemment, il lui fallait ensuite découper la tête, vider les entrailles, tanner la peau et empailler le trophée avant de l'envoyer au bout du monde, mais c'était peu de travail comparé au bon argent payé cash en devises dont le fisc ne voyait jamais la couleur. À ce prix, Willie ne lésinait jamais sur les services ; chaque chasseur avait son *rondavel* * privé avec un lit *king-size* et une grande salle de bains de brousse digne des meilleurs films hollywoodiens. Des repas pantagruéliques étaient servis autour d'un feu de bois dans le lapa et Willie ne comptait ni le vin, ni le brandy, ni la bière. Lorsque ces messieurs venaient en bande et avec leur femme, ou avec la femme de quelqu'un d'autre, le personnel fermait les yeux le soir sur les beuveries indignes ou sur les chassés-croisés nocturnes titubants et beuglants d'un bungalow à l'autre. Après la tension d'une journée en brousse, on entendait presque autant de rugissements et de feulements à l'intérieur du camp qu'à l'extérieur ; le sexe et la chasse en Afrique ont toujours fait bon ménage. Lorsque MM. les chasseurs venaient en célibataires, le niveau tombait d'un cran encore, les passions simplement libertines devenaient animales et Willie savait alors discrètement inviter quelques hétaïres campagnardes ramassées à Neilspruit qu'ils auraient eu du mal à faire passer pour des femmes du monde mais qu'on ne sortait de leurs rondavels qu'au coucher du soleil après les premiers cocktails lorsque les regards étaient lourds et épais. On ne leur demandait rien d'autre que de se laisser grimper avec un semblant de bonne volonté ou d'aller faire des pipes à la chaîne sur les mâles effondrés de fatigue et abrutis par le soleil et l'alcool. Willie choisissait les putes lui-même en fonction de leur aptitude à lui vider les couilles sous son bureau en moins de trois minutes, mais il ne fraternisait pas avec ses clients ; il était important pour lui de garder une certaine distance qui justifiait le prix exorbitant du droit d'abattage. Il était d'ailleurs rarement impressionné par ses visiteurs qui étaient au mieux de grands baratineurs et de bien mauvais fusils, au pire des chasseurs hors pair mais des cons taciturnes. Un seul lui avait inspiré du respect et de la curiosité : Koos Pistorius, un ancien policier de la Kovoet* qui s'était retiré dans la ferme familiale près de Bethlehem, dans le Free State, avec sa mère, ses onze enfants et ses deux femmes et qui était venu chasser l'éléphant à Willemsburg. Koos Pistorius était un monstre fascinant, grossier, brutal et charismatique qui restait fermement et imperturbablement campé sur ses deux jambes jusqu'au dernier moment avant de tirer sur sa cible, que ce soit un *warthog* * ou un éléphant enragé. Il ne manquait jamais son coup parce qu'il était pour ainsi dire né avec un fusil entre les mains. Le soir à la veillée, il racontait en afrikaans avec une voix rocailleuse et profonde venue des ténèbres des histoires épiques de résistants à cheval harcelant des Anglais en habit rouge pendant la guerre des Boers, ou des drames ruraux au dénouement surprenant digne d'un roman de Charles Bosman*. Enfin, lorsqu'il n'était pas ivre de la veille, il célébrait aussi l'office le dimanche… Personne n'aurait pu dire à quel culte il se rattachait et si le service était très orthodoxe, mais tout le monde la bouclait lorsqu'il ouvrait sa vieille Bible et commençait à prêcher en rugissant, mais en afrikaans, parce que Dieu ne parle pas anglais. Il prenait toute l'assemblée à partie. Son Dieu ignorait l'amour et la compassion, il était fait pour montrer les dents et pour montrer du doigt en jaculant des imprécations, tout comme son pasteur le reste de la semaine. *Oom* * Koos était un seigneur et maître, violent, sale, ignorant et primaire. À la mort de son père il avait gardé le corps dans un congélateur pendant deux mois parce qu'il avait eu cette vision divine que le vieux allait ressusciter… Et toute sa famille avait vécu, soixante jours durant cet enfer, dans l'attente d'un miracle jusqu'à ce que les services de santé de Bethlehem viennent le rappeler à l'ordre et qu'un croquemort lui enlève le corps de force sous la protection d'un officier de police, un Blanc Dieu merci, sinon le « vieux » Koos l'aurait peut-être abattu… Koos Pistorius était peut-être un prophète mais c'était surtout un putain de raciste qui n'écoutait personne et ne laissait jamais un Noir toucher à sa nourriture ou à son fusil.

Il était venu chasser plusieurs fois à Willemsburg et Willie Marais le suivait comme un petit chien en buvant ses paroles. Des années plus tard, Willie en parlait encore avec crainte et respect.

– Il ne pouvait pas supporter qu'il y ait des Noirs autour de nous. Il disait que nos ancêtres s'étaient bien débrouillés sans eux pendant le Grand Trek et que nous n'avions qu'à bouger notre gros cul de Boer pour faire nos corvées nous-mêmes. Tout était comme ça… Il ne disait jamais rien de particulièrement mauvais sur les Noirs, simplement il ne voulait pas en entendre parler et il disait pis que pendre des *kafferboetie**. Il expliquait que, dans sa ferme, il avait un contremaître métis et que c'était son boulot de donner les instructions aux « Africains ». Il pensait qu'il y avait un ordre dans la race humaine, que nous étions tous marqués du doigt de Dieu et qu'il nous fallait rester à notre juste place, les Blancs ensemble, les Noirs ailleurs. Même ses femmes et sa mère n'avaient pas le droit d'avoir une *kaffermeid* dans la maison pour faire le ménage alors qu'il y avait onze gamins… C'est d'ailleurs pour ça qu'il avait deux femmes… Il avait pris dans sa maison la veuve de son frère et il s'occupait d'elle et de ses enfants comme de sa première femme. Il disait qu'il était en paix avec Dieu parce qu'il couchait avec les deux, mais pas en même temps et que c'était juste de la santé et pas du vice, pour rendre service, par charité… Personne n'avait jamais pu lui faire comprendre que la bigamie c'était interdit. Il te sautait au visage en disant : « Et qui va me demander de changer quelque chose à ma vie, toi peut-être ? » et il tapait le sol avec la crosse de son fusil. On voyait bien, rien qu'à son regard, que personne qui l'aurait connu un peu n'aurait pris le risque… Il se foutait de la loi. Il s'arrangeait même avec Dieu…

Un soir près du feu, dans le lapa, rendu plus conciliant et plus sociable que de coutume par le brandy et par les seins pulpeux d'une de ses petites putes de Neilspruit, Koos Pistorius avait raconté qu'il allait bientôt passer quelque temps à Johannesburg pour un gros boulot et qu'il aurait bien besoin d'aide… Pendant que la grosse blonde fourrageait dans sa braguette, son regard pesant et englué dans l'alcool avait longuement fixé Willie Marais qui avait baissé les yeux mais l'avait entendu. Le « vieux » lui avait alors raconté son « gros boulot »… Zondi était captivé ; il faisait un voyage dans une machine à remonter le temps, quelque part autour de « la case de l'oncle Tom »…

– Pour se distraire, au début, oom Koos avait eu l'idée, quelques mois auparavant, d'organiser des matchs de boxe amateurs dans les fermes du Free State… Tout le monde s'emmerdait fort le dimanche après l'office. Il n'y avait pas de champions évidemment mais juste des gars costauds qu'il avait recrutés dans les propriétés aux alentours. Il leur donnait des gants et un short et ils se réunissaient un coup chez l'un, un coup chez l'autre. Il y avait toujours de la bière et de la boerewors et chaque ferme avait son poulain qui avait été entraîné et bien nourri toute la semaine. On avait fait un ring avec une bâche encerclée de bottes de paille et c'était parti comme ça. Et puis les gars ont commencé à parier et le « vieux » s'est fait beaucoup d'argent alors qu'il n'y avait même pas pensé… C'était pour jouer au début. Alors, cette histoire l'a appâté… Il a eu l'idée de passer la vitesse supérieure, c'est-à-dire d'organiser cela en ville et pas à Bloemfontein ou à Kimberley mais directement à Joburg. Au lieu de se taper dessus devant cinquante fermiers torchés et radins, les gars allaient boxer devant cinq cents personnes ! Oom Koos avait calculé que chaque rencontre allait lui rapporter au moins cent mille rands, plus encore si un des kaffirs quittait le ring les pieds devant…

Avec son étonnante aptitude à ne jamais entrer en conflit avec rien ni avec personne, et surtout à ne jamais porter de jugement moral sur les trucs les plus indignes, Willie Marais avait fini par oublier cette conversation, particulièrement la dernière phrase. Il n'était d'ailleurs pas certain d'avoir bien compris, d'autant que oom Koos, ce soir-là, était un peu confus et bourré comme un cochon. Après son départ, Willie Marais avait retrouvé sa routine, mais le marché de la grande chasse s'effondrait ; les années quatre-vingt-dix avaient été marquées par une explosion du crime urbain et de grandes incertitudes politiques… L'Afrique du Sud avait cessé d'être la coqueluche des chasseurs. Les Américains ou les Européens craignaient de se faire dépouiller en posant le pied à l'aéroport Jan Smuts. Moins d'un an après la conversation du lapa, Willie, pris à la gorge financièrement, avait repris contact avec Koos Pistorius pour lui reparler de ce « gros boulot ». Le « vieux » lui avait proposé de le rejoindre à Johannesburg pour discuter. Oom Koos vivait dans une toute petite maison d'Emmerentia qui appartenait au fils d'un lointain cousin militaire. Et ce jour-là, Willie Marais avait fait la plus grosse connerie de sa vie. Il s'était livré pieds et poings liés à ce saligaud qui le dominait de trois têtes et à qui il était incapable de dire non…

XVIII

Quelques jours plus tard, Willie s'était installé chez le « vieux » qui lui avait proposé de l'héberger pour faciliter le business et « éviter de faire des frais ». Le soir même de son installation, oom Koos lui avait présenté son associé, un Asiatique du nom de Chen. Willie était devenu bavard et Zondi n'aurait jamais espéré une aussi belle confession…

– Koos l'avait rencontré en cherchant des boxeurs.

– Que faisait ce M. Chen exactement ?

– Il avait une salle de boxe dans le centre-ville, dans Anderson Street. Pas de la boxe classique, plutôt de la boxe chinoise ou je ne sais quoi. Les types tapaient aussi avec les pieds… Koos avait besoin de recruter des gars pour ses tournois et il en cherchait partout. D'après ce que j'ai compris, les deux ont fini par sympathiser et par échanger des idées… Chen lui avait expliqué qu'il pourrait gagner encore plus d'argent s'il travaillait avec un réseau de parieurs habitués… Chen lui a alors proposé de s'occuper des paris et ils se sont associés. Chen lui avait expliqué qu'il pouvait aussi lui fournir deux ou trois de ses boxeurs, mais que ça n'irait pas bien loin. En plus, cette histoire de boxer avec les pieds et les mains, ça n'était pas dans les habitudes ici. D'ailleurs, dès que les tournois ont commencé, Chen a fermé son gymnase pour se consacrer exclusivement aux paris avec le « vieux ».

La petite équipe s'était ainsi constituée autour d'un vieux fermier vicelard et aficionado de boxe, d'un maquereau thaïlandais, et d'un bon à rien, docile et prêt à tout. Les trois hommes avaient passé plusieurs soirées à élaborer leur plan dans l'arrière-boutique où la femme de Chen tenait son salon de massage et de parties de jambes en l'air.

– C'était une pute, captain. Ni plus ni moins… Je ne sais même pas si c'était vraiment sa femme d'ailleurs. Mais quand les clients se présentaient, elle les recevait habillée dans une blouse blanche qui lui remontait au ras du machin. Et elle faisait pas que les masser ; ça c'est sûr… Il y avait toujours d'autres Chinois qui venaient dans sa boutique et ils picolaient sec tous ensemble. Je ne sais pas de quoi ils parlaient, mais en fin de soirée sa femme en emmenait toujours un ou deux dans la pièce du fond où elle faisait les massages et on les entendait crier ou rigoler… Quand elle revenait du fond, elle s'asseyait sur les genoux du « vieux » qui lui sortait les seins de la blouse et qui la tripotait jusqu'à ce qu'elle ait les bouts durs et longs. Lui ça l'excitait de faire ça devant tout le monde. Il aurait sûrement pas fait ça avec ses filles de ferme… Mais c'était rien qu'une pute chinoise…

– À part vos saloperies avec la fille, vous faisiez quoi d'autre pendant ces réunions ?

– Moi je faisais rien comme saloperie… On organisait le travail… La plupart de ces autres Chinois qui venaient au local étaient les books de Chen ou ses convoyeurs d'argent. Le côté paris ne posait pas de problème parce que le Chinois avait déjà un système qui fonctionnait avec des courses de chevaux et des salles de jeux… Mais très vite, on s'est aperçus qu'on était incapables d'aligner plus de trois boxeurs potables… Et avec ce système, il nous fallait plus de trois gars…

– De quel système parlez-vous ?

– *Ag*, vous savez bien… On en a déjà parlé…

– Je voudrais que vous m'expliquiez mieux, monsieur Marais…

– Les types devaient se battre jusqu'au bout…

– Jusqu'au bout de quoi ? Un K.-O., c'est bien ça ?

– Un K.-O., *ja*… Plus qu'un K.-O… Un des deux boxeurs repartait les pieds devant, comme il avait dit… Et le gagnant revenait la semaine suivante… Vous savez bien…

– Je ne sais rien, c'est vous qui savez… Qui avait eu cette idée, monsieur Marais ?

– C'étaient les deux, Koos et Chen… Peut-être seulement Koos, comment j'aurais pu savoir…

– Que pensiez-vous de ce projet ?

– Que c'était dangereux…

– Pour les boxeurs, vous voulez dire ?

– Ben oui, pour les boxeurs, mais pour nous aussi…

– Quel était votre travail dans ce petit business ?

– Je devais trouver des boxeurs.

– Vous leur disiez la vérité quand vous les sélectionniez ?

– Non… Évidemment. Y seraient jamais venus…

Et Willie avait commencé à tirer des plans sur la meilleure façon de prospecter dans ces fameux townships noirs où il n'avait jamais mis les pieds de sa vie… Les deux hommes vivaient dans la petite maison d'Emmerentia comme dans une case de passage… Évidemment, le vieux Koos avait refusé qu'une bonniche noire vienne faire le ménage et la maison était dans un état de saleté indescriptible au moment où Willie avait posé son sac dans sa chambre. Si oom Koos refusait que des Noirs touchent à ses affaires, il ne voyait pas pour autant la nécessité de ranger son bordel ou de nettoyer sa crasse.

Koos Pistorius, Willie Marais et Chen s'étaient donc partagé le travail. Le « vieux » préparait l'organisation des tournois dans des entrepôts ou des garages désaffectés du Grand Johannesburg et supervisait l'organisation des combats ; Chen s'occupait des paris avec son réseau de books et de son côté Willie recrutait de jeunes boxeurs dans les salles de Soweto ou d'Alexandra. Le fermier s'était attelé à l'opération comme pour une action de commando. Il s'était procuré une carte de Soweto pour commencer et l'avait quadrillée en secteurs autour de la vingtaine de gymnases ou de salles d'entraînement miteuses que comptait la plus grosse ville noire du continent africain. Il avait ensuite repéré des points de repli au cas où les choses tourneraient mal pendant ses repérages, essentiellement des postes de police et des dispensaires médicaux. Une fois tout son plan d'action théorique sur le papier, Willie s'était enfin posé la question que se poseraient aussi des millions de Blancs en Afrique du Sud s'ils devaient aller à Soweto pour une raison ou une autre : « Mais, *Jessus*… comment on y va à Soweto ? C'est où exactement ? » Quelque part au sud de Joburg, d'accord, tout le monde savait ça, et encore… Willie Marais avait demandé à plusieurs personnes qui travaillaient ou vivaient dans le quartier, mais sans résultat pratique ; les voisins blancs l'avaient regardé comme s'il était devenu givré : « Mais comment voulez-vous que je sache mon vieux… » Il avait dû se résigner à poser du bout des lèvres la question à des « gens de couleur », y compris au vieux jardinier quasi-centenaire du voisin.

– C'est très facile, mon baas, si tu pars du centre de Johannesburg, tu suis Commissioner Street vers le sud, tu passes John Vorster Square et tu vas tout droit pendant un bon moment en laissant la vieille mine de Crown sur ta gauche… Tu peux pas te perdre, c'est après les terrils et la zone industrielle… Quand tu es là, tu peux pas manquer Soweto, tu verras… Mais tu peux aussi prendre le train en ville, ça va plus vite, et pour toi, mon baas, ce sera moins fatigant…

Willie se demandait si le vieux ne s'était pas foutu de lui… Mais il avait l'air sincère et plutôt disposé à rendre service. Le pauvre type, qui, de toute sa vie, n'avait jamais même osé rêver à la possibilité de s'acheter une auto ou un vélo, avait tellement souvent fait le chemin à pied quand il était plus jeune que tout ça était au fond resté pour lui le meilleur moyen d'aller à Soweto, une promenade de santé d'une dizaine de kilomètres dans la jungle urbaine et industrielle des carreaux de mine… Mais Willie, qui avait une voiture, lui, avait finalement retenu l'autre l'option, celle de l'autoroute N1 Sud, direction Bloemfontein, et de la sortie à Baragwanath Hospital… Mais, même ça, c'était déjà une aventure. Suivant son plan, il passerait la gare routière sur sa droite après l'hôpital Chris Hani, emprunterait la route de Potchefstroom et tournerait à droite à la hauteur de la route de Kliptown pour s'enfoncer dans le township. Tout avait l'air assez simple sur le papier. Sauf qu'il s'en faisait tout un monde…

Et ainsi Willie Marais était entré pour la toute première fois de sa vie dans un township noir, la trouille au ventre avec une carte d'état-major et un Beretta

9 mm dans la boîte à gants. Il lui restait à identifier quelques shebeens pas trop crades qui pourraient aussi, le cas échéant, lui servir de points de rencontre. Le jardinier d'Emmerentia lui avait parlé dans un afrikaans mâtiné de *fanagalo** du shebeen de Ma Prudence à Dube avec des yeux embués de larmes… Il lui avait aussi parlé des nuits entières passées à danser et à faire la fête en écoutant Samuel Tutu jouer du piano à l'époque où il était un jeune mineur, mais il lui avait bien dit aussi de faire très attention aux gangsters qui détroussent les pochetrons dans les rues noires et désertes lorsqu'ils rentrent à la maison… Ce bouge n'existait peut-être même plus, sans compter que Dube était à l'autre bout de la ville.

Zondi était fasciné par le témoignage naïf de ce Blanc ignorant et primitif qui lui décrivait le monde où il avait passé toute son enfance comme un cloaque sale et inquiétant, truffé de pièges et de bandes rivales alcooliques qui auraient passé leur temps à s'entre-égorger et à se dépouiller. Pour lui, Soweto avait toujours été « la maison » ; l'endroit où il y avait le sourire de son père et de sa mère, son école primaire et la boutique où il allait acheter du pain ou des petits sachets de thé quand sa mère l'envoyait faire les courses. Il y avait joué au ballon et il avait fait rouler un vieux pneu avec son bâton dans les rues poussiéreuses de cet « enfer » que lui décrivait Willie Marais. Il y avait même eu ses premiers émois amoureux avec Fikile qui était tellement douce qu'aujourd'hui encore, lorsqu'il pensait à elle, il pensait à un *jelly-bean* acidulé qui fondrait dans la bouche…

– Et pourquoi étiez-vous armé, monsieur Marais ?

– *Ag, man*… C'est ce que tout le monde disait… Qu'il valait mieux avoir une arme parce que ces gens vous sortaient un couteau comme ils vous auraient sorti une cigarette… On parlait même de « contrats » à cent rands pour voler un livret d'identité…

– Chez « ces gens », monsieur Marais, comme vous dites, c'est chez moi… Vous savez que je suis né à White City, pas très loin de cet endroit où vous avez rencontré M. Mboweni la première fois… Ma maison était une petite boîte en béton avec deux fenêtres, une porte et un toit peint en rouge. Mais vous n'avez pas dû faire attention, il y en a au moins trois cents, toutes pareilles dans ce quartier… C'est de mon village que tu parles, connard. Tu comprends ça ?

– C'est pas ce que je voulais dire, captain… Mais je connaissais personne là-bas et on raconte beaucoup de choses… J'étais, disons, sur mes gardes…

– Vous avez raison, on raconte beaucoup de choses… Continuez, sir… Comment avez-vous donc connu M. Mboweni ?

Zondi était confus de s'être emporté, mais il y avait des limites à la bêtise, même chez un con.

– Sa salle de boxe n'était pas très loin de Dobsonville, ça s'appelait la *Dobsonville Boxing Academy*, et elle était sur ma liste. Alors j'y suis allé, comme ça… Au flan, pour voir.

– Personne ne vous a posé de question ?

– Non.

– Les gens étaient hostiles ?

– Non, non, pas du tout…

– Vous vous sentiez mal à l'aise parce que vous étiez blanc ?

– Pas spécialement en fait… J'avais pas peur, en tout cas… Pas vraiment. Je faisais juste attention…

– Vous avez eu besoin de vous servir de votre arme ?

– Non, captain.

Willie Marais regardait le bout de ses chaussures. Il était penaud comme un gosse pris en flag' dans le placard à bonbons. Il se sentait même un peu ridicule. Zondi comprit ensuite que le rabatteur avait tous les défauts du monde mais qu'il n'était pas un fainéant ; une fois dans la place, il était allé très vite en besogne avec James Mboweni. Les « jeunes talents » qu'il avait pu recruter, après quelques semaines de préparation sommaire, se retrouvaient vite dans le gourbi réservé aux domestiques noirs de oom Pistorius dans sa maison d'Emmerentia. L'étape suivante, c'était le ring et, pour le moins chanceux des deux combattants, un grand sac-poubelle en plastique noir et un simple trou dans le veld sur la route de Krugersdorp… Oom Pistorius et Willie Marais ne s'embêtaient pas avec des veillées ou des oraisons funèbres… Le neveu de Pistorius s'occupait d'éliminer les cadavres ; c'était un débile sadique et vicieux mais qui se serait fait crucifier pour son oncle. Il prenait son job de « nettoyeur » au sérieux. Toute l'affaire était rondement menée. Ni le vieux Pistorius ni Marais n'avaient de temps à perdre avec des états d'âme ; chaque vendredi soir, plus de deux cents parieurs attendaient leurs gladiateurs et le Chinois empochait des paris de plus en plus élevés. Demétrius avait été leur plus belle bête de concours. Il avait tenu quatre semaines et avait mis en pièces quatre autres petits gars de Soweto. Oom Koos plombait leurs gants ; les boxeurs le découvraient au moment d'entrer dans les cordes et le public s'en doutait probablement. Jamais les gars n'auraient titubé de cette manière dans un combat à la loyale. Mais oom Koos souhaitait du sang et du spectacle et le Chinois voulait faire monter les enchères… Avec le grand Demétrius, c'était la première fois qu'un boxeur dépassait la deuxième semaine… Le public était hystérique.

– Demétrius avait évidemment vite compris dans quoi il avait mis les doigts… Mais il était devenu complètement fou ; il se croyait invincible et oom Koos jouait ce jeu aussi avec lui. Il le gonflait à bloc avant chaque combat ; il le bichonnait en lui faisant des repas spéciaux et les trois premiers soirs de la semaine la pute de Chen venait le masser et le tripoter. Demétrius en voulait plus avec la fille, mais elle disait qu'elle avait peur des Noirs et qu'elle voulait bien le branler mais qu'il était hors de question qu'il lui mette son gros truc noir dedans ou dans la bouche. À partir du mercredi, la fille ne venait plus du tout, c'était ceinture ; le gars était fou de rage et c'est justement ce que oom Koos avait prévu. Il voulait qu'il soit hargneux. Il lui disait que s'il gagnait elle reviendrait et qu'il lui ferait ce qu'il voulait et que la prochaine fois il l'obligerait à sucer… Demétrius n'était pas idiot… Il avait compris au deuxième match que ce n'étaient pas des combats normaux… Il avait évidemment pigé que le plus faible restait sur le tapis.

– Pourquoi acceptait-il de remonter sur le ring ? Il aurait pu devenir le plus faible à son tour et sortir les pieds devant, lui aussi…

– Je vous ai dit, il avait perdu les pédales, il était convaincu d'être un champion invincible et le « vieux » et le Chinois lui donnaient beaucoup d'argent…

– C'est-à-dire ?

– Je ne sais pas, mais pour le dernier combat sûrement plusieurs dizaines de milliers de rands… Il avait perdu la tête… Il parlait d'arrêter après la saison et d'aller à Las Vegas ou au Madison Square Garden… Oom Koos lui répétait qu'ils iraient ensemble. Des conneries ! Y'avait même pas de saison… C'était Koos et Chen qui décidaient de tout. Le gars avait pété un plomb, c'est tout…

Le juteux business avait brutalement tourné au vinaigre quand Willie Marais avait demandé une avance sur sa part des gains… Oom Koos et Chen lui avaient donné dix mille rands en lui expliquant simplement que cette somme couvrait la moitié de ce qui lui était dû et qu'ils feraient leurs comptes à la fin de la saison… Willie devint fou de rage, il touchait moins qu'un Noir ! L'altercation fut violente.

– Toujours cette putain de saison qui n'existait que dans leur tête pour nous entuber, les gars et moi… J'avais fait mes calculs, captain… Le Chinois et le « vieux » avaient encaissé plus de quatre cent mille rands net en deux mois… Rien que cette brute de Demétrius leur avait rapporté plus de trois cent mille rands en quatre combats… Je voyais bien le Chinois ranger le fric dans les caisses de la remorque… Ils me prenaient pour leur boy. Je m'attendais à ce qu'ils partagent avec moi, disons un tiers des gains, parce que je faisais le boulot le plus risqué. C'était quand même moi qui allais dans les townships…

– Pardonnez-moi, sir, mais les garages ou les entrepôts où vous emmeniez vos boxeurs étaient bien plus dangereux que les townships me semble-t-il…

– Ce n'est pas ce que je voulais dire, vous savez bien…

– Combien de boxeurs avez-vous fourni à Koos Pistorius et à Chen ?

– Une douzaine, peut-être un peu plus… J'ai oublié.

– Au fond, ce travail vous a donc rapporté dix mille rands en tout et pour tout… Moins de mille rands par boxeur assassiné. Et que s'est-il passé ensuite ?

– Le lendemain de notre engueulade, oom Koos a disparu avec l'argent et les boxeurs qui étaient installés à la maison, y compris Demétrius, pendant que j'allais acheter une bouteille de brandy, parce que je voulais reprendre la discussion gentiment autour d'un verre et essayer de le faire revenir sur sa décision… Je pouvais pas imaginer qu'il allait se tirer comme ça… Au moment où je suis sorti, il était vautré sur le canapé à regarder une cassette porno et à grogner comme un cochon pendant que la pute de Chen s'occupait de lui. Mais il a ramassé son sac vite fait avec les gars le temps que j'aille au *bottle-store* du coin, et il a filé… J'ai été en ville pour essayer de parler avec Chen, mais le gymnase et le salon de massage étaient fermés et personne ne savait où ils avaient pu partir… Je suis donc allé voir le « vieux » à Bethlehem quelques jours plus tard pour parler sérieusement et réclamer ma part et là il m'a tiré dessus avec son fusil au moment où je me garais dans sa cour. Il m'a dit que si je sortais de ma voiture il me foutrait une balle dans la tête et que, si j'allais voir la police, il dirait que tout ce machin, c'était mon idée…

– Qu'avez-vous fait ?

– Je suis rentré à Willemsburg.

– Et ensuite ?

– Comment ça ensuite ? *Jessus* ! Rien… Qu'est-ce que j'aurais pu faire ? Je suis rentré chez moi, baisé comme un bleu… J'allais pas aller à la police… C'est moi qui ai enterré tous les gars avec le neveu du « vieux »…

– Vous les enterriez où ?

– Quelque part dans le veld vers le nord…

– On aurait facilement pu les retrouver et les identifier…

– Avant de les charger dans ma voiture, Koos leur écrasait le visage avec une masse, mais le plus souvent les types étaient méconnaissables à cause des gnons du combat…

– Vous étiez présent quand il les mutilait ?

– Non, je voulais pas voir ça… De toute façon le gars était déjà mort, y sentait plus rien… Moi, je venais juste chercher le sac en plastique, on l'enroulait dans une couverture et on le balançait dans mon bakkie avec Freek…

– Qui est Freek ?

– Le neveu du « vieux », je vous l'ai déjà dit…

– Et c'était quoi son travail dans votre trafic ?

– Il était fossoyeur, rien de plus… Il creusait… Mais c'était un fou furieux.

– C'est-à-dire ?

– Il était devenu cinglé parce que sa femme avait été violée sous ses yeux par une bande de Noirs dans l'annexe où ils habitaient derrière la ferme de oom Pistorius. Les gars l'avaient attaché et il n'avait rien pu faire sinon entendre sa femme hurler et la voir se faire violer… Ensuite, un peu après, elle s'était pendue de honte en laissant un mot… Elle avait peur d'être enceinte. Et puis aussi, elle croyait qu'elle avait chopé le sida. Depuis ce jour-là, Freek pouvait plus voir les Noirs en peinture, évidemment… Franchement je peux comprendre.

– Je vous demande pas votre avis… Il en parlait ?

– Non, mais il aimait s'en prendre à des filles noires qu'on ramassait sur la route ; y'avait qu'un truc qui l'intéressait, c'était de les forcer à se déshabiller en leur promettant un billet de cinquante et de leur enfoncer un gros truc dans les fesses.

– Un gros truc, comme quoi ? Son sexe ?

– Non, jamais de la vie, il avait trop peur de se faire plomber. Il leur enfilait un manche de clef à molette ou son flingue et il le secouait en le faisant tourner… Il leur disait qu'il allait tirer.

– C'est dégueulasse…

– Non, y'en avait à qui ça plaisait vraiment ! C'était peut-être pour les cinquante rands… Je sais pas.

– Vous essaierez à C-Max…

– Quoi ?

– Non, rien… Bon, c'était un salopard… Et quoi encore ?

– Rien de spécial… Mais, par exemple il aimait bien brutaliser les cadavres ; il donnait des coups de pied dedans et des fois y pissait même dessus… Il disait tout le temps qu'on aurait dû les balancer au milieu de la ville ou de l'autoroute plutôt que de se fatiguer à les enterrer. Sans compter qu'y pensait que ça ferait un bon exemple et que ça donnerait une leçon à ce gouvernement de merde. Moi, j'osais rien dire parce que le « vieux » l'aimait bien ; je crois qu'il avait pitié de lui…

Willie Marais était lamentable et déconcertant de bêtise ou de lâcheté. Zondi pensa que le pauvre type était une fois de plus égal à lui-même : il n'avait rien compris à rien et s'était retrouvé aspiré dans le maelström des événements sans se poser la moindre question. Même en étant un bourreau, il s'était arrangé pour devenir une victime.

XIX

L'interrogatoire de Willie Marais se termina tard dans la nuit. Zondi était épuisé par ce jeu de piste sans fin alors qu'il ne lui restait plus qu'une journée avant l'apparition du prochain corps sans visage et que Bethlehem était à six heures de route au moins. Il y avait peu de chances pour que le vieux Koos, s'il existait encore, soit à la ferme ; s'il avait remis le couvert avec ses tournois et ses paris clandestins, il serait certainement en ville, mais sa tribu saurait sans doute où le trouver… Willie Marais avait localisé avec précision sur une carte la ferme où Koos Pistorius avait menacé de lui faire sauter le caisson. Il faudrait partir immédiatement, de préférence en avion. Zondi jugea néanmoins utile de demander à la police de Bloemfontein d'envoyer une équipe spéciale pour surveiller discrètement la maison de Pistorius et tenter d'identifier le nombre des occupants. Zondi ne voulait pas faire appel à la police de Bethlehem qui serait tentée de faire des difficultés en exigeant de savoir ce qui était reproché au vieux fermier avant d'intervenir.

Alors que lui et son adjoint étaient à l'aéroport militaire de Waterkloof et se préparaient à embarquer pour le Free State dans un des King Air* de surveillance de la SAPS, Zondi reçut un appel de l'inspecteur Johan Van Slabbert. Devant l'impossibilité d'observer la maison encaissée dans un vallon entouré d'arbres, sans prendre le risque d'être découvert, Van Slabbert décida d'entrer dans les lieux et de se rendre compte par lui-même. Avec un de ses constables, il se présenta à la ferme de Pistorius accompagné d'un « mouton », un auxiliaire de police noir déguisé en vagabond, ou plus précisément avec un Noir correspondant à l'idée que l'on se fait d'un vagabond dans un *dorp* * du Free State... Van Slabbert avait attifé le constable Ngumede avec des loques pouilleuses, lui avait sali le visage et lui avait recommandé de prendre un air « vicieux et sournois » en baragouinant dans un sabir incompréhensible. Ngumede joua son rôle à merveille en grinçant des dents, surtout quand Van Slabbert lui dit qu'il faisait plus vrai que nature... Les menottes et un soupçon de brutalité policière finissaient de lui donner l'air d'un coupable... Le jeune inspecteur eut l'idée de demander aux occupants de la maison de bien vouloir se prêter à l'identification d'un supposé voleur de bétail. Une vieille femme et deux plus jeunes habillées comme des paysannes du siècle passé, et peut-être même de celui d'avant, les reçurent et acceptèrent de bonne grâce d'être confrontées au suspect... Les deux policiers insistèrent alors pour voir le patron de la ferme afin de lui faire signer un affidavit attestant qu'il ne lui manquait pas de bêtes, mais les femmes répondirent en chœur qu'il était depuis plusieurs semaines à Pretoria pour affaires. À tout hasard, Van Slabbert demanda s'il y avait un autre homme à la maison ; les femmes déclarèrent que Koos Pistorius avait emmené son neveu Freek avec lui. Devant l'insistance de ces deux policiers si efficaces et qui avaient arrêté un de ces « maudits kaffirs toujours prêts à tuer des fermiers blancs », elles acceptèrent de donner le numéro du téléphone cellulaire de leur fils et mari…

Zondi venait de gagner plusieurs heures ; il se dit que cet inspecteur Van Slabbert avait pris des risques, mais qu'il méritait certainement de passer capitaine… Une course contre la montre était maintenant engagée ; les femmes avaient certainement prévenu leur seigneur et maître et celui-ci avait peut-être désormais quelques inquiétudes…

Le numéro de téléphone du « vieux » était un compte prépayé Vodacom * et il était impossible pour les policiers de retrouver l'identité de l'utilisateur. La carte à gratter avait pu être achetée en espèces par n'importe qui dans des milliers de boutiques possibles n'importe où dans tout le pays… On pourrait retrouver le vendeur avec les numéros de série et les bordereaux de livraison, mais le temps manquait. Zondi n'avait pas d'autre choix, dans un délai aussi court, que de faire donner l'artillerie lourde des services techniques de la SAPS. La police et les opérateurs téléphoniques devaient respecter un code de conduite et une série de procédures complexes avant de s'autoriser à violer la vie privée d'un client. Pourtant, il devenait urgent de mettre Pistorius sur écoute ou au moins de localiser la position de son téléphone mobile. Sur ordre direct du National Commissioner, vingt minutes après le rapport de l'inspecteur Van Slabbert, la ligne de Koos Pistorius fut placée sous surveillance électronique et révéla un trafic intense avec des sauts permanents de cellules entre Lynwood, Muckleneuk et Menlo Park. Visiblement Pistorius se déplaçait rapidement dans les quartiers de Pretoria Est. Mais le *District Attorney* ne voulut pas donner l'accord d'écouter et d'enregistrer les conversations avant d'avoir des éléments d'enquêtes plus substantiels. La SAPS devrait se contenter d'observer ses mouvements, et encore avec bien peu de précision, à quelques centaines de mètres près seulement en fonction des relais…

Zondi avait également décidé d'organiser une réunion de crise avec Double H. Si les combats clandestins et les paris avaient recommencé, il était possible que le « maître des jeux » en ait eu vent ou qu'il soit en mesure de remonter le réseau jusqu'aux books. Dès 7 h 00, le vendredi, les deux policiers se retrouvèrent dans un luxueux coffee shop de Brooklyn et choisirent la table la plus éloignée de l'entrée. Double H était obsédé par son anonymat. Il ne voulait pas courir le risque d'être vu en compagnie d'un flic et il préférait éviter les locaux de la *Serious & Violent Crime Unit*. En dix ans d'opérations, jamais sa couverture n'avait été éventée, mais c'était au prix d'une prudence qui frisait la paranoïa. Double H ne tenait pas à s'éterniser dans un lieu public ; la conversation se concentra sur l'essentiel.

– Si j'ai bien compris ton mémo, il n'y a jamais eu de poursuites après le combat de Demétrius auquel tu as assisté ? Ni même de complément d'enquête…

– Non… l'affaire a été classée. Chenvisuwat Piyaoui et Varaporn se sont évanouis dans la nature peu après le combat de Demétrius auquel j'ai assisté à Randburg. Apparemment ça a été le dernier de ce que tes gars appellent la « saison » et je n'ai pas d'autre piste. Le *Naja Club* et le salon de massage ont été abandonnés et j'ai définitivement perdu leur trace dans l'appartement de l'Oriental Plazza. Si tu te souviens de mon mémo ils ont déguerpi à toute vitesse comme s'ils avaient les flics au cul…

– Ce n'est pas les flics qu'ils avaient au cul, c'était Willie Marais qui voulait son fric et qui était prêt à les buter ou à balancer tout le monde… Il y avait quoi dans l'appartement du Chinois ?

– J'ai fait une perquis' à l'époque, mais ça n'a pas donné grand-chose à part les fringues de madame, de la lingerie et des chaussures genre pute, des stocks de cassettes pornos importées en fraude de Thaïlande, deux godemichés chinois en ivoire dans des boîtes en velours, tout un tas de factures sans intérêt et des relevés de comptes bancaires qui nous ont permis de les identifier formellement et de retrouver leur date d'entrée en Afrique du Sud. Ils ont probablement quitté le pays avec des faux passeports quelques mois plus tard à moins qu'ils ne soient restés ici. Les collègues de la *Fraud Unit* ont aussi essayé de remonter la filière en partant du garage, mais le propriétaire ne savait même pas que ses locaux avaient été utilisés cette nuit-là… C'est une bonne femme, un agent immobilier véreux de Morningside, qui louait au black pour des soirées en attendant d'avoir un vrai client. Et cette mémère ne savait évidemment pas à qui elle avait loué, en tout cas pas à un Chinois… Elle n'avait qu'un numéro de téléphone mobile qui était évidemment une carte prépayée. Tout ce qu'elle savait c'est qu'elle avait pris mille rands en liquide et qu'elle avait une peur bleue que les flics en parlent à son patron. Si elle avait su quelque chose, je suis certain qu'elle aurait parlé… On a été obligés de classer le dossier.

– Je crois que j'ai ton chaînon manquant… Chen s'occupait des paris. C'est probablement lui qui tenait la caisse dans la remorque grillagée dont tu m'as parlé. Mais il n'organisait pas les combats… Il ne connaissait même pas les boxeurs. Et c'est mon enquête actuelle sur les types découpés au scalpel qui m'a conduit quasiment par hasard jusqu'au gars qui recrutait les boxeurs et à celui qui organisait les tournois…

– Un rapport avec tes sept macchabées, à ton avis ?

– Pas encore certain, mais je crois que oui… Je sens que oui… Il y a un lien très mince avec une des victimes qui s'entraînait dans une salle de boxe de Wonderboom et qui participait visiblement à des combats qui lui étaient payés chaque vendredi soir en liquide. En deux mois, le type a déposé plus de cent mille rands sur son compte… Et je crois que le gars que nous avons identifié a recommencé à monter des combats… Je voudrais que tu essaies de trouver par qui il prend les paris aujourd'hui et où se passent les combats… À mon avis, les matchs sont truqués et un des adversaires est battu à mort… C'est le but du tournoi, comme dans le dôme de *Mad Max*, « deux rentrent, un seul sort… ». C'est ce que m'a dit le coach qui recrutait pour le réseau en 93… C'est lui qui avait engagé ce Demétrius que tu as vu combattre… Tu vois le lien.

– Je ne vois que deux ou trois books capables de travailler sur un truc aussi pourri… Laisse-moi une heure ou deux.

Assis auprès d'un opérateur, derrière un écran de surveillance de la salle d'opérations de la SAPS, l'adjoint de Zondi avait commencé à paniquer depuis une vingtaine de minutes ; Koos Pistorius continuait de téléphoner à la cadence d'un appel toutes les cinq minutes, mais son mobile sautait à nouveau de cellule en cellule. Parti de Menlo Park à l'est, le dernier relevé le situait maintenant près de Signal Hill, à l'ouest de la ville. La voiture de Pistorius se dirigeait de toute évidence vers la sortie de Pretoria. Quinze minutes plus tard, le mobile était accroché par la cellule du barrage de Hartebeespoort. Pistorius était déjà en pleine campagne et il continuait toujours vers le nord-ouest ; il remontait vers le Magaliesberg. Zondi n'avait même pas de signalement de véhicule et rien ne prouvait que Pistorius utilisait une seule voiture... Sauf si le « vieux » s'enfonçait vraiment profondément dans la brousse en dehors de la couverture des relais GSM, Zondi pourrait toujours le suivre à la trace radio à quelques centaines de mètres près, et plus il serait dans une zone rurale avec une faible densité d'habitations ou de bâtiments, plus il serait facile de le repérer ; mais il ne restait plus que quelques heures avant le combat du soir ; si toutefois l'instinct de Zondi ne le trompait pas...

En début d'après-midi, Double H lui confirma par téléphone qu'il avait pu remonter une piste grâce à un de ses books pourris de Centurion et qu'il y aurait bien un combat ce soir. Le hic c'était que les paris étaient fermés depuis midi. Le favori s'appelait « Sugar » et le match commencerait à 21 h 00. Mais parce que les paris étaient fermés, Double H n'avait pas pu obtenir l'adresse du match...

– Je cherche encore, boet, mais je ne suis pas très optimiste. Ces types savent ce qu'ils font et il n'y a pas de spectateurs gratuits pour se rincer l'œil... C'est une affaire de gros sous. Dès que les paris sont fermés, ils ne donnent plus d'indication sur le lieu... Si j'insiste trop, je vais avoir l'air louche et je ne pourrai pas tenter ma chance la semaine prochaine comme il me l'a proposé.

– À combien étaient les derniers enjeux ?

– Ça aussi, impossible de savoir. Si tu es dedans tu sais ce que tu as à savoir ; si tu n'es pas dedans, tu ne sais rien…

En fin de journée, Padayachee et son équipe étaient réunis dans la salle d'opérations. L'ambiance était morose. Double H n'avait rien trouvé de plus et ne pourrait revenir à la charge que dans cinq ou six jours. Pour couronner le tout, le téléphone mobile de Koos Pistorius était muet. Le service de surveillance l'avait perdu dans les alentours de Britts, une petite ville agricole du Magaliesberg. Le superintendant Padayachee avait demandé à la police de Britts de lui signaler un trafic anormal et d'établir la liste des garages ou hangars vides dans un rayon de cinq kilomètres. En vain. Le signalement de Koos Pistorius et son portrait-robot dressé avec l'aide de Willie Marais avaient également été faxés dans tous les commissariats de Pretoria, de Britts et des communes voisines. Mais plus personne n'y croyait. Rien ne permettait d'affirmer qu'il y avait réellement un lien entre les morts sans visage et le vieux Koos, ni même qu'il avait repris le collier. À 21 h 30 l'équipe déclara forfait et leva le camp après la conclusion du chef.

– Que nos deux affaires soient liées ou non, il devrait y avoir un nouveau combat la semaine prochaine et Double H pourra cette fois probablement être parmi les parieurs… Il aura donc l'adresse de la rencontre… En attendant…

– En théorie oui, chief, sauf si Koos Pistorius a été alerté par la visite de l'inspecteur Van Slabbert à sa ferme et qu'il a tout démonté dans la journée…

– C'est possible, mais seulement si Koos Pistorius est mouillé dans cette affaire… Et ce n'est encore qu'une supposition, capitaine. Mais qui que soit l'organisateur de cette merde, je ne crois pas qu'il puisse annuler un combat à la dernière minute, surtout pas après avoir annoncé que les paris étaient fermés et qu'il ait encaissé le pognon des joueurs. Double H l'aurait appris… La confirmation de toute cette théorie nous l'aurons hélas demain matin s'il y a un nouveau corps… Sous réserve, je le répète, que les affaires soient liées.

Zondi, une fois de plus, n'avait aucune envie de rentrer chez lui. Padayachee avait cette extraordinaire faculté de pouvoir fermer un dossier en même temps que la porte de son bureau. En rentrant chez lui, il retrouvait son cocon, ses chaînes de télé indiennes incompréhensibles truffées de démons pailletés, sa famille et sa femme en sari jaune qui était un super cordon-bleu. Quant à ses deux adjoints, aussi fous que des jeunes chiens toujours en rut, il préférait ne pas savoir à quoi ils passaient leurs soirées… Zondi n'était jamais parvenu à séparer le boulot de sa vie privée ; il n'avait qu'une vie dans laquelle tout s'entassait en vrac. Il ne voyait vraiment pas comment il pourrait rentrer à la maison et regarder un film avec Lina et les enfants alors que Numéro Huit était vraisemblablement en train de se faire assassiner quelque part dans les environs à grands coups de gants de boxe ferrés dans la gueule. Il passa la nuit dans la maison du Père Titus à Atteridgeville qui était bien le seul endroit au monde où on lui foutrait la paix.

Le lendemain matin à 7 h 30, les craintes de Padayachee étaient confirmées ; un huitième Noir nu, athlétique et sans visage était découvert pendu le long du mur à la rambarde du barrage de Hartebeespoort, à une vingtaine de minutes de route du point où le téléphone mobile de Koos Pistorius avait été capté pour la dernière fois. Les premiers examens du FSL confirmaient que la victime avait été brutalisée et que son corps présentait les marques habituelles d'hématomes et d'abrasion.

Le lien entre les deux affaires n'était toujours pas formellement établi, mais Zondi avait maintenant l'intime conviction que Koos Pistorius avait repris du service, à supposer qu'il eût jamais arrêté… Zondi consacra le reste du week-end et la semaine suivante à tenter de vérifier sa théorie… La ferme de Koos Pistorius avait été maintenue sous surveillance. Mais le « vieux » ne s'y manifesta pas. Avec l'accord du DPP cette fois, le téléphone fixe avait été mis sur écoute, mais les femmes ne reçurent guère plus de trois ou quatre appels sans intérêt de fournisseurs du coin. Dès le samedi matin, le téléphone mobile de Pistorius réapparut sur le réseau GSM sur un relais de Menlo Park. Le « vieux » était revenu à son point de départ. Pendant le reste du week-end, ses mouvements s'inscrivirent dans un grand triangle entre le stade de Loftus, Menlo Park et Brooklyn. Le « vieux » faisait paisiblement ses courses dans des galeries marchandes et se payait même, semblait-il, le plaisir d'aller voir un match de rugby… Il était peut-être même allé assister à un service religieux. Les conversations écoutées aussi avec l'accord du DPP étaient toutes aussi peu intéressantes que celles de ses femmes, et toutes avec d'autres mobiles dont les propriétaires ne pouvaient pas être identifiés. Un plombier confirmait qu'il avait réparé la chasse d'eau, et une petite à l'accent swazi lui confirmait qu'elle était bien son « bébé en chocolat » et qu'elle viendrait le voir la semaine prochaine s'il était sage pour lui faire des trucs et des machins…

Koos Pistorius n'aimait pas que des Noirs touchent ses affaires mais il faisait visiblement une exception pour certaines d'entre elles… À 17 h 00, le dimanche, le téléphone disparut du réseau pour ne plus y apparaître. Visiblement le vieux Koos avait changé de numéro. Il faudrait renvoyer l'inspecteur Van Slabbert à la ferme et qu'il trouve un moyen d'extorquer le nouveau.

James Mboweni avait demandé dès le lundi sa mise en liberté sous caution, mais le juge l'avait refusée tant que Koos Pistorius n'était pas appréhendé. Willie Marais, de son côté, n'avait rien demandé, il se comportait comme si sa détention était juste, définitive et méritée ; tenter d'intervenir sur son destin lui apparaissait comme un comportement d'une audace insensée. Zondi l'avait revu deux fois dans sa cellule, mais le fermier accablé avait été vidé du peu qu'il savait ; il ne voulait plus parler et avait demandé une Bible. Il était sec ; Koos Pistorius s'était servi de lui aussi longtemps que possible mais ne lui avait jamais rien confié de son *modus operandi*. Et Willie Marais n'avait jamais rencontré personne d'autre que le book chinois et sa masseuse.

La semaine ne fut rien de plus qu'une longue attente perdue à réexaminer les rapports du légiste et à s'assurer que les traumatismes auraient pu venir de coups portés lors d'un combat de boxe. Le Dr Van Zyl n'avait pas été formel mais c'était une possibilité parmi d'autres qui n'expliquait toutefois pas les abrasions profondes. Le vendredi à 14 h 00, Double H avait donné rendez-vous à Zondi dans un hôtel de Centurion, une banlieue au sud de Pretoria. C'est ce moment que choisit sa Golf pour tomber en carafe sur le Ben Schoeman Highway…

XX

Zondi attendit plus d'une heure que Double H vienne le récupérer au bord de l'autoroute. Fidèle à son habitude, la taupe de la *Fraud Unit* avait rasé les murs depuis Centurion ; le policier avait pris le chemin de M. Tout-le-monde en contournant laborieusement les interminables échangeurs et en s'arrêtant docilement à tous les *robots* * ; il s'était évidemment refusé à utiliser un gyrophare ou une sirène pour traverser les embouteillages ! Et Zondi l'attendait en pestant et en piaffant, obsédé par l'heure qui tournait. L'inspecteur des jeux était pourtant pressé de lui faire son compte-rendu ; il avait du nouveau… Et du bon…

Double H expliqua finalement que tout s'était joué entre jeudi soir et ce matin ; son book véreux de Centurion l'avait finalement prévenu. Il y aurait un combat le soir même à 21 h 00 et Double H avait tout de suite décidé de miser sur un des boxeurs afin d'obtenir les renseignements dont Zondi avait besoin. Les spectateurs qui avaient engagé un pari recevraient un SMS deux heures avant le coup de gong sur leurs téléphones mobiles pour leur indiquer les points de ramassage qui se situeraient dans le centre-ville et autour de Pretoria. Les enjeux étaient montés à cinq mille rands, et le favori de ce soir était toujours « Sugar » qui devenait, semblait-il, l'étoile montante du circuit. Le malheureux gladiateur avait survécu au combat de la semaine précédente et reprenait la direction de la boucherie. Zondi en avait conclu que Koos Pistorius ne soupçonnait pas qu'il était sous surveillance, à supposer bien sûr qu'il soit le cerveau de toute cette abominable saloperie…

En quelques heures, la *Serious & Violent Crime Unit* avait mis en place un dispositif policier qui aurait tout aussi bien pu neutraliser une tentative de coup d'État. Le commando d'intervention de Padayachee et Zondi n'attendaient que ce foutu SMS du book… Un hélicoptère Rooivalk emprunté à l'armée de l'air avec son système de détection infrarouge était prêt à décoller de la base aérienne de Waterkloof et plus de cinquante policiers avaient été mis en état d'alerte, tous équipés de gilets pare-balles en kevlar et pour certains de lunettes de vision nocturne à amplification de lumière. Les véhicules, moteur au ralenti, ronronnaient dans un *caravan-park* pouilleux et discret le long de Zambezi Drive, et dix maîtres chiens cajolaient leurs monstres grondant dans un enclos de la brigade cynophile ; tout le monde attendait avec impatience de pouvoir boucler le périmètre de l'opération. Comme prévu, Double H reçut son texto à 19 h 00. Le point de rendez-vous de son groupe était un parking public couvert de Hattfield, dans le centre de Pretoria. Les participants devaient entrer avec leur voiture après avoir pris un ticket, la garer à un emplacement libre en s'assurant qu'ils ne gênaient personne pour ne pas se faire remarquer et se regrouper vers les caisses automatiques où les attendrait un convoyeur.

Zondi avait renoncé à attacher un émetteur sur Double H lorsque ce dernier avait poussé des hauts cris et juré qu'il annulerait sans scrupules la mission si on l'obligeait à porter ce truc ou si on lui demandait de tenter de coller une pastille émettrice sous le camion de ramassage. Rien ne prouvait en effet que Koos Pistorius n'ait pas imposé une fouille à corps des participants avant de les laisser approcher du véhicule de ramassage. Le groupe de Double H qui piétinait devant les automates des caisses était déjà de joyeuse humeur ; les lascars avaient dû se chauffer dans un pub du quartier. L'attente ne dura pas plus de cinq minutes et le convoyeur emmena les vingt-quatre spectateurs. Le véhicule garé dans le parking était un fourgon sans fenêtre, équipé de banquettes comme un vulgaire kombi, avec une cloison opaque entre la cabine du conducteur et les passagers. Double H saisit en paniquant qu'il ne pourrait pas voir où on les conduisait, ce qui n'inquiétait apparemment personne et semblait être une habitude pour les autres passagers. Il y avait une glacière pleine de bières dans le fourgon et la bamboula commença sitôt le véhicule sorti du parking.

Après un peu plus d'une heure de route, le fourgon s'arrêta dans l'obscurité au milieu d'un paysage de brousse vallonnée. Une dizaine de camionnettes étaient déjà garées sous un abri en toile camouflée tendue entre des acacias. Dans la lumière du clair de lune, des gardes en chemise kaki guidaient les participants vers une route en pierre. Double H nota que ce chemin ressemblait à un remblai de voie de chemin de fer dont on aurait retiré les traverses et les rails. Et de fait, à quelques dizaines de mètres devant eux s'ouvrait la bouche béante et noire d'un tunnel d'où résonnait un vacarme assourdissant. Le groupe de Double H s'enfonça dans le boyau. À quelques mètres de l'entrée, occulté par un grand calicot de toile de tente qui obturait l'ouverture, les marcheurs découvrirent un ring illuminé planté au milieu du tunnel et près de deux cents spectateurs excités comme des singes qui s'agglutinaient contre les cordes et attendaient le début des festivités en descendant des canettes de bière. Dans un renfoncement technique autrefois utilisé pour stocker du matériel ou des instruments de signalisation ferroviaire, Double H aperçut une remorque grillagée dans laquelle trônait un Chinois, paisible et indifférent à l'agitation.

À 21 h 00, un vieux bonhomme poussif et rougeaud avec une trogne d'alcoolique, ficelé dans un smoking noir qui lui allait comme un uniforme de pompier à un gorille, grimpait sur le ring en écrasant les cordes inférieures d'un pied et en se glissant dans l'intervalle sous la lumière crue des lampes au sodium scellées dans la maçonnerie de la voûte. Le maître de cérémonie était le portrait craché du Koos Pistorius décrit par Willie Marais. Le capitaine Zondi avait fermé sa boucle… Le Chinois et oom Koos qui jouait à nouveau le rôle de sa vie ; tout devait être comme il l'avait vu à la télé au Madison Square Garden… Les spectateurs avaient fait silence pendant qu'un micro descendait du plafond du tunnel au bout d'un câble. Le vieux salopard de truand leva une main impérieuse comme un prophète et commença son cirque en afrikaans.

– Bonsoir, mes amis… Merci pour votre patience… Je sais que ce n'est pas agréable de venir dans ces conditions… Mais vous allez vivre un grand moment de boxe… Une grande soirée en perspective ! Avec un combat exceptionnel dans la catégorie poids moyen. Nous accueillons ce soir pour un match en douze reprises maximum, à ma gauche, notre champion avec deux victoires dans la saison, Josuha « Sugar » Masondo, soixante-douze kilos et trente grammes à la pesée… Regardez comme il fait peur !

Sugar, enveloppé dans son peignoir rouge sang était en train d'apparaître comme un fantôme dans l'obscurité à l'autre bout du tunnel. Un large capuchon aux reflets moirés retombait sur son visage. Le champion de Koos Pistorius s'avançait en sautillant comme pour finir de s'échauffer. Il lançait des regards haineux sur le public et sur le ring. Les spectateurs surexcités applaudissaient en hurlant « Sugar, Sugar… ».

Oom Koos laissa la salle se chauffer à blanc toute seule avant de reprendre son laïus pendant que le challenger de Sugar entrait dans le tunnel à son tour. Il portait le peignoir noir et argent des débutants… Combien étaient-ils les malheureux qui ne l'avaient porté qu'un seul soir, pensa Double H…

– Et à ma droite, Pete Mahamba, soixante et onze kilos et quatre-vingts grammes ! À Soweto, on l'appelle le « Boucher de Diepkloof ». Il est nouveau dans le circuit et il est gaucher… Mais, croyez-moi, mes amis, il sait cogner. Ils sont à vous pour la soirée. Serrez-vous la main les gars et que le meilleur gagne ! Mais attention, on ne joue pas aux points ce soir… L'arbitre ne compte que les K.-O. ! C'est parti !

Au coup de gong, Double H eut un serrement de cœur et une furieuse envie de vomir. Comme toujours dans ce genre de descente, c'était sur lui seulement que reposerait le déclenchement du signal. Mais il y avait quand même moins de risque à faire tomber un tripot ou un claque… Cette fois, il devrait alerter Padayachee au bon moment, ni trop tôt ni trop tard. Le combat devrait être assez avancé pour établir que Sugar ou Pete Mahamba boxaient pour tuer et que

Koos Pistorius était leur complice, tout comme les quelque deux cents spectateurs du tunnel. Les deux boxeurs avaient avalé leur protège-dents. Oom Koos avait enlevé sa veste et enfilé des gants blancs pour tenir le second grand rôle de sa vie, celui de l'arbitre pendant que les deux boxeurs en furie bondissaient de leur coin. La violence des premiers directs laissa Double H pantois ; Sugar avait commencé à démonter la tête de l'autre gars en lui tournant autour avec une vélocité incroyable. Les spectateurs, déjà bien imbibés de bière ou de brandy, étaient dans un état de transe collective. Du coin de l'œil, Double H observa la scène, Pistorius s'agitait autour du ring en gueulant équitablement des encouragements à ses deux boxeurs ; il n'avait pas de favori et il se foutait bien de savoir lequel des deux allait se faire démolir. Tout ce qu'il voulait, c'était du spectacle… Dans le renfoncement, le Chinois avait verrouillé la porte de sa cage alors qu'il commençait à ouvrir une cantine en métal débordante de biffetons.

Moins d'une heure auparavant, partant du parking d'Hattfield Zondi et son dispositif de poursuite avaient pris en chasse le fourgon où s'était embarqué Double H. Plusieurs véhicules banalisés s'étaient relayés pour ne pas attirer l'attention du conducteur. Celui-ci s'était engagé directement sur la route de Cullinan en direction de Witbank. Visiblement il cherchait à éviter l'autoroute et les cabines de péage où son bizarre fourgon fermé bourré de fêtards en train de brailler ne pourrait qu'attirer l'attention. À Balmoral, le camion avait quitté la route nationale et s'était enfoncé sur des routes de traverse de plus en plus étroites jusqu'à s'immobiliser devant un double grillage verrouillé par une chaîne et un cadenas. Le dernier véhicule de la SAPS avait abandonné la filature bien avant les petites routes pour ne pas devenir trop visible. L'équipage avait envoyé par SMS la dernière position affichée par le GPS ainsi que la direction du fourgon au pilote de l'hélicoptère qui tournait au-dessus de Bronkhorstpruit. En quelques minutes, le Rooivalk avait fait la jonction et le fourgon était repéré par le viseur infrarouge du lieutenant Burger. La camionnette progressait lentement, tous feux éteints, sur une étroite route privée faite de caillasse au milieu d'un ancien domaine minier. Le pilote avait repris de l'altitude sitôt sa cible identifiée. Dans le tunnel, la fiesta avait déjà commencé...

Le superintendant Padayachee commanda l'approche lente des véhicules de transport de troupes dont le convoi venait d'atteindre Balmoral. Enfermés dans un camion PC mobile de la SAPS, Zondi et une équipe d'ingénieurs des ponts et chaussées du Gauteng qui avaient été réquisitionnés fouillaient nerveusement dans une pile de cartes d'état-major récentes et plus anciennes de la région. À 21 h 30, Padayachee rappela l'hélicoptère qui risquait d'être repéré et le positionna au-dessus de Balmoral. Les ingénieurs avaient enfin localisé le tronçon de route empierré emprunté par le fourgon. Il y avait une patte d'oie cinq kilomètres au-delà du point où l'hélico avait décroché. Un des embranchements conduisait à une mine à ciel ouvert qui n'était plus exploitée depuis plus de vingt ans, et l'autre aboutissait, six kilomètres plus loin, à une autre mine également désaffectée et à un petit entrepôt ferroviaire où la compagnie minière entreposait ses wagons minéraliers. La *Eastern Transvaal Coal Corp.* avait construit son embranchement et sa propre ligne de voie ferrée privée plus de quarante ans auparavant pour se raccorder au réseau national et évacuer le charbon extrait dans cette petite vallée encaissée. Tout ce réseau privé était tombé en déshérence depuis près de vingt ans, avait confirmé un des ingénieurs. Oom Koos avait dû fouiner pendant des mois avant de trouver un sanctuaire aussi bien protégé ; il devait avoir des copains anciens cheminots chez *Spoornet*…

Dans le tunnel, le gong avait déjà résonné deux fois. Les gladiateurs entamaient leur troisième reprise. Ils avaient le visage, le torse et les bras en sang. Non seulement leurs gants étaient plombés, mais le cuir était entouré de bandelettes tapissées de brisures de verre. Double H se souvint que, lors de son enquête avortée dix ans plus tôt, un spécialiste de la boxe thaïe lui avait expliqué que c'était une pratique courante dans certains combats de la mafia en Thaïlande d'enrouler les poings des boxeurs avec des bandes de tissu imbibées de colle et roulées dans du verre pilé… Le tapis du ring était maculé d'épaisses traînées de sang et les deux pauvres types tombaient à tour de rôle comme des chevaux qui viennent de prendre un coup de merlin entre les yeux. Impitoyable, l'arbitre les forçait à se relever. Le malheureux Pete était en permanence sur la défensive et il dépensait le peu d'énergie vitale qui lui restait à contrer de sa droite les crochets du gauche vindicatif de Sugar. Le public scandait le nom du « Boucher de Diepkloof » en tendant le pouce vers le bas. C'était le commencement de la fin et même si Pete avait encore pu tenir sur ses cannes, il lui aurait toujours manqué au moins dix centimètres d'allonge pour faire vraiment mal à son adversaire… La mise à mort avait commencé. Double H décida d'appuyer sur la touche envoi de son téléphone enfoui au fond de sa poche. Le signal tellement attendu de l'autre côté sauta de relais en relais…

Sitôt le SMS reçu, à 21 h 20, le superintendant déclencha le grand cirque. Il ordonna pour commencer le repérage final du site par hélicoptère. En survolant la première mine désaffectée, le lieutenant Kruger constata qu'elle était vide. Le pilote survola la route de droite pour se diriger vers le dépôt de la *Eastern Transvaal Coal Corp.* À trois kilomètres des hangars que leur avait annoncés l'équipe des ingénieurs au sol, une koppie d'une cinquantaine de mètres de hauteur se dressait entre l'hélico et les bâtiments de la gare. Au pied de la colline, le viseur infrarouge du lieutenant Kruger venait de détecter une dizaine de points de chaleur. Sur l'autre versant et dans la vallée, il n'observa aucune signature thermique. Les véhicules n'étaient pas visibles à l'œil nu, à cause de la végétation et de l'obscurité, mais les points chauds étaient clairs et précis dans le viseur : douze moteurs encore tièdes.

Moins d'une minute après le rappel du Rooivalk, le superintendant lançait l'assaut. Les ingénieurs des ponts et chaussées avaient identifié la colline ; le tracé de l'ancienne voie de chemin de fer passait dessous, de part en part ; à cause de la topographie, la *Eastern Transvaal Coal Corp.* avait dû percer un petit tunnel d'une trentaine de mètres pour atteindre son bassin minier de l'autre côté, dans la cuvette.

Les transports de troupe qui suivaient l'hélico au sol butèrent d'abord sur une barrière métallique verrouillée par un cadenas qu'un constable fit sauter d'un coup de barre à mine, et deux minutes plus tard le convoi se trouvait à la patte d'oie. Le tunnel était à moins de deux kilomètres sur la droite. Zondi décida de ne pas perdre de temps et de parcourir la distance à la vitesse maximale avec ses camions afin de déployer ses hommes à l'entrée sud du tunnel pendant que le Rooivalk allait se poster à l'entrée nord. Les spectateurs et la petite bande de oom Koos ne tenteraient probablement pas une sortie en direction de la gare désaffectée où ils n'avaient aucun moyen de transport ; ce serait une souricière. Deux autres minutes plus tard, les chiens policiers et leurs maîtres neutralisaient les deux gardes en faction sur la route en pierre à l'entrée du tunnel et bouclaient le parking abrité sous des toiles de parachute camouflées. Un autre groupe posait des chevaux de frise sur la route pendant que Zondi se préparait à entrer avec un peloton de policiers harnachés comme pour une opération antiterroriste.

Sous la voûte du tunnel, le carnage battait son plein. Double H observa un type affolé qui se précipitait en courant en direction du « vieux » et qui essayait d'attirer son attention ; visiblement un des gardes qui tentait de donner l'alerte. Double H respira un grand coup ; l'assaut avait probablement commencé. Mais oom Koos était en transe lui aussi et plus rien ne l'intéressait que le sang qui coulait sur le tapis. Sugar, déchaîné comme une hyène à la curée, tapait comme un marteau-piqueur pneumatique. Le malheureux « Boucher de Diepkloof » était à genoux, couvert de sang ; il ne parvenait même plus à esquiver les coups et ses bras étaient misérablement levés et serrés de chaque côté de ses oreilles. Oom Koos avait fait deux pas en arrière et, agrippé aux cordes, attendait le dénouement. Le public hurlait et le « vieux » s'époumonait dans sa sono.

– C'est la fin mes amis… C'est la fin ! Il ne se relève pas… Il ne se relèvera plus. Ah, quel beau match, mes amis ! Quel beau combat ! Encore deux minutes, je dirais… Oui, deux minutes… Peut-être même pas ! On attend le K.-O…

Double H était désemparé – ce type allait mourir sous ses yeux – et ne comprenait pas pourquoi Zondi et ses hommes n'étaient pas encore dans le tunnel quand, tout d'un coup, il entendit plusieurs rafales d'armes automatiques. Enfin…

L'avant-garde des policiers de Zondi avait commencé à tirer. La première moitié du chargeur était bourrée à blanc, mais au moins dix gars avaient tiré en même temps. Les détonations avaient couvert la fureur des spectateurs. Instantanément oom Koos s'était arrêté de brailler dans son micro et cherchait dans la lumière crue l'origine de l'incident. Le public était pétrifié. Sugar cherchait désespérément du regard les yeux du « vieux ». Il tenait à peine debout et se demandait s'il devait achever son challenger qui venait de s'abattre lourdement face contre le tapis ensanglanté. Zondi venait de hurler dans son mégaphone :

– Police ! Vous êtes tous en état d'arrestation ! Le tunnel est fermé aux deux extrémités. N'essayez pas de résister ou de partir. Je répète, que personne ne bouge ou nous ouvrons le feu. Asseyez-vous tous immédiatement par terre, mains sur la tête. Première sommation.

Et il tira dans le silence une rafale dans le plafond qui s'effrita. Il avait tiré ses dernières balles à blanc et les munitions réelles venaient juste de monter dans le canon… Il mourait d'envie de s'en servir contre la bande de pourritures qu'il avait sous les yeux. Dans ces moments-là, il pensait au Père Titus pour trouver la force de rester un bon flic et ne pas devenir l'ange de l'Apocalypse. En quelques secondes, le public s'était dégrisé et les quelque deux cents spectateurs s'étaient écroulés sur le sol, anéantis par la stupeur. Deux médecins escortés de policiers casqués s'étaient jetés sur le ring et tentaient de ranimer le gosse de Diepkloof pendant que leur escorte ceinturait Sugar qui ne valait guère mieux que son adversaire. Le vieux Koos aussi avait été forcé de s'allonger sur le tapis et Zondi, qui avait bondi sur le ring, prenait un malin plaisir à lui frotter le nez dans le sang de ses victimes…

ÉPILOGUE

Le matin suivant, Zondi attendit avec angoisse de savoir si un huitième corps sans visage avait été découvert quelque part dans Pretoria. Il n'y en eut pas... Le dossier semblait bouclé, pourtant Zondi eut le sentiment d'être descendu encore un peu plus bas dans les abysses de la méchanceté humaine.

Rarement dans sa carrière Zondi avait rencontré une ordure comme Koos Pistorius. Pendant toute la durée des interrogatoires, le type ricana et refusa de parler. Pendant la première audition, il n'ouvrit la bouche qu'une seule fois, pour cracher aux pieds de Zondi, et il ne desserra plus jamais les dents, se contentant de fixer tous les policiers et tous les magistrats de son regard clair, supérieur et arrogant. Même son avocat ne put lui arracher une parole. Le « vieux » accepta seulement d'écrire sur un morceau de papier : « Pour la mort d'un kaffir, je n'ai de comptes à rendre qu'à Dieu. Allez-vous faire foutre... »

Au nombre des spectateurs appréhendés dans le tunnel, quelques-uns seulement furent inculpés et incarcérés. La plupart des parieurs affirmèrent qu'ils n'avaient jamais été informés que la rencontre était un combat à mort... Ils n'avaient même jamais rencontré les organisateurs ; le nom de Koos Pistorius leur était totalement inconnu. Tous reconnurent sans difficulté être venus pour jouer et tous, pour ainsi dire, s'en tirèrent avec une condamnation pour infraction à la législation sur les jeux de hasard… Quelques-uns, dont le témoignage lors de la première audition avait été maladroit ou ambigu ou qui avaient de moins bons avocats que les autres, se firent condamner pour non-assistance à personne en danger et la peine fut d'autant plus légère que Pete, le gamin de Diepkloof, survécut à ses blessures, tout comme Sugar que le DPP décida finalement de faire interner dans un établissement psychiatrique avant de l'interroger. Zondi ne parvint jamais à établir que les parieurs étaient des habitués et qu'ils avaient pu participer à d'autres combats ayant entraîné la mort d'autres boxeurs avec leur complicité passive ou active ; Koos Pistorius ni les books ne gardaient aucune archive sur leurs clients. Tous mentaient, de toute évidence… Le DPP décida de maintenir Koos Pistorius en détention jusqu'à ce que Sugar puisse être interrogé. Il avait bien assez de charges contre lui pour le faire moisir en prison jusqu'à la fin de ses jours.

Freek, le neveu du « vieux », se révéla en revanche très loquace ; il jubilait de pouvoir clamer sa haine et sa rancœur contre les policiers ou contre le reste du monde. Ses propos exaltés confirmaient le témoignage de Willie Marais ; le gamin était complètement maboul et n'avait toujours pas digéré le viol de sa femme Marike, et évidemment encore moins son suicide. Il haïssait la terre entière : « Les Noirs vicieux et pourris jusqu'à l'os, les flics vendus et ce Président incapable… » Il reconnut sans difficulté que son travail consistait simplement à nettoyer les cadavres après que son oncle en avait terminé avec les mutilations et enfin à se débarrasser des corps. Il avoua à Zondi que s'il avait pu leur arracher la gueule lui-même il l'aurait fait avec plaisir mais jamais, hélas, oom Koos ne lui avait laissé le soin d'éliminer les indices ; il tenait à taillader les doigts et les visages lui-même, sans un mot ni un haut-le-cœur, avant de balancer les morceaux des victimes dans un feu. Freek se plaignit amèrement aux policiers qu'on ne lui laissait rien faire d'amusant dans l'Organisation ; « il ne lui revenait que le sale boulot... » Il avait fini par en avoir marre de récurer les gars au Déthol et il n'avait jamais vu l'intérêt de « se casser le cul à creuser un trou pour ces chiens de violeurs... ». Alors, il avait commencé discrètement à en balancer un dans un township, puis un autre dans une poubelle, « histoire de s'amuser un peu et de montrer aux flics que les Blancs aussi pouvaient encore casser du Nègre sans se faire prendre ». Son oncle l'engueulait à chaque fois en lui demandant à quoi ça pouvait bien lui servir de « prendre des risques pareils pour cette bande de négros au lieu de les foutre dans un trou ou dans un terrain vague, comme avant ». Et à chaque fois, Freek lui disait qu'il s'en fichait parce que ce n'était pas lui qui les avait tués et que ça le défoulait de faire comme ça... Freek avait encore plein d'autres « bonnes idées » ; si les combats avaient continué, le prochain Noir sans visage aurait fini sa nuit dans le hall d'un célèbre pensionnat de jeunes filles de Pretoria pendu par la bite au lustre... C'était une minable vengeance, à la mesure d'un pauvre type désaxé.

Mais Zondi voulait vraiment tout comprendre ; pas seulement l'enchaînement des faits, mais aussi les raisons. Il voulait savoir pourquoi et comment le « vieux », après les matchs, s'acharnait sur ses victimes. Il voulait comprendre comment ce vieil abruti dégénéré qui était assez con pour croire qu'il pouvait réveiller un mort avait été capable de remonter tout seul, de sa ferme de Bethlehem, cette affaire de gladiateurs et d'engranger des paris aussi énormes ; il y avait près d'un million de rands dans la remorque grillagée du tunnel ! Le Chinois qui tenait la caisse n'était qu'un lointain neveu du hareng précédant et son boulot se limitait à organiser les paris. Il expliqua que, de sa cage derrière le public, il ne voyait même pas le match et qu'il quittait toujours les lieux avant les organisateurs pour des raisons de sécurité, à cause de l'argent. Il arrivait le dernier, il partait le premier une fois les gains payés ; « mon patron ne voulait pas que je traîne avec tout ce fric au milieu d'une bande de types bourrés et hystériques ». Il ne connaissait même pas les boxeurs. Le type mentait, comme les autres, mais le DPP ne parvint à retenir contre lui que des charges relatives à la violation des lois sur les jeux.

Pete Mahamba, lui, se souvenait d'une seule chose : ce que oom Koos lui avait dit avant de monter sur le ring.

– Si tu bats Sugar ce soir, je te donnerai cinq cents rands… Et si tu bats encore un autre boxeur la semaine prochaine tu auras mille rands. Dans quelques semaines, si tu mets tous tes adversaires K.-O. tu auras presque un million de rands pour toi tout seul, petit. Mais si c'est toi qui es K.-O. ce soir, je te préviens, je te couperai les doigts un par un et je t'arracherai la gueule et Freek te balancera dans une poubelle… Même ta mère ne pourra pas te reconnaître…

Et oom Koos, avec un grand sourire méchant, avait agité un long couteau très fin et brillant devant son visage en faisant glisser la lame froide sur son nez et ses oreilles. Le gamin se souvenait aussi que Sugar, assis à côté d'eux, rigolait d'un air menaçant en les regardant et qu'il passait son index sur sa gorge d'un mouvement rapide en le fixant... Pete Mahamba, soixante et onze kilos et quatre-vingts grammes était devenu pour son premier combat le « Boucher de Diepkloof » ; un pauvre gars miséreux mais costaud qui n'avait plus pensé qu'à ce million de rands et à ce long couteau effleurant sa bouche...

Le soir même de son premier combat, Pete Mahamba avait aussi découvert les plaques d'acier qui lestaient ses gants et les tessons de verre collés sur le cuir qui arrachaient la peau par pans entiers, et il avait vu le public enragé ; mais il était trop tard pour reculer et il voulait son million dans six semaines, sans compter qu'il était plus jeune et plus fort que Sugar. Il le voulait de cette façon-là, son million, parce qu'il savait bien qu'il n'avait aucun moyen de le gagner autrement...

Josuha « Sugar » Masondo, cinq victoires, zéro défaite, est toujours enfermé dans une cellule capitonnée d'un hospice de Krugersdorp. Avant de prendre ses comprimés de lithium, il répète tous les jours à ses infirmiers d'un air très mystérieux que pour la saison prochaine son manager oom Koos lui a promis de l'emmener au Madison Square Garden pour se battre contre un grand boxeur qui s'appelle Jake LaMotta, et que ça va saigner... Le DPP a renoncé à l'entendre.

Et Zondi n'a finalement toujours pas réussi à comprendre tout ce qu'il voulait tellement savoir... Le vieux Koos Pistorius n'a plus jamais lâché un mot ; il va finir sa vie à C-Max, si d'autres détenus ne finissent pas par avoir sa peau. Zondi est devenu superintendant de la SAPS, il a été décoré par le Président de la République. Il passe chaque vendredi soir chez le Père Titus à Atteridgeville pour lui demander, et lui redemander sans cesse, si on peut vraiment aller au Ciel lorsqu'on meurt sans son visage. Il veut être sûr… Et ça le préoccupe finalement plus que de savoir pourquoi et comment Koos Pistorius a pu devenir un salaud.

Francis Zondi est toujours aussi vindicatif dans sa croisade contre le crime, mais chaque affaire est un tourment de plus qui alourdit son passé et hypothèque son avenir. Quelquefois, se dit-il aussi, le prix d'un bonheur plus facile, c'est d'avoir la mémoire courte…

Pretoria, août 2004

ÉCLAIRCISSEMENTS

Principaux noms propres cités, principales réalités sud-africaines du texte

ANC, voir *Congress.*

askaris : supplétifs noirs en Afrique orientale.

AWB : parti blanc d'extrême droite.

baas : patron, titre que les gens de couleur doivent obligatoirement donner aux Blancs (angl. *boss*).

bakkie : terme familier pour désigner un pick-up.

big five : expression désignant les cinq grands prédateurs de la brousse : lion, éléphant, buffle, léopard, rhinocéros.

biltong : viande de bœuf, d'autruche ou de gibier séchée et aromatisée avec des épices.

bioscope : cinéma, le terme est tombé en désuétude depuis dix ans.

Blood River : célèbre bataille ayant opposé les Boers aux Zoulous dans le Natal, le 16 décembre 1838.

boerebull : croisement de chiens.

boerestaat : groupe extrémiste et militant afrikaner.

boerewors : saucisse traditionnelle épicée.

boet, voir *bro.*

boma : enclos en bois pour les animaux capturés en brousse.

Bosman, Charles : célèbre écrivain afrikaner.

boykkie, voir *kaffir.*

braai : barbecue traditionnel.

bro : frère (abréviation de *brother*, en anglais).

BVF : faction des combattants de la liberté boer.

Buthelezi : homme politique, chef des Zoulous.

Commissioner, voir *National Commissioner*.

Congress : terme familier pour désigner l'ANC, *African National Congress,* le parti au pouvoir. Le terme n'est plus utilisé que par des vieux militants.

constable : agent de police en uniforme.

DPP *(Director of Public Prosecution)* : procureur, directeur des poursuites publiques.

dagga : marijuana locale.

dominee : pasteur.

dorp : village.

fanagalo : sabir parlé par les mineurs du Rand issus de différentes communautés linguistiques.

Free State : une des provinces sud-africaines, l'ancien « État libre d'Orange ».

FSL *(Forensic Sciences Laboratory)* : institut médico-légal.

Gauteng : province d'Afrique du Sud.

gogo : grand-mère.

Grand Trek : exode en chariots à bœufs des colons afrikaners du Cap par les Anglais entre 1835 et 1847.

hi-jacker : voleur de voiture armé qui opère lorsque le conducteur est à l'arrêt au volant.

hippos : véhicules militaires blindés tout-terrain.

Inkhata : parti zoulou dirigé par chief Buthelezi.

Iskor : grand complexe sidérurgique dans le Triangle du Vaal, au sud de Johannesburg.

Jan Smuts : nom de l'aéroport de Johannesburg à l'époque de l'apartheid.

Joburg : nom affectueux de Johannesburg.

kafferboetie : terme péjoratif utilisé par les Blancs conservateurs pour qualifier les Blancs qui fraternisent avec les Noirs, littéralement « frère de cafre ».

kaffir : terme méprisant pour désigner un Noir (de l'arabe *kâfir*, « infidèle ». A donné *cafre* en français.)

Kayser Chief : équipe de football de Soweto.

King Air : petit avion bimoteur.

kombi : minibus transformé en taxi collectif par les Noirs particulièrement.

koppie : colline.

Kovoet : milice sud-africaine en Namibie.

lap-dance : strip-tease effectué sur les genoux du client.

lapa : paillote très courante dans les jardins en Afrique du Sud.

lobola : dot.

Madiba : surnom affectueux de Mandela.

manpoer : eau-de-vie souvent distillée illégalement dans les campagnes par les Boers.

matric : équivalent du baccalauréat.

mealie : purée de maïs souvent consommée par les Noirs.

MK (Umkhonto We Siswe, *la Lance de la Nation)* : branche armée de l'ANC.

MNET : chaîne de télévision cryptée.

moffie : tapette, pédé.

Mouvement : les militants de l'ANC préfèrent souvent le terme *mouvement* à celui de parti.

muti : remède, en médecine traditionnelle africaine et également en sorcellerie.

National Commissioner : chef de la police.

Ndebele : tribu du nord de l'Afrique du Sud.

oom : oncle en afrikaans.

Parti national : parti blanc conservateur.

poupol : gamin, en afrikaans familier.

profiler : profileur ou profileuse, en français.

Rainbow Nation : Nation Arc en Ciel à cause des nombreuses origines ethniques et couleurs de ses habitants.

rand : 1 euro vaut environ 7 rands. Le salaire minimum est d'environ 700 rands ; un policier comme Zondi gagne environ 8 000 rands par mois.

Robben Island : bagne au large du Cap où étaient détenus les cadres de l'ANC sous le régime de l'apartheid.

robot : feux de circulation, en afrikaans familier.

rondavel : bungalow traditionnel en brousse.

SABC : télévision nationale.

sanders, Corrie : célèbre boxeur blanc sud-africain.

sangoma : praticien-devin de la médecine africaine traditionnelle.

SAPS *(South African Police Service)* : police nationale.

Serious & Violent Crime Unit : brigade criminelle.

shangaan : une des onze langues nationales officielles.

shebeen : bar clandestin dans les townships noirs.

sikelele i Afrika : « Longue Vie à l'Afrique », nouvel hymne national.

sjambok : fouet en peau d'hippopotame ou de rhinocéros.

snuff movie : film pornographique violent où la mort de la victime est filmée en direct.

Springboks (Les) : équipe de rugby sud-africaine.

Stem (Die) : hymne national afrikaner « La Voix ».

Terreblanche, Eugène : homme politique d'extrême droite.

tootsis : voyous, en afrikaans familier.

toye-toye : danse de protestation des Noirs.

Trellidoor : nom commercial d'une grille de sécurité très répandue en Afrique du Sud.

TRC *(Truth and Reconciliation Commission)* : tribunal non pénal qui a fait témoigner, après l'élection de Mandela, les auteurs et victimes de crimes au temps de l'apartheid.

UNISA : université par correspondance dont le siège est à Pretoria.

UNITA : résistance armée anticommuniste en Angola alors dirigée par Jonas Savimbi.

veld (variante *lowveld* ou *highveld* suivant l'altitude) : brousse.

veldies : chaussures rustiques en peau retournée utilisées dans le veld.

vervet-monkey : petit singe de la taille d'un ouistiti.

Verwoerd, Hendrik : fondateur de l'apartheid, ancien Premier ministre assassiné en 1966 en plein Parlement.

Vodacom : opérateur de téléphonie mobile en Afrique du Sud.

Volkstaat : État du peuple (boer) qui représente une sorte de terre promise revendiquée par certains Blancs nostalgiques d'Afrique du Sud.

warthog : sanglier de brousse.

COMPOSITION : NORD-COMPO À VILLENEUVE-D'ASCQ
IMPRESSION : CPI BRODARD ET TAUPIN À LA FLÈCHE
DÉPÔT LÉGAL : JANVIER 2008. N° 94486-3 (52305)
IMPRIMÉ EN FRANCE